天地外國經典文庫

Cuore: An Italian Schoolboy's Journal

愛的教育

[意] 埃德蒙多・德・亞米契斯 著
Edmondo de Amicis

夏丏尊 譯

總序

多元化是香港文化的特徵之一，作為中西文化的薈萃之地，香港文化人手中的讀物，既有四書五經、唐詩宋詞、胡適陳寅恪，也有聖經和莎士比亞、培根和狄更斯。香港文化發展史，其中必不可少的一部份內容就是文化交流史。所謂文化交流，於香港人而言，就是研究和介紹由外國先進思想衍生的普世價值，以及各國的優秀文學作品，作為發展香港文化的借鑒。用著名學者錢鍾書先生的話來說，就是「東海西海，心理攸同；南學北學，道術未裂。」[1] 翻譯家傅雷先生在〈翻譯經驗點滴〉一文中說：「中國人的思想方式和西方人的距離多麼遠。他們喜歡抽象，長於分析；我們喜歡具體，長於綜合。」[2] 可見，同為人類，中國人和西人「心理攸同」；作為不同人種，他們的思維方式各有短長。香港各大學設英國語言文學系、翻譯系、比較文學系，文學院有歐洲和日本研究專業，目的就在於此。在這方面，香港有着足以驕人的成就。茲舉一例。有學者考證，俄國大作家列夫·托爾斯泰最早的中譯本《托氏宗教小說》就是香港禮賢會出版的（時在清光緒三十三年即一九零七年），以此為嚆矢，托爾斯泰的各種著作以後呈扇形輻射到全國各地，被大量迻譯成中文出版，對我國文學界和思想界產生了深遠的影響。[3] 再舉一例，上世紀六、七十年代，香港今日世界出版社聘請了多位著名翻譯家、作家和詩人如張愛玲、余光中、劉以鬯、林以亮、湯新楣、董橋，迻譯了一批美國文學名著，其中包括《美國詩選》《老人與海》《湖濱散記》《人間樂園》等書，到九十年代，這一批書籍已成為名譯，由內地出版社重新印行，對後生學子可謂深致裨益。

本經典文庫的第一輯書目共十冊。所謂經典，即傳統的權威性著作。它們有別於坊間流行的通俗讀物，以深刻、恢宏、精警見稱，在文學史、哲學史、思想史上具有崇高地位，古今俱備，題材多樣。英國女作家伍爾夫（另譯：吳爾芙）的長篇小說《到燈塔去》，以描寫人物的內心世界見長，她是最早運用「意識流」手法進行小說創作的作家之一，語言富有詩意。法國作家加繆的小說《鼠疫》《局外人》，是冶文學和哲理於一爐的存在主義名著，他與同為存在主義作家的薩特齊名，在上世紀五十年代中亦因此而獲得諾貝爾文學獎。愛爾蘭小說家喬伊斯著有短篇小說集《都柏林人》，這部傳統短篇小說集與《尤利西斯》的創作手法南轅北轍，可見作家勇於創新，敢為天下先的膽識。希臘哲學家柏拉圖的《對話集》，既是哲學名著，也在美學史佔有重要地位，他在散文史上開辯難文學之先河。英國作家奧威爾的諷刺小說《動物農場》（另譯：《動物農莊》），與他的《一九八四》同為反烏托邦名著，在當今文學史上享有盛名。意大利作家亞米契斯的兒童文學作品《愛的教育》，早在上世紀初就由民初作家包天笑和夏丏尊譯為中文，是當時傳誦一時的日記體文學作品。本文庫選用夏丏尊的譯本，夏氏是我國新文學史上優秀的散文作家，譯筆暢達，是以初版迄今，兩岸三地重版不計其數。英國小說家毛姆的長篇小說《月亮和六便士》以法國印象派畫家高庚為原型，它刻畫的人物性格練達，冰雪聰明，筆致輕鬆流麗，幽默感人。英國小說家赫胥黎的長篇小說《美麗新世界》，與奧威爾的《一九八四》、俄國作家扎米亞金的《我們》，被譽為文學史上三部最有名的反烏托邦小說。本文庫收日本作家太宰治的小說《人間失格》（附《女生徒》），這位被稱為「日本無賴派」的代表性作家，在日本小說史上與川端康成、三島由紀夫一樣為人所熟悉。

由於歷史和語言的原因，香港的文化交流存在一定局限性，未能臻於全面。它較集中於英美和日本，其他地域文化如古希臘羅馬、印度、德、法、意、西班牙、俄羅斯乃至拉丁美洲則較少為有關人士顧及。顯然，這不利於開拓香港學子的視野，對他們的思想深度也有所影響。有見及此，我們與相關專家會商，擬定出一套外國經典文庫書目，經資深翻譯家新譯或重訂舊譯，向讀者推出一系列包括文學、哲學、思想、人文科學的經典譯著，分為若干輯次第出版。藉以供香港讀者重溫他們所諳熟的英美日作家、學者的著述，也得以新讀希臘、意大利、法國等國先哲的力作。以後各輯，我們希望能將這一批書目加以擴大，向有一定文化程度的讀者，尤其是青年學子提供更多的經典名著。

對迻譯各書的專家和撰寫導讀的學者，我們謹此表示深切的謝忱。

天地外國經典文庫編輯委員會

二零一八年六月一日

註釋：

[1]《談藝錄·序》，中華書局（香港）有限公司，一九八六年版。

[2]《傅雷談翻譯》第八頁，當代世界出版社，二零零六年九月。

[3] 戈寶權〈托爾斯泰和中國〉，載《托爾斯泰研究論文集》，上海譯文出版社，一九八三年版。

目錄

第二章　十一月……49

感恩　三十一日／108

第四章

第五章　二月 ⋯⋯ 141

導讀

願我們不用慚愧

據說譯者夏丏尊先生讀此書時，深深受到刺激，一邊讀一邊流淚，而他流的，不是悲哀的淚，是慚愧和感激的淚。我想，但凡慚愧的淚，多少與缺乏有關。《愛的教育》是關於築構友誼之愛、師生之愛、家國之愛的一本書，對比起摻雜無情、冷漠、疏離的現實，讀者自會邊讀邊覺得不對勁，因為我們缺乏各種愛而不自知，又羨慕書中各種愛，便如夏丏尊先生一樣，在閱讀過程赫然發現，我們竟然把理所當然的愛視為罕有的珍寶。

譯者夏丏尊先生是民國時期的人，論教育環境，恐怕與今天香港的教育制度大相逕庭。話雖如此，在閱讀《愛的教育》時，那種勾起慚愧之心的力量，到了廿一世紀的今天依然奏效。這樣想來，如果我們閱讀時跟夏先生有一樣反應，我們的教育豈不是繞了百年的圈子？我們應該感到荒謬，抑或是時候覺醒——最核心的教育就是對愛的培育。

近年香港教育最備受注目的，莫過於學童自殺的案件。當發生這一樁樁的悲劇時，社會的反應大都把矛頭指向教局。政策的影響固然巨大，但我總覺得，立在前線的老師、與孩子每天相處的家長，乃至社會上的每一個成年人，大家同樣責無旁貸。現實上，大家只顧做些表面功夫，譬如局方向中小學校派五千元津貼、舉辦幾場講座，試圖防止學童自殺；有的家長只顧賭馬、麻雀耍樂，忙得無法照顧子女，便將所有教育的責任推給老師；老師有甚麼做得不足，便將矛頭轉向局方，批評政策無效。大家罵來罵去，將責任卸來卸去，最終無人受益。在這些連續不斷的批評聲中，大家有感受過任何愛的感覺嗎？

《愛的教育》值得任何人閱讀，因為書中洋溢着各種人際之愛。而書中愛的顯現方式包括了勇氣、同理心和犧牲精神，所以每則故事讀起來都比任何冷硬的政策更有溫度。如果說數據、校政、政策都是冷漠的，《愛的教育》就是能融化心靈的暖意。作為老師、作為家長、作為影響孩子的每位成年人，我們必須相信，只有溫暖的愛才能使理念活起來。當我們忘記溫度，《愛的教育》就是對我們最好的提醒。

兩位老師和《愛的教育》

《愛的教育》令我想起兩位老師。

第一位是我的數學老師。當年我的數學成績非常差，上數學堂的時候，老師建議我們：「聽課的坐到前面，不聽課的坐到後面。」我成績本來就追不上，總是坐到後面去。坐到後面的同學中，要不睡覺，要不看報紙，要不玩撲克牌。那一年我中四，十六歲，數學成績只得十六的平方根——四分。自此每當數學測驗考試，我便成了第一個伏在桌面倒頭大睡的人。畢業後很長的一段時間，我簡直無法原諒數學老師，他有三十年的教學經驗，作為資深教師，他完全無心拯救成績拙劣的學生。

另一位是大學教現代文學的老師。她的要求非常高，讀文本不夠，還要我們將文本改編成戲劇來演出。課時緊迫，要看書，還要寫劇剪片，那時候真的忙得不得了。雖然很忙，但老師偶爾會請我們吃飯、送書、送些經典電影的影碟給我們。我們還會寫小說給老師看，老師讀了總是笑着讚賞，現在想來，那些小說其實相當稚拙。那段日子簡直是我當學生以來最愉快的一段時光，我甚至會想，我一定要做好自己給老師看，我希望老師能因為我學有所成而感到欣慰。

回想起兩位老師總叫我驚訝，究竟是甚麼令兩位老師如此迥然不同？明明數學老師的要求極低，只要聽課就夠，我卻做不到；文學老師的要求是前者的幾十倍，我竟然用心發奮學習。其實原因很簡單，數學老師視學生為學習的機器，文學老師卻將學生視為有血有肉的人。

教育沒有必然的標準。成績與生產線的標準根本不應該是同一回事，不應該存在任何類比關係，除非我們淪落至將教育視為一種產品生產，孩子就是沒靈魂的死物，過得了標準便出貨，過不了標準的便棄之不理，猶如正貨次貨之別。但學生是人，不是產品，沒有正貨次貨之分，更不應該將成績高低視為學生生存價值高低的標準。可惜，當電視廣告播着「求學不是求分數」的口號時，香港的父母都在害怕孩子「輸在起跑線上」，這條跑道的終點，無非就是一份好的工作，或者賺得了大錢的未來。於是每星期不斷補習、上興趣班，孩子都變成了推動未來經濟的一口齒輪，越來越不像一個人了。

生產線上，我們投入材料，生產工具便製造出產品；但在教育的過程中，老師**將知識告訴學生**，學生卻不可能吸收得一模一樣。在這種思維的框架下，數學老師自以為已**將知識告訴學生**，學生成績不佳，全因他冥頑不靈便放棄了他，偏偏忘記了他是一個人，而不是一件產品。再者，孩子此刻的拙劣，豈可視為永恆不變的性質？難道我們應該只在**預計學生會變好的情況下**才教育他們嗎？我們憑甚麼將學生的此刻視為一種固態，自視為預言學生前程的預言家？

數學老師不相信教育，將學生的片段視為永恆，於是只信內心那一把成績的尺；文學老師願花時間與學生相處，不計較她擁有之物，無論物質抑或知識，她對學生傾囊相授，全因她首先對學生坦露了內心。

將學生視為一個人，而不是死物，這是《愛的教育》裏重要的原則之一。

願我們不再慚愧

《愛的教育》作者為意大利作家亞米契斯，於十九世紀耗時十年完成此書。藉由小學三年級的安利柯的日記貫穿全書，偶爾穿插某些短篇故事（書中稱「每月例話」，是學生們每月抄寫的讀本）或父母親給他的書信，總共一百篇文章組成。

本書原名《考萊》（Cuore），意大利文是「心」的意思。夏丏尊先生根據日英兩種譯本參照而成，譯於上世紀二十年代初。書中的社會狀況、教育環境與今天不盡相同，但時代雖變，人心不變，讀起來還是很觸動人。

正如我文首所說，這是一部令人讀了慚愧的書，因為書中內容與我們身處的現實存在着巨大的落差。現今社會，無論是孩子、老師、家長、政府，往往互相角力，忘記了教育的因由。家長過份保護孩子，孩子過份恃寵於家長；老師過份催逼孩子，政策又反過來壓迫老師。彼此唇槍舌劍，無日無之。無他，全因我們的教育是汰弱留強的教育，而不是培育愛的教育。政府制定優勝劣敗的標準，無法上大學猶如被判定人生輸家；學習變成一場困獸鬥，勝出的孩子坐上成功快車，爬上志願的天梯，輸家無可選擇，只得聽候社會發落。至於勇氣、同理心、奉獻精神等在《愛的教育》裏所看重的美德，試問在現今只看重經濟發展的社會還有多重要呢？我們心裏早有答案。

最後，我想用書中的一則故事讓各位深入反思，假如這件事發生在香港，情況將會是怎樣的不同呢？

克洛西是一位手有殘疾的孩子，他的同學有的用三角板打他，有的用栗子殼丟他，說他是「殘廢者」、是「鬼怪」。更過份的是，其中一位叫勿蘭諦的孩子，跳上椅子裝出克洛西母親挑菜的樣子，借此欺負他。克洛西很憤怒，忍不住便用墨水瓶擲向勿蘭諦，不料擲中了剛進來的老師，老師一身墨水。

不消說，如果這件事發生在香港，克洛西跟勿蘭諦必定嚴遭懲罰。丟墨水是以暴易暴，說別人「殘廢」是言語欺凌，兩樣都不能被接受。

然而，故事的關鍵轉折是，一名與事情無關的叫卡隆的孩子竟然站起來維護克洛西。他這樣做，不因為克洛西有恩於他，也不因克洛西是他的好友，只因為他見了克洛西要受罰，心裏不好受！幸好，精明的老師也不傻，知道卡隆冒認，便叫真正欺侮克洛西的孩子起立。那些真正欺侮克洛西的孩子也敢於認錯，便毫不猶豫站起來認了。此時，卡隆在老師的耳邊輕聲說了幾句，彷彿想老師原諒所有人。老師一身墨水，摸摸他的頭，便饒恕了各人。

每當我想起這則小事，我便想起香港眾多的學子，誰有卡隆這樣的勇氣、同理心和奉獻精神呢？我們的老師，誰又有這樣寬宏的胸襟和透徹的眼睛呢？

許嘉樂

許嘉樂，筆名許栩。香港大學中文文學碩士。火苗文學工作室成員。現職教師。編著中、小學教材多種。作品散見於報章及文學雜誌。

譯者序

這書給我以盧梭《愛彌兒》、裴斯泰洛齊《醉人之妻》以上的感動。我在四年前始得此書的日譯本，記得曾流了淚三日夜讀畢，就是後來在翻譯或隨便閱讀時，還深深地感到刺激，不覺眼睛潤濕。這不是悲哀的眼淚，乃是慚愧和感激的眼淚。除了人的資格以外，我在家中早已是二子二女的父親，在教育界是執過十餘年教鞭的教師。平日為人為父為師的態度，讀了這書好像醜女見了美人，自己難堪起來，不覺慚愧了流淚。書中敍述親子之愛，師生之情，朋友之誼，鄉國之感，社會之同情，都已近於理想的世界，雖是幻影，使人讀了覺到理想世界的情味，以為世間要如此才好。於是不覺就感激了流淚。

這書一般被認為是有名的兒童讀物，但我以為不但兒童應讀，實可作為普通的讀物。特別地應介紹給予兒童有直接關係的父母教師們，叫大家流些慚愧或感激之淚。

學校教育到了現在，真空虛極了。單從外形的制度上、方法上，走馬燈似的更變迎合，而於教育的生命的某物，從未聞有人培養顧及。好像掘池，有人說四方形好，有人又說圓形好，朝三暮四地改個不休，而於池的所以為池的要素的水，反無人注意。教育上的水是甚麼?就是情，就是愛。教育沒有了情愛，就成了無水的池，任你四方形也罷，圓形也罷，總逃不了一個空虛。

因了這種種，早想把這書翻譯。多忙的結果，延至去年夏季，正想鼓興開譯，不幸我唯一的妹因難產亡了。於是心灰意懶地就仍然延擱起來。既而，心念一轉，發了為紀念亡妹而譯這書的決心，這才偷閒執筆，在《東方雜誌》連載。中途因忙和病，又中斷了幾次，等全稿告成，已在亡妹週忌後了。

這書原名《考萊》（Cuore），在意大利語是「心」的意思。原書在一九零四年已三百版，各國大概都有譯本，書名卻不一致。我所有的是日譯本和英譯本，英譯本雖仍作《考萊》，下又標《一個意大利小學生的日記》幾字，日譯本改稱《愛的學校》（日譯本曾見兩種，一種名《真心》，忘其譯者，我所有的是三浦修吾氏譯，名《愛的學校》的）。如用《考萊》原名，在我國不能表出內容，《一個意大利小學生的日記》，似不及《愛的學校》來得簡單。但因書中所敘述的不但有學校，連社會及家庭的情形都有，所以又以己意改名《愛的教育》。這書原是描寫情育的，原想用《感情教育》作書名，後來恐與法國佛羅貝爾的小說《感情教育》混同，就棄置了。

譯文雖曾對照日英二種譯本，勉求忠實，但以兒童讀物而論，殊愧未能流利生動，很有須加以推敲的地方。可是遺憾得很，在我現在實已無此功夫和能力。此次重排為單行本時，除草草重讀一過，把初刷誤植處改正外，只好靜待讀者批評了。

《東方雜誌》記者胡愈之君，關於本書的出版，曾給予不少的助力，鄰人劉薰宇君，朱佩弦君，是本書最初的愛讀者，每期稿成即來閱讀，為盡校正之勞；封面及插畫，是鄰人豐子愷君的手筆。都足使我不忘。

一九二四年十月一日丏尊記於白馬湖平屋

（刊開明書店版《愛的教育》）

序

此書特別奉獻給九歲至十三歲的小學生們。

人們也可以這樣來題名此書：一個意大利市立小學三年級學生寫的一學年之紀事。——然而我說：一個三年級的小學生，我不能斷定他就能寫成恰如此書所印的一般。他是本自己的能力，慢慢的記錄在校內校外之見聞及思想於一冊而已。年終他的父親為之修改，仔細地未改變其思想，並盡可能保留兒子所說的這許多話。四年後，兒子入了中學，重讀此冊，並憑自己記憶力所保存的新鮮人物又添了些材料。

親愛的孩子們，現在讀這書吧，我希望你們能夠滿意，而且由此得益！

第一章 十月

開學日　十七日

今天開學了，鄉間的三個月，夢也似的過去，又回到了這丘林的學校裏來了。早晨母親送我到學校裏去的時候，心裏還一味想着在鄉間的情形哩。不論哪一條街道，都充滿着學校的學生們；書店的門口呢，學生的父兄們都擁擠着在那裏購買筆記簿、書袋等類的東西；校役和警察都拚命似的想把路排開。到了校門口，覺得有人觸動我的肩膀，原來這就是我三年級時候的先生，是一位頭髮赤而鬈攏、面貌快活的先生。先生看着我的臉孔說：

「我們不再在一處了！安利柯！」

這原是我早已知道的事，今天被先生這麼一說，不覺重新難過起來了。我們好不容易到了裏面，許多夫人、紳士、普通婦人、職工、官吏、女僧侶、男傭人、女傭人，都一手拉了小兒，一手抱了成績簿，擠滿在接待所樓梯旁，嘈雜得如同戲館裏一樣。我重新看這大大的休息室的房子，非常歡喜，因為我這三年來，每日到教室去，都穿過這室的。我的二年級時候的女先生見了我：

「安利柯！你現在要到樓上去了！要不走過我的教室了！」說着，戀戀地看我。

校長先生被婦人們圍繞着，頭髮好像比以前白了。學生們也比夏天的時候長大強壯了許多。才來入一年級的小孩們不願到教室裏去，像驢馬似的倔強着，勉強拉了進去，有的仍舊逃出，有的因為找不着父母，哭了起來。做父母的回了進去，有的誘騙，有的叱罵，先生們也弄得沒有法子了。

我的弟弟被編入在名叫代爾卡諦的女先生所教的一組裏。午前十時，大家進了教室，我們的一級共五十五人。從三年級一同升上來的只不過十五六人，經常得一等獎的代洛西也在裏面。一想起暑假中跑來跑去遊過的山林，覺得學校裏悶得討厭。又憶起三年級時候的先生來：那是常常對着我們笑的好先生，是和我們差不多大的先生。那個先生的赤而鬈攏的頭髮已不能看見了，一想到此，就有點難過。這次的先生，身材高長，沒有鬍鬚，長長地留着花白的頭髮，額上皺着直紋，說話大聲，他瞪着眼一個一個地看我們的時候，眼光竟像要透到我們心裏去似的。而且還是一位沒有笑容的先生。我想：

「唉！一天總算過去了，還有九個月呢！甚麼用功，甚麼月試，多討厭啊！」

一出教室，恨不得就看見母親，飛跑到母親面前去吻她的手。母親說：

「安利柯啊！要用心囉！我也和你們一起用功呢！」

我高高興興地回家了。可是因為那位親愛快活的先生已不在，學校也不如以前的有趣味了。

我們的先生　十八日

從今天起，現在的先生也可愛起來了。我們進教室去的時候，先生已在位子上坐着。先生前學年教過的學生們都從門口探進頭來和先生招呼。「先生早安！」「配巴尼先生早安！」大家這樣說着。其中也有走進教室來和先生匆忙地握了手就出去的。可知大家都愛慕這先生，今年也想仍請他教。先生也說着「早安！」去拉學生伸着的手，卻是不看學生的臉。和他們招呼的時候，雖也現出笑容，額上皺紋一蹙，臉孔就板起來，並且把臉對着窗外，注視着對面的屋頂，好像他和學生們招呼是很苦的。完了以後，先生又把我們一一地注視，叫我們默寫，自己下了講台在桌位間巡迴。看見有一個面上生着紅粒的學生，就讓他中止默寫，兩手托了他的頭查看，又摸他的額，問他有沒有發熱。這時先生後面有一個學生乘着先生看不見，跳上椅子玩起洋娃娃來。恰好先生回過頭去，那學生就急忙坐下，俯了頭預備受責。先生把手按在他的頭上，只說：「下次不要再做這種事了！」另外一點沒有甚麼。

默寫完了，先生又沉默了，看着我們好一會兒，用粗大的親切的聲音這樣說：

「大家聽着！我們從此要同處一年，讓我們好好地過這一年吧！大家要用功，要規矩。我沒有一個家屬，你們就是我的家屬。去年以前，我還有母親，母親死了以後，我只有一個人了！你們以外，我沒有別的家屬在世界上，除了你們，我沒有可愛的人！你們是我的兒子，我愛你們，請你們也歡喜我！我一個都不願責罰你們，請將你們的真心給我看看！請你們全班成為一家，給我慰藉，給我榮耀！我現在並不要你們用口來答應我，我確已知道你們已在心裏答應我『願意』了。我感謝你們。」

這時校役來通知放學，我們很靜很靜地離開座位。那個跳上椅子的學生走到先生的身旁，抖抖索索地說：「先生！饒了我這次！」先生用嘴親着他的額說：「快回去！好孩子！」

災難　二十一日

學年開始就發生了意外的事情。今晨到學校去，我和父親正談着先生所說的話。忽然見路上人滿了，都奔入校門去。父親就說：

「出了甚麼意外的事了？學年才開始，真不湊巧！」

好不容易，我們進了學校，人滿了，大大的房子裏充滿着兒童和家屬。聽見他們說：「可憐啊！洛佩謠！」從人山人海中，警察的帽子看見了，校長先生的光禿禿的頭也看見了。接着又走進來了一個戴着高冠的紳士，大家說：「醫生來了！」父親問一個先生：「究竟怎麼了？」先生回答說：「被車子軋傷了！」「腳骨碎了！」又一先生說。原來是洛佩謠，是二年級的學生。上學來的時候，有一個一年級的小學生忽然離開了母親的手，倒在街上了。這時，街車正往他倒下的地方駛來。洛佩謠眼見這小孩將被車子軋傷，大膽地跳了過去，把他拖救出來。不料，他來不及拖出自己的腳，被車子軋傷了自己。洛佩謠是個炮兵大尉的兒子。正在聽他們敍述這些話的時候，突然有一個婦人發狂似的奔到，從人堆裏掙扎進來，這就是洛佩謠的母親。另一個婦人同時跑攏去，抱了洛佩謠的母親的頭頸啜泣，這就是被救出的小孩的母親。兩個婦人向室內跑去，我們在外邊可以聽到她們「啊！洛佩謠呀！我的孩子呀！」的哭叫聲。

立刻，有一輛馬車停在校門口。校長先生抱了洛佩謠出來。洛佩謠把頭伏在校長先生肩上，臉色蒼白，眼睛閉着。大家都靜默了，洛佩謠母親的哭聲也聽得出了。

不一會兒，校長先生將抱在手裏的受傷的人給大家看，父兄們、學生們、先生們都齊聲說：「洛佩諦！好勇敢！可憐的孩子！」靠近一點的先生學生們都去吻洛佩諦的手。這時洛佩諦睜開他的眼說：「我的書包呢？」被救的孩子的母親拿書包給他看，流着眼淚說：「讓我拿吧，讓我替你拿去吧。」洛佩諦的母親臉上現出微笑。這許多人出了門，很小心地把洛佩諦載入馬車。馬車就慢慢地駛去，我們都默默地走進教室。

格拉勃利亞的小孩 二十二日

洛佩諦到底做了非拄了杖不能行走的人了。昨日午後，先生正在說這消息給我們聽的時候，校長先生領了一個陌生的小孩到教室裏來。那是一個黑皮膚、濃髮、大眼而眉毛濃黑的小孩。校長先生將這小孩交給先生，低聲地說了一二句甚麼話就出去了。小孩用他黑而大的眼看着室中一切，先生攜了他的手向着我們：

「你們大家應該歡喜。今天有一個從五百英里以外的格拉勃利亞的萊奇阿地方來的意大利小孩進了這學校了。因為是遠道來的，請你們要特別愛這同胞。他的故鄉很有名，是意大利名人的產生地，又是產生強健的勞動者和勇敢的軍人的地方，也是我國風景區之一。那裏有森林，有山嶽，居民都富於才能和勇氣。請你們親愛地對待這小孩，使他忘記自己是離了故鄉的，使他知道在意大利，無論到何處的學校裏都是同胞。」

先生説着，在意大利地圖上指格拉勃利亞的萊奇阿的位置給我們看，又用了大聲叫：「爾耐斯托·代洛西！」——他是每次都得一等獎的學生——代洛西起立了。「到這裏來！」先生説了，代洛西就離了座位走近格拉勃利亞小孩面前。「你是級長。請對這新學友致歡迎辭！請代表譬特蒙脱的小孩，表示歡迎格拉勃利亞的小孩！」

代洛西聽見先生這樣説，就抱了那小孩的頭頸，用響亮的聲音説：「來得很好！」格拉勃利亞小孩也熱烈地吻代洛西的頰。我們都拍手喝彩。先生雖然説：「靜些靜些！在教室內不可以拍手！」而自己也很歡喜。格拉勃利亞小孩也歡喜。一等到先生指定了座位，那個小孩就歸座了。先生又説：

「請你們好好記着我方才的話。格拉勃利亞的小孩到了丘林，要同住在自己家裏一樣。丘林的小孩到了格拉勃利亞，也應該毫不覺得寂寞。實對你們説，我國為此曾打了五十年的仗，有三萬的同胞為此戰死。所以你們大家要互相敬愛。如果有誰因為他不是本地人，對這新學友無禮，那就沒有資格來見我們的三色旗！」

格拉勃利亞小孩歸到座位。和他鄰席的學生有送他鋼筆的，有送他畫片的，還有送他瑞士的郵票的。

同窗朋友 二十五日

送郵票給格拉勃利亞小孩的，就是我所最歡喜的卡隆。他在同級中身軀最高大，年十四歲，是個大頭寬肩笑起來很可愛的小孩，卻已有大人氣。我已認識了許多同窗的友人，有一個名叫可萊諦的我也歡喜。他着了茶色的褲子，戴了貓皮的帽，常說有趣的話。父親是開柴店的，一八六六年曾在溫培爾脫親王部下打過仗，據說還拿到三個勳章呢。有個名叫耐利的，可憐是個駝背，身體怯弱，臉色常是青青的。還有一個名叫華梯尼的，他時常穿着漂亮的衣服。在我的前面，有一個綽號叫做「小石匠」的，那是石匠的兒子，臉孔圓圓的像蘋果，鼻頭像個小球，能裝兔子的臉，時常裝着引人笑。他戴着破絮樣的襤褸的帽子，常常將帽子像手帕似的疊了藏在口袋裏。坐在「小石匠」旁邊的是一個叫作卡洛斐的瘦長、鴉嘴鼻、眼睛特別小的孩子。他常常把鋼筆、火柴空盒等拿來做買賣，寫字在手指甲上，做種種狡猾的事。還有一個名叫卡羅·諾琵斯的高傲的少年紳士。這人的兩旁有兩個小孩，我看是一對。一個是鐵匠的兒子，穿了齊膝的上衣，臉色蒼白得好像病人，對甚麼都膽怯，永遠沒有笑容。一個是赤髮的小孩，一隻手有了殘疾，掛牢在項頸裏。聽說他的父親到亞美利加去了，母親走來走去賣着野菜呢。靠我的左邊，還有一個奇怪的小孩，他名叫斯帶地，身材短而肥，項頸好像沒有一樣，他是個狂暴的小孩，不和人講話，好像甚麼都不知道，可是先生的話，他總目不轉睛地蹙了眉頭、閉緊了嘴聽着。先生說話的時候，如果有人說話，第二次他還忍耐着，一到第三次，他就要憤怒起來頓腳了。坐在他的旁邊的是一個毫不知顧忌的相貌狡猾的小孩，他名叫勿蘭諦，聽說曾在別的學校被除了名的。此外還有一對很相像的兄弟，穿着一樣的衣服，戴着一樣的帽子。這許多同窗之中，相貌最好最有才能的，不消說要算代洛西了。今年他大概還是要得第一的。我卻愛鐵匠的兒子，那像病人似的潑來可西。據說他父親常要打他，他非常老實，和人說話的時候，或偶然觸犯別人的時候，他一定要說「對不住」，他常用了親切而悲哀的眼光看人。至於最長大的和最高尚的，卻是卡隆。

義俠的行為　二十六日

卡隆的為人，我看了今日的事情就明白了。我因為二年級時候的女先生來問我何時在家，到校稍遲，入了教室，先生還未來。一看，三四個小孩聚在一處，正在戲弄那赤髮的一手有殘疾的賣野菜人家的孩子克洛西。有的用三角板打他，有的把栗子殼向他的頭上投擲，說他是「殘廢者」，是「鬼怪」，還將手掛在項頸上裝他的樣子給他看。克洛西一個人坐在位子裏，臉色都蒼白了，眼光看着他們，好像說「饒了我吧」。他們見克洛西如此，越加得了風頭，越加戲弄他。克洛西終於怒了，紅了臉，身子都發震了。這時，那個臉很討厭的勿蘭諦忽然跳上椅子，裝出克洛西母親挑菜擔的樣子來。克洛西的母親因為要接克洛西回家，時常到學校裏來的，現在聽說正病在床上。許多學生都知道克洛西的母親，看了勿蘭諦裝的樣子，大家笑了起來。克洛西大怒，突然將擺在那裏的墨水瓶對準了勿蘭諦擲去。勿蘭諦很敏捷地避過，墨水瓶恰巧打着了從門外進來的先生的胸部。

大家都逃到座位裏，怕得不作一聲。先生變了臉色，走到教桌的旁邊，用嚴厲的聲音問：「誰？」一個人都沒有回答。先生更高了聲說：「誰？」

這時，卡隆好像可憐了克洛西，忽然起立，態度很堅決地說：「是我！」先生眼盯着卡隆，又看看呆着的學生們，靜靜地說：「不是你。」

過了一會兒，又說：「決不加罰，投擲者起立！」

克洛西起立了，哭着說：「他們打我，欺侮我。我氣昏了，不知不覺就把墨水瓶投過去了。」

「好的！那麼欺侮他的人起立！」先生說了，四個學生起立了，把頭俯着。

「你們欺侮了無罪的人了！你們欺侮了不幸的小孩，欺侮弱者了！你們做了最無謂、最可恥的事了！卑怯的東西！」

先生說着，走到卡隆的旁邊，將手擱在他的腮下，托起他俯下的頭來，注視了他的眼說：「你的精神是高尚的！」

卡隆附攏先生的耳，不知說些甚麼。先生突然向着四個犯罪者說：「我饒恕你們。」

我的女先生　二十七日

我二年級時候的女先生，今日準約到家裏來訪我了。先生不到我家已一年，我們很高興地招待她。先生的帽子旁仍舊罩着綠色的面幕，衣服極樸素，頭髮也不修飾，她原是沒有工夫打扮的。她臉上的紅彩比去年似乎薄了好些，頭髮也白了些，時時咳嗽。母親問她：

「那麼，你的健康怎樣？先生！你如果不再顧着你的身體……」

「一點沒有甚麼。」先生回答說，帶着又喜悅又像憂愁的笑容。

「先生太高聲講話了，為了小孩們太勞累自己的身體了。」母親又說。

真的，先生的聲音，聽不清楚的時候是沒有的。我還記得：先生講話總是連續着一息不停，弄得我們學生連看旁邊的工夫都沒有了。先生不會忘記自己所教過的學生，無論在幾年以前，只要是她教過的總還記得起姓名。聽說，每逢月考，她都要到校長先生那裏去詢問他們的成績的。有時站在學校門口，等學生來了就叫他拿出作文簿給她看，查他進步得怎樣了。已經入了中學的學生，也常常穿了長褲子，戴了掛錶，去訪問先生。今天，先生是領了本級的學生去看繪圖展覽會，回去的時候轉到我們這裏來的。我們在先生那一班的時候，每逢星期二，先生常領我們到博物館去，把種種的東西說明給我們聽。先生比那時衰弱了許多了，可是仍舊非常起勁，遇到學校的事情，講起來，很快活。二年前，我大病在床上臥着，先生曾來望過我，先生今日還說要看看我那時睡的床，這床其實已經歸我的姊姊睡了。先生看了一會兒，也沒有說甚麼。先生因為還要去望一個學生的病，不能久留。聽說是個馬鞍匠的兒子，發麻疹臥在家裏呢。她又夾着今晚非改不可的作業本，據說，晚飯以前，某商店的女主人還要到她那裏來學習算術。

「啊！安利柯！」先生臨走向着我說，「你到了能解難題、做長文章的時候，仍肯愛你以前的女先生嗎？」說着，吻我。等到出了門，還在階沿下揚聲說：「請你不要忘了我！安利柯啊！」

啊！親愛的先生！我怎能忘記你呢？我成了大人，一定還記得先生，會到校裏來拜望你的。無論到了何處，只要一聽到女教師的聲音，就要如同聽見你先生的聲音一樣，想起先生教我的兩年間的事來。啊啊！那兩年裏，我因了先生學會了多少的事！那時先生雖有病，身體不健，可是無論何時都熱心地愛護我們，教導我們的。我們書法上有了惡癖，她就很擔心。試驗委員考問我們的時候，她擔心得幾乎坐立不安。我們書寫清楚的時候，她就真心歡喜。她一向像母親那樣地愛我。這樣的好先生，叫我怎麼能忘記啊！

貧民窟　二十八日

昨日午後，我和母親、雪爾維姊姊三人，送布給報紙上記載的窮婦人。我拿了布，姊姊拿了寫着那婦人住址姓名的條子。我們到了一處很高的住宅的屋頂小閣裏，那裏有長的走廊，沿廊有許多室，母親到最末了的一室敲了門。門開了，走出一個年紀還輕，白色而瘦小的婦人來。是一向時常看見的婦人，頭上常常包着青布。

「你就是報紙上所說的那位嗎？」母親問。

「呃，是的。」

「那麼，有點布在這裏，請你收了。」

那婦人非常歡喜，好像說不出答謝的話來。這時我瞥見有一個小孩，在那沒有傢具的暗騰騰的小室裏，背向外，靠着椅子好像在寫字。仔細一看，確是在那裏寫字，椅子上攤着紙，墨水瓶擺在地板上。我想，在這樣暗黑的房子裏，如何寫字呢。忽然看見那小孩長着赤髮，穿着破的上衣，才恍然悟到：原來這就是那賣菜人家的兒子克洛西，就是那一隻手有殘疾的克洛西。乘他母親收拾東西的時候，我輕輕地告訴了母親。

「不要作聲！」母親說，「如果他覺到自己的母親受朋友的佈施，多少難為情呢。不要作聲！」

可是恰巧這時，克洛西回過頭來了。我不知要怎樣才好，克洛西對我微笑。母親背地裏向我背後一推，我就進去抱住克洛西，克洛西立起來握我的手。

克洛西的母親對我母親說：

「我只是娘兒兩個。丈夫這七年來一直在亞美利加。我又生了病，不能再挑了菜去賣，甚麼桌子等類的東西都已賣盡；弄得這孩子讀書都為難，要點盞小小的燈也不能夠，眼睛也要有病了。幸而教科書、筆記簿有市公所送給，總算勉強地進了學校。可憐！他是很歡喜到學校去的，但是……像我這樣不幸的人，是再沒有的了！」

母親把錢囊中所有的錢都拿出來給了她，吻了克洛西，出來幾乎哭了。於是對我說：

「安利柯啊！你看那個可愛的孩子！他不是很刻苦地用功嗎？像你，是甚麼都自由的，還說用功苦呢！啊！真的！那孩子一日的勤勉，比了你一年的勤勉，價值不知要大多少呢！像那小孩，才是應該受一等獎的哩！」

學校 二十八日

愛兒安利柯啊！你用功怕難起來了，像你母親所說的樣子。我還未曾看到你有高高興興勇敢地到學校裏去的樣子過。但是我告訴你：如果你不到學校裏去，你每日要怎樣地乏味，怎樣地疲倦啊！只要這樣過了一禮拜，你必定要合了手來懇求把你再送進學校去吧。因為遊嬉雖好，每日遊嬉就要厭倦的。

現在的世界中，無論何人，沒有一個不學的。你想！職工們勞動了一日，夜裏不是還要到學校裏去嗎？街上店裏的婦人們、姑娘們勞動了一星期，星期日不是還要到學校裏去嗎？兵士們日裏做了一天的勤務，回到營裏不是還要讀書嗎？就是瞎子和啞子，也在那裏學習種種的事情，監獄裏的囚人，不是也同樣地在那裏學習讀書寫字等的功課嗎？

每天早晨上學去的時候，你要這樣想想：此刻，這個市內，有和我同樣的三萬個小孩都正在上學去。又，同在這時候，世界各國有幾千萬的小孩也正在上學去。有的正三五成群地走過清靜的田野吧，有的正走在熱鬧的街道上吧，也有沿了河邊或湖邊在那裏走着的吧，在猛烈的太陽下走着的也有吧，在寒霧蓬勃的河上駛着短艇的也有吧，從雪上乘了橇走的，渡溪的，爬山的，穿過森林的，渡過了急流的，躑躅行着冷靜的山路的，騎了馬在莽莽的原野跑着的也有吧。也有一個人走着的，也有兩個人並着走的，也有成了群排了隊走着的。着了不同的服裝，說着不同的語言，從被冰鎖住的俄羅斯以至椰子樹深深的阿拉伯，不是有幾千萬數都數不清楚的小孩，都夾了書學着同樣的事情，同樣地在學校裏上學嗎？你想像想像這無限數小孩所成的集體！又想像想像這樣大的集體在那裏做怎樣大運動！你再試想：如果這運動一終止，人類就會退回野蠻的狀態了。這運動才是世界的進步，才是希望，才是光榮。要奮發啊！你就是這大軍隊的兵士，你的書本是武器，你的一級是一分隊，全世界是戰場，勝利就是人類的文明。安利柯啊！不要做卑怯的兵士啊！

——父親

少年愛國者（每月例話）

做卑怯的兵士嗎？決不做！可是，先生如果每日把像今日那種有趣的故事講給我們聽，我還要更加歡喜這學校呢。先生說，以後每月要講一次像今天這樣的高尚的少年故事給我們聽。並且叫我們用筆記下來。下面就是今天講的《少年愛國者》：

一隻法蘭西輪船從西班牙的巴塞羅那開到意大利的熱那亞來。船裏乘客有法蘭西人、意大利人、西班牙人，還有瑞士人。其中有個十一歲的少年，服裝襤褸，避開了人們，像野獸似的用白眼看着人家。他用這種眼色看人也不是沒有原因的。原來在兩年前他被在鄉間種田的父母賣給了戲法班子，戲法班子裏的人打他，蹴他，叫他受餓，強迫他學會把戲，帶他到法蘭西、西班牙到處跑，一味虐待他，連食物都不充份供給他。戲法班子到了巴塞羅那的時候，他受不起虐待與飢餓，終於逃了出來，到意大利領事館去求保護。領事可憐他，叫他乘上這隻船，還給他一封到熱那亞的出納官那裏的介紹信，要送他回到殘忍的父母那裏去。少年遍體是傷，非常衰弱，因為住的是二等艙，人家都很奇怪，對他看。和他講話，他也不回答，好像憎惡一切的人。他的心已變到這步田地了。

有三個乘客從各方面探問他，他才開了口。他用夾雜法蘭西語和西班牙語的意大利語，大略地講了自己的經歷。這三個乘客雖不是意大利人，卻聽懂了他的話，一半因了憐憫，一半因了吃酒以後的高興，給他少許的金錢，一面仍繼續着和他談說。這時有大批婦人從艙裏走出來，她們聽了少年的話，也就故意要人看見似的拿出若干錢來擲在桌上，說：「這給了你！這也拿了去！」

少年低聲答謝，把錢收入袋裏，苦鬱的臉上到這時才現出喜歡的笑容。他回到自己的床位上，拉攏了床幕，臥着靜靜地沉思：有了這些錢，可以在船裏買點好吃的東西，飽一飽兩年來飢餓的肚子；到了熱那亞，可以買件上衣換上；拿了錢回家，比空手回去也總可以多少討好父母，多少可以得着像人的待遇。在他，這金錢竟是一注財產。他在床位上正沉思得高興，這時那三個旅客圍牢了二等艙的食桌在那裏談論着，他們一面飲酒，一面談着旅行中所經過的地方情形。談到意大利的時候，一個說意大利的旅館不好，一個攻擊火車。酒漸漸喝多了，他們的談論也就漸漸地露骨了。一個說，與其到意大利，還是到北極去好，意大利住着的都是拐子土匪。後來又說意大利的官吏都是不識字的。

「愚笨的國民！」一個說。「下等的國民！」另一個說。「強盜……」

還有一個正在說出「強盜」的時候，忽然銀幣銅幣就雹子一般落到他們的頭上和肩上，同時在桌上地板上滾着，發出可怕的聲音來。三個旅客憤怒了，舉頭看時，一把銅幣又被飛擲到臉上來了。

「拿回去！」少年從床幕裏探出頭來怒叫。「我不要那說我國壞話的人的東西。」

第二章 十一月

煙囱掃除人　一日

昨天午後到附近的一個女子小學校裏去。雪爾維姊姊的先生說要看《少年愛國者》，所以我拿去給她看。那學校大約有七百個女小孩，我去的時候正放學。因為從明天起接連有「萬聖節」、「萬靈節」兩個節日，學生們正在歡喜高興地回去。我在那裏看見一件很美的事：在學校那一邊的街路角裏，立着一個臉孔墨黑的煙囱掃除人。他還是個小孩，一手靠着了壁，一手托着頭，在那裏啜泣。有兩三個三年級女學生走近去問他：「怎麼了？為甚麼這樣哭？」他總不回答，仍舊哭着。

「來！快告訴我們，怎麼了？為甚麼哭的？」女孩子再問他，他才漸漸地抬起頭來。那是一個小孩似的臉，哭着告訴她們，說掃除了好幾處煙囱，得着三十個銅幣，不知甚麼時候從口袋的破洞裏漏掉了。說着又指破洞給她們看。據說，如果沒有錢就不能回去。

「師父要打的！」他說着又哭了起來，把頭俯伏在臂上，很為難的樣子。女學生們圍着他看，覺到他很可憐。這時其餘的女學生也夾了書包來了。有一個帽子上插着青羽的大女孩從袋裏拿出兩個銅幣來說：

「我只有兩個，再湊湊就好了。」

「我也有兩個在這裏。」一個着紅衣的接着說。

「大家湊起來，三十個光景是一定有的。」又叫其餘的同學們：「亞馬里亞！璐迦！亞尼娜！一個銅幣，你們哪個有錢嗎？請拿出來！」

果然，有許多人為了買花或筆記本都帶着錢，大家都拿出來了。小女孩也有拿出一個半分的小銅幣的。插青羽的女孩將錢集攏了大聲地數。

八個，十個，十五個，但是還不夠。這時，恰巧來了一個像先生一樣的大女孩，拿出一個當十的銀幣來，大家都高興了。還差五個。

「五年級的來了！她們一定有的。」一個說。

五年級的女孩一到，銅幣立刻集起許多了。大家還都急急地向這裏跑來。一個可憐的煙囪掃除人，被圍在美麗的衣服、搖動的帽羽、髮絲帶、鬈毛之中，那樣子真是好看。三十個銅幣不但早已集齊，而且還多出了許多了。沒有帶錢的小女孩擠入大女孩群中，將花束贈給少年作代替。這時，忽然校役出來說：「校長先生來了！」女學生們就麻雀般地四方走散。煙囪掃除人獨自立在街路中，歡喜地拭着眼淚，手裏裝滿了錢，上衣的紐孔裏、衣袋裏、帽子裏都裝滿了花，還有許多花散佈在他的腳邊。

萬靈節 二日

安利柯啊！你曉得萬靈節是甚麼日子嗎？這是祭從前死去的人的日子。小孩在這天，應該紀念已死的人——特別應紀念為小孩而死的人。從前死過的人有多少？又，即如今天，有多少人正在將死？你曾把這想到過嗎？不知道有多少做父親的在勞苦之中失了生命呢？不知道有多少做母親的為了養育小孩，辛苦傷身，非命地早入地下呢？因不忍見自己小孩陷於不幸，絕望了自殺的男子，不知有多少？因失去了自己的小孩，投水悲痛，發狂而死的女人，不知道有多少？安利柯啊！你今天應該想想這許多死去的人啊！你要想想：有許多先生因為太愛學生，在學校裏勞作過度，年紀未老，就別了學生們而死去！你要想想：有許多醫生為了要醫治小孩們的病，自己傳染了病菌犧牲而死的！你要想想：在難船、饑饉、火災及其他非常危險的時候，有許多人是將最後的一口麵包，最後的安全場所，最後從火災中逃身的繩梯，讓給了幼稚的小靈魂，自己卻滿足於犧牲而從容地瞑目了的！

啊！安利柯啊！像這樣死去的人，數也數不盡。無論哪裏的墓地，都眠着成千成百的這樣神聖的靈魂。如果這許多的人能夠暫時在這世界中復活，他們必定要呼喚那些小孩們的名字，為他們而貢獻出自己的壯年的快樂，老年的平和，以及愛情、才能和生命的小孩們的名字。二十歲的女子，壯年的男子，八十歲的老人，青年的——為幼者而殉身的這許多無名的英雄——這許多高尚偉大的人們墓前所應該撒的花，單靠這地球，是無論如何不夠長的。你們小孩是這樣地被他們愛着，所以，安利柯啊！在萬靈節，要用感恩的心去紀念這許多亡人。這樣，你對於愛你的人們，對於為你勞苦的人們，自會更親和、更有情了。你真是幸福的人啊！你在萬靈節，還未曾有想起來要哭的人呢。

——母親

好友卡隆　四日

雖只兩天的休假，我好像已有許多日子不見卡隆了。我愈和卡隆熟悉，愈覺得他可愛。不但我如此，大家都是這樣。只有幾個高傲的人嫌惡卡隆，不和他講話，因為卡隆一向不受他們的壓制。那大的孩子舉起手來正要打幼小的孩子的時候，幼小的只要一叫「卡隆」，那大的就會縮回手去的。卡隆的父親是鐵道的司機。卡隆小時有過病，所以入學已遲，在我們一級裏身材最高，氣力也最大。他能用一手舉起椅子來；常常吃着東西；為人很好，有人請求於他，不論鉛筆、橡皮、紙、小刀，都肯借給或贈予。上課時，不言不笑不動，石頭般地安坐在狹小的課椅上，兩肩上裝着大大的頭，把背脊向前屈着。我看他的時候，他總半閉了眼給笑臉我看。好像在那裏説：「喂，安利柯，我們大家做好朋友啊！」我一見卡隆總是要笑起來。他身子又長，肩膀又闊，上衣、褲子、袖子都太小太短；至於帽子，小得差不多要從頭上落下來；外套露出綻縫，皮靴是破了的，領帶時常搓扭得成一條線。他的相貌，一見都使人喜歡，全級中誰都歡喜和他並坐。他算術很好，常用紅皮帶束了書本拿着。他有一把螺鈿鑲柄的大裁紙刀，這是去年陸軍大操的時候，他在野外拾得的。他有一次因這刀傷了手，幾乎把指骨都切斷了。不論人家怎樣嘲笑他，他都不發怒，但是當他説着甚麼的時候，如果有人説他「這是謊話」，那就不得了了：他立刻火冒起來，眼睛發紅，一拳打下來，可以擊破椅子。有一個星期六的早晨，他看見二年級裏有一小孩因失掉了錢，不能買筆記簿，立在街上哭，他就把錢給那小孩。他在母親的生日，費了三天工夫，寫了一封有八頁長的信，紙的四周還畫了許多裝飾的花樣。先生常注視着他，從他旁邊走過的時候，時常用手輕輕地去拍他的後頸，好像愛撫柔和的小牛的樣子。我真喜歡卡隆。當我握着他那大手的時候，那種歡喜真是非常！他的手和我的相比，就像大人的手了。我的確相信：卡隆真是能犧牲自己的生命而救助朋友的人。這種精神，從他的眼光裏很明顯地可以看出。從他那粗大的喉音中，誰都可以聽辨出他所含有的優美的真情。

賣炭者與紳士　七日

昨天卡羅．諾琵斯向培諦說的那樣的話，如果是卡隆，決不會說的。卡羅．諾琵斯因為他父親是上等人，很是高傲。他的父親是個長身有黑鬚的沉靜的紳士，差不多每天早晨都要伴着諾琵斯到學校裏來。昨天，諾琵斯和培諦相罵了。培諦年紀頂小，是個賣炭者的兒子。諾琵斯因為自己的理錯了，無話可辯，就說：「你父親是個叫化子！」培諦氣得連髮根都紅了，不作聲，只簌簌地流着眼淚。好像後來他回去向父親哭訴了。午後上課時，他那賣炭的父親——全身墨黑的矮小的男子就攜着他兒子的手到學校裏來，把這事告訴了先生。我們大家都默不作聲。諾琵斯的父親照例正在門口替他兒子脱外套，聽見有人説起他的名字，就問先生説：「甚麼事？」

「你們的卡羅對這位的兒子説：『你父親是個叫化子！』這位正在這裏告訴這事呢。」先生回答説。

諾琵斯的父親臉紅了起來，問自己的兒子：「你曾這樣説的嗎？」諾琵斯俯了首立在教室中央，甚麼都不回答。他父親捉了他的手臂，拉他到培諦身旁，説：「快道歉！」

賣炭的好像很對不住他的樣子，連連説：「不必，不必！」想上前阻止，可是紳士不答應，對他的兒子説：

「快道歉！照我所説的樣子快道歉，『對於你的父親，説了非常失禮的話，這是我所不該的。請原恕我。讓我的父親來握你父親的手。』要這樣説。」

賣炭的越發現出不安的神情來，好像在那裏説「那不敢當」。紳士總不答應。於是諾琵斯俯了頭，用斷斷續續的聲音説：

「對於……你的父親，……説了……非常失禮的話，這是……我所不該的。請你……原恕我。讓我的父親……來握……你父親的手。」

紳士把手向賣炭的伸去，賣炭的就握着大搖起來。還把自己的兒子推近卡羅·諾琵斯，叫用兩手去抱他。

「從此，請叫他們兩個坐在一處。」紳士這樣向先生請求。先生就令培諦坐在諾琵斯的位上，諾琵斯的父親等他們坐好了，才行了禮出去。賣炭的注視着這並坐的兩個孩子，沉思了一會兒，走到座位旁，好像要對諾琵斯說甚麼，好像很依戀，好像很對不起他，終於甚麼都沒有說。他張開了兩臂，好像要去抱諾琵斯了，可是也終於沒有去抱，只用他那粗大的手指在諾琵斯的額上碰了一碰。等走出門口，還回頭向裏面一瞥，這才出去。

先生對我們說：「今天的事情，大家不要忘掉。因為這可算這學年中最好的教訓了。」

弟弟的女先生　十日

弟弟病了，他的女教師代爾卡諦先生來探望。原來，賣炭者的兒子，從前是這位先生教過的。先生講出可笑的故事來，引得我們都笑。兩年前，賣炭家小孩的母親因為兒子得了獎牌，用很大的圍身裙滿包了炭，拿到先生那裏，當作謝禮。先生無論怎樣推謝，她終不答應，等拿了回家去的時候，居然大哭了。先生又說，還有一個女人，曾把金錢裝入花束中送去過。先生的話使我們聽了有趣發笑。弟弟先還無論怎樣不肯吃藥，這時也好好地吃了。

教導一年級的小孩，多少費力啊！有的牙齒未全，像個老人，發音發不好；有的要咳嗽；有的淌鼻血；有的因為靴子在椅子下面，哭着說「沒有了」；有的因鋼筆尖頭觸痛了手叫了起來；有的把習字帖的第一冊和第二冊掉錯了，吵個不休。要教會五十個手沒有準的小孩寫字，真是一件不容易的事。他們的袋裏藏着甚麼甘草、紐扣、瓶塞、碎瓦片等等的東西，先生要去搜他們的時候，他們甚至會藏到鞋子裏去。先生的話，他們是毫不聽的。有時窗口裏飛進一隻蒼蠅來，他們就大吵。夏天呢，把草拿進來，有的捉了甲蟲往裏面放；甲蟲在室中東西飛旋，有時落入墨水瓶中，墨水濺污了習字帖。先生代小孩們的母親替他們整頓衣裝；他們手指受了傷，替他們裹繃帶；帽子落了，替他們拾起；留心不讓他們拿錯了外套；用盡了心叫他們不要吵鬧。女先生真辛苦啊！可是，學生的母親們還要來訴說不平：甚麼「先生，我兒子的鋼筆頭為甚麼不見了」？甚麼「我的兒子一點都不進步，究竟為甚麼」？甚麼「我的兒子成績那樣的好，為甚麼得不到獎牌」？甚麼「我們配羅的褲子被釘子戳破了，你為甚麼不把那釘子去了」？

據說：先生有時受不住小孩的氣鬧，不覺舉起手來，終於用牙齒咬住了自己的手指，把氣忍住了。她發了怒以後，非常後悔，就去抱慰方才罵過的小孩。也曾把頑皮的小孩趕出過教室，趕出以後，自己卻咽着淚。有時聽見家長責罰自己的小孩，不給食物，先生總是很不高興，要去阻止。

先生年紀真輕，身材頎長，衣裝整飭，很是活潑，無論做甚麼事都像彈簧樣的敏捷。是個多感而溫柔慈愛、容易出眼淚的人。

「孩子們都非常和你親熱呢。」母親說。

「這原是有的，可是一到學年完結，就大都不顧着我了。他們到要受男先生教的時候，就把受過女先生教育當作羞恥的事了。兩年間，那樣地愛護了他們，一旦離開，真有點難過。那個孩子是一向親熱我的，大概不會忘記我吧。心裏雖這樣自忖，可是一到放了假以後，你看！他回到學校裏來的時候，我雖『我的孩子，我的孩子』地叫着，走近他去，他卻把頭向着別處，睬也不睬你了哩。」

先生說到這裏，暫時閉了口。又舉起她的濕潤的眼，吻着弟弟說：

「你不是這樣的吧？你是不會把頭向着別處的吧？你是不會忘記我的吧？」

我的母親　十日

安利柯！當你弟弟的先生來的時候，你對母親說了非常失禮的話了！像那樣的事，不要再有第二次啊！我聽見你那話，心裏苦得好像針刺！我記得，數年前你病的時候，你母親恐怕你病不會好，終夜坐在你床前，數你的脈搏，算你的呼吸，擔心得至於啜泣。我以為你母親要發瘋了，很是憂慮。一想到此，我對於你的將來，有點恐怖起來。你會對你這樣的母親說出那樣不該說的話！真是怪事！那是為要救你一時的痛苦不惜捨去自己一年間的快樂，為要救你生命不惜捨去自己生命的母親哩。

安利柯啊！你須記着！你在一生中，當然難免要嘗種種的艱苦，而其中最苦的一事，就是失了母親。你將來年紀大了，嘗遍了世人的辛苦，必然會幾千次地回憶你的母親來的。一分鐘也好，但求能再聽聽母親的聲音，只一次也好，但求再在母親的懷裏作小兒樣的哭泣：這樣的時候必定會有的。那時，你憶起了對於亡母曾經給予種種苦痛的事來，不知要怎樣地流後悔之淚呢！這不是可悲的事嗎？你如果現在使母親痛心，你將終生受良心的責備吧！母親的優美慈愛的面影，將來在你眼裏將成了悲痛的輕蔑的樣子，不絕地使你的靈魂痛苦吧！

啊！安利柯！須知道親子之愛是人間所有的感情中最神聖的東西。破壞這感情的人，實是世上最不幸的。人雖犯了殺人之罪，只要他是敬愛自己的母親的，其胸中還有美的貴的部份留着；無論如何有名的人，如果他是使母親哭泣、使母親痛苦的，那就真是可鄙可賤的人物。所以，對於親生的母親，不該再說無禮的話，萬一一時不注意，把話說錯了，你該自己從心裏懺悔，投身於你母親的膝下，請求赦免的接吻，在你的額上拭去不孝的污痕。我原是愛着你，你在我原是最重要的珍寶。可是，你對於你母親如果不孝，我寧願還是沒有了你好。不要再走近我！不要來抱我！我現在沒有心來還抱你！

——父親

朋友可萊諦　十三日

父親饒恕我了，我還悲痛着。母親送我出去，叫我和門房的兒子到河邊去散步。

兩人在河邊走着，到了一家門口停着貨車的店前，聽到有人在叫我。我回頭去看，原來是同學可萊諦。他身上流着汗正在活潑地扛着柴。立在貨車上的人抱了柴遞給他，可萊諦接了運到自己的店裏，急忙堆在一起。

「可萊諦，你在做甚麼？」我問。

「你不看見嗎？」他把兩隻手伸向柴去，一面回答我。「我正在複習功課哩！」

我笑了，可是可萊諦卻認真地在嘴裏這樣唸着：「動詞的活用，因了數——數與人稱的差異而變化——」一面抱着一捆柴走，放下了柴，把它堆好了：「又因動作起來的時而變化——」走到車旁取柴：「又因表出動作的法而變化。」

他又這樣接着說。

這是明日文法的複習。「我真忙啊！父親因事出門去了，母親病了在床上臥着，所以我不能不做事。一邊做事，一邊讀着文法。今日的文法很難呢，無論怎樣記，也記不牢。——父親說過，七點鐘回來付錢的哩。」他又向運貨的人說。

貨車去了。「請進來！」可萊諦說。

我進了店裏，店屋廣闊，滿堆着木柴，木柴旁邊還掛着秤。

「今天是一個忙日，真的！一直沒有空閒過。正想作文，客人來了。客人走了以後，執筆要寫，方才的貨車來了。今天跑了柴市兩趟，腿麻木得像棒子一樣，手也硬硬的，如果想作畫，一定弄不好的。」說着又用掃帚掃去散在四周的枯葉和柴屑。

「可萊諦，你用功的地方在哪裏？」我問。

「不在這裏。你來看看！」他引我到了店後的小屋裏，這屋差不多可以說是廚房兼食堂，桌上擺着書冊、筆記簿和已開了頭的作文稿。「在這裏啊！我還沒有把第二題做好——用皮革做的東西。有靴子、皮帶——還非再加一個不可呢——及皮袍。」他執了鋼筆寫着清楚的字。

「有人嗎？」喊聲自外面進來，原來買主來了。可萊諦回答着「請進來！」奔跳出去，稱了柴，算了錢，又在壁角污舊的賣貨簿上把賬記了，重新走進來：「非快把這作文做完不可。」說着執了筆繼續寫上：「旅行囊，兵士的背囊——咿喲！咖啡滾了！」跑到暖爐旁取下咖啡瓶：「這是母親的咖啡。我已學會煮咖啡了。請等一等，我們拿了一同到母親那裏去吧。母親一定很歡喜的。母親這個禮拜一直臥在床上。——呃，動詞的變化——我好幾次，被這咖啡壺燙痛了手了呢——兵士的背囊以後，寫些甚麼好呢？——非再寫點上去不可——一時想不出來——且到母親那裏去吧！」

可萊諦開了門，我和他一同走進那小室。母親臥在闊大的床上，頭上包着白的頭巾。

「啊！好哥兒！你是來望我的嗎？」可萊諦的母親看着我說。

可萊諦替母親擺好了枕頭，拉直了被，加上了爐煤，趕出臥在箱子上的貓。

「母親，不再飲了嗎？」可萊諦說着從母親手中接過杯子，「藥已喝了嗎？如果完了，讓我再跑藥店去。柴已經卸好了。四點鐘的時候，把肉拿來燒了吧。賣牛油的如果走過，把那八個銅子還了他就是了。諸事我都會弄好的，你不必多勞心了。」

「虧得有你！你可以去了。一切留心些。」他母親這樣說了，還一定要我吃一塊方糖。可萊諦指着他父親的照相給我看。他父親穿了軍服，胸間掛着的勳章，據說是在溫培爾脫親王部下的時候得來的。相貌和可萊諦一樣，眼睛也是活潑潑的，露出很快樂的笑容。

我們又回到廚房裏。「有了！」可萊諦說着繼續在筆記簿上寫，「——馬鞍也是革做的——以後晚上再做吧。今天非遲睡不可了。你真幸福，有工夫用功，還有閒暇散步。」他又活潑地跑出店堂，將柴擱在台上用鋸截斷：

「這是我的體操哩。可是和那『兩手向前』的體操不同。父親回來以前，我把這柴鋸了，使他見了歡喜。最討厭的就是手拿了鋸以後，寫起字來，筆畫同蛇一樣。但是也無法可想，只好在先生面前把事情直說了。——母親快點病好才好啊！今天已好了許多，我真快活！明天雞一叫，就起來預備文法吧。——咿喲！柴又來了。快去搬吧！」

貨車滿裝着柴，已停在店前了。可萊諦走向車去，又回過來：「我已不能陪你了，明日再會吧。你來得真好，再會，再會，快快樂樂地散你的步吧，你真是幸福啊！」他把我的手緊握了一下，仍來往於店與車之間，臉孔紅紅地像薔薇，那種敏捷的動作，使人看了也爽快。

「你真是幸福啊！」他雖對我這樣說，其實不然，啊！可萊諦！其實不然。你才比我幸福呢。因為你既能用功，又能勞動；能替你父母盡力。你比我要好一百倍，勇敢一百倍呢！好朋友啊！

校長先生　十八日

可萊諦今天在學校裏很高興，因為他三年級的舊先生到校裏來做月試監督來了。這位先生名叫考諦，是個肥壯、大頭、鬈髮、黑鬚的先生，目光炯炯，話聲響如大炮。這先生常恐嚇小孩們，說甚麼要撕斷了他們的手足交付警察，有時還要裝出種種可怕的臉孔。其實他決不會責罰小孩的，無論何時，笑容總在鬍鬚底下，不過被鬍鬚遮住，大家都看不出它。男先生共有八人，考諦先生之外，還有像小孩一樣的助手先生。五年級的先生是個跛子，平常圍着大的毛圍巾，據說他在鄉間學校的時候，因為校舍潮濕，壁裏滿是濕氣，就成了病，到現在身上還是要作痛哩。那一級還有一位白髮的老先生，據說以前曾做過盲人學校的教師。另外還有一位衣服華美，戴了眼鏡，留着好看的頰鬚的先生。他一邊教書，一邊自己研究法律，曾得過證書，所以得着一個「小律師」的綽號。這位先生又著過《書簡文教授法》之類的書，教體操的先生原來是軍人，據說屬於格里巴第將軍（本書中格里巴第、格里波底、格里勃爾第均指意大利民族解放運動領袖加里波第 Giuseppe Garibaldi, 1807-1882。——編者）的部下，項頸上留着彌拉查戰爭時的刀傷，還有一位就是校長先生，高身禿頭，戴着金邊的眼鏡，半白的鬚，長長地垂在胸前；經常穿着黑色的衣服，紐扣一直扣到腮下。他是個很和善的先生。學生犯了規則被喚到校長室裏去的時候總是戰戰兢兢的，先生並不責罵，只是攜了小孩的手好好開導，叫他下次不要再有那種事，並且安慰他，叫他以後做好孩子。他聲氣和善，言語親切，小孩出來的時候總是紅着眼睛，覺得比受罰還要難過。校長先生每天早晨第一個到學校，等學生來上學，候父兄來談話。別的先生回去了以後，他一人還留着，在學校附近到處巡視，恐防有學生被車子碰倒或在路上胡鬧。只要一看見先生那高而黑的影子，群集在路上逗留的小孩們就會棄了玩的東西逃散。先生那時，總遠遠地用了難過而充滿了情愛的臉色，喚住正在逃散的小孩們。

據母親說：先生自愛兒參加志願兵死去以後，就不見有笑容了。現在校長室的小桌上，放着他愛兒的像片。先生遭了那不幸以後，一時曾想辭職，據說已將向市政所提出辭職的辭職書寫好，藏在抽屜裏，因為不忍與小孩別離，還躊躇着未曾決定。有一天，我父親在校長室和先生談話。父親向先生說：「辭職是多麼乏味的事啊！」這時，恰巧有一個人領了孩子來見校長，是請求轉學的。校長先生見了那小孩似乎吃了一驚，將那小孩的臉貌和桌上的像片比較打量了好久，拉小孩靠近膝旁，托了他的頭，注視一會兒，說了一句「可以的」，記下姓名，叫他們父子回去，自己仍自沉思。我父親繼續說：「先生一辭職，我們不是困難了嗎？」先生聽了，就從抽屜裏取出辭職書，撕成兩段，說：「已把辭職的意思打消了。」

兵士 二十二日

校長先生自愛兒在陸軍志願兵中死去以後，課外的時間，常常出去看軍隊的通過。昨天又有一聯隊在街上通過，小孩們都集攏在一處，合了那樂隊的調子，把竹尺敲擊皮袋或書夾，依了拍子跳旋着。我們也站在路旁，看着軍隊進行。卡隆穿了狹小的衣服，也嚼着很大的麵包在那裏站着看。還有衣服很漂亮的華梯尼呀；鐵匠店的兒子、穿着父親的舊衣服的潑來可西呀；格拉勃利亞少年呀；「小石匠」呀；赤髮的克洛西呀；相貌很平常的勿蘭諦呀；炮兵大尉的兒子，因從馬車下救出幼兒自己跛了腳的洛佩諦呀；都在一起。有一個跛了足的兵士走過，勿蘭諦笑了起來。忽然有人去抓勿蘭諦的肩頭，仔細一看，原來是校長先生。校長先生說：「注意！嘲笑在隊伍中的兵士，好像辱罵縛着的人，真是可恥的事！」勿蘭諦立刻躲到不知哪裏去了。兵士分作四列進行，身上都流着汗，沾滿了灰塵，槍映在日光中閃爍地發光。

校長先生對我們說：

「你們不可不感謝兵士們啊！他們是我們的防禦者。一旦有外國軍隊來侵犯我國，他們就是代我們去拚命的人。他們和你們年紀相差不多，都是少年，也是在那裏用功的。看哪！你們一看他們的面色，就可知道全意大利各處的人都有在裏面：西西里人也有，耐普爾斯人也有，賽地尼亞人也有，隆巴爾地人也有。這是曾經加入過一八四四年戰爭的古聯隊，兵士雖經變更，軍旗還是當時的軍旗，在你們未出生以前，為了國家在這軍旗下戰死過的人，不知多少呢！」

「來了！」卡隆叫着說。真的，軍旗就在兵士們的頭上飄揚。

「大家聽着！三色旗通過的時候，應該行舉手注目的敬禮！」

一個士官捧了聯隊旗在我們面前通過。旗已經破裂了，褪色了，旗竿頂上掛着勳章。大家向着旗行舉手注目禮。旗手對了我們微笑，舉手答禮。

「諸位，難得。」後面有人這樣說。回頭去看，原來是年老的退職士官，紐孔裏掛着克里米亞戰役的從軍徽章，「難得！你們做得好！」他反覆着說。

這時候，樂隊已沿着河岸轉了方向了，小孩們的哄鬧聲與喇叭聲彼此和着。老士官注目着我們說：「難得，難得！從小尊敬軍旗的人，長大了就是擁護軍旗的。」

耐利的保護者 二十三日

駝背的耐利，昨日也在看兵士的行軍，他的神氣很可憐，好像說：「我不能當兵士了。」耐利是個好孩子，成績也好，身體小而弱，連呼吸都似乎困難。他母親是個矮小白色的婦人，每到學校放課總來接她兒子回去。最初，別的學生都要嘲弄耐利，有的用書包去碰他那突出的背。耐利毫不反抗，且不將人家以他為玩物的話告訴他母親，無論怎樣被人捉弄，他只是靠在座位裏無言地哭泣。

有一天，卡隆突然跳了出來對大家說：

「你們再碰耐利一碰看！我一個耳光，要他轉三個圈子！」

匇蘭諦不相信這話，當真嘗了卡隆的老拳，一掌打去果然轉了三個圈子。從此以後，再沒有人敢捉弄耐利了。先生知道了，讓卡隆和耐利同坐一張桌子。兩人很要好，耐利尤其愛着卡隆，他到教室裏，必要先看卡隆有沒有到，回去的時候，沒有一次不說「卡隆再會」的。卡隆也一樣，耐利的鋼筆書冊落到地下，卡隆不要耐利費力，立刻俯下去替他拾起來，還處處幫他的忙，或替他把用具裝入書包，或替他穿外套。耐利常看着卡隆，聽見先生稱讚卡隆，就歡喜得如同稱讚自己一樣。後來，好像耐利把從前受人捉弄、自己暗泣，幸賴一個朋友保護的事告訴了母親。今天學校裏發生了這樣一件事：先生有事差我到校長室去，恰巧來了一個穿黑衣服的小而白色的婦人，這就是耐利的母親。

「校長先生，有個名叫卡隆的，和我的兒子在一級裏嗎？」她這樣問。

「是的。」校長回答。

「有句話要和他說，可否請叫了他來？」

校長命校工去叫卡隆。不一會，卡隆的大而短髮的頭已出現在門框間了。他不知叫他為了何事，露出吃驚的樣子。那婦人一看見他，就跳了過去。將腕彎在他的肩上，不絕地吻他的額：

「你就是卡隆！是我兒子的好友！幫助我兒子的！就是你！好勇敢的人！就是你！」說着，急忙地用手去摸衣袋，又取出荷包來看，一時找不出東西，就從頸間取下帶着小小十字架的鍊子來，套上卡隆的項頸：

「將這給你吧，當作我的紀念！——當作感謝你，時時為你祈禱着的耐利的母親的紀念！請你掛着了！」

級長 二十五日

卡隆令人喜愛，代洛西令人佩服。代洛西每次總是第一，取得一等獎，今年大約仍是如此的。可以敵得過代洛西的人，一個都沒有。他甚麼都好，無論算術、作文、圖畫，總是他第一。他一學即會，有着驚人的記憶力，凡事不費甚麼力氣。學問在他好像遊戲一般。先生昨日向着他說：

「上帝給了你非常的恩賜，不要自暴自棄啊！」

他身材高大，神情挺秀，黃金色的髮蓬蓬地覆着額頭。身體輕捷，只要用手一撐，就能輕鬆地跳過椅子。劍術也學會了。年紀十二歲，是個富商之子，穿着青色的金紐扣的衣服。平常總是高興活潑，待甚麼人都和氣，試驗的時候肯教導別人。對於他，誰都不曾說過無禮的言語。只有諾琵斯和勿蘭諦白眼對他，華梯尼看他時，眼裏也閃着嫉妒的光。可是他似乎毫不介意這些。同學見了他，誰也不能不微笑。他做了級長，來往桌位間收集作業的時候，大家都要去握他的手。他從家裏得了畫片來，全部分贈朋友，還畫了一張小小的格拉勃利亞地圖送給那格拉勃利亞小孩。他給東西與別人的時候，總是笑着，好像不以為意似的。他不偏愛哪一個，待哪一個都一樣。我有時候覺到敵不過他，不由得難過啊！我也和華梯尼一樣嫉妒着代洛西呢！當我拚命思索題目的時候，想到代洛西此刻已做完，無氣可出，常常要怒惱他。但是一到學校，見了他那秀美而微笑的臉孔，聽着他那可愛的話聲，接着他那親切的態度，就把怒惱他的念頭消釋了，覺得自己可恥，而和他在一處讀書是很可喜的了。他的神情，他的聲音，都好像替我鼓起勇氣、熱心和快活喜悅的。

先生把明天的「每月例話」稿子交給代洛西，叫他謄清。他今天正寫着。好像那篇講演的內容使他大受感動，他臉燒得火紅，眼睛幾乎要下淚，嘴唇也發顫了。那時他的神氣，看去真是純正！我在他面前，幾乎要這樣說：「代洛西！你甚麼都比我高強，與我相比，好像一個大人！我真正尊敬你，崇拜你啊！」

少年偵探（每月例話）

一八五九年，法意兩國聯軍因救隆巴爾地，與奥地利戰爭，曾幾次打破奥軍。這正是那時候的事：六月裏一個晴天的早晨，意國騎兵一隊，沿了間道徐徐前進，一邊偵察敵情。這隊兵由一個士官和一個軍曹指揮着，都噤了口注視着前方，看有沒有敵軍前哨的影子。一直到了在樹林中的一家農舍門口，見有一個十二歲光景的少年立在那裏，用小刀切了樹枝削做杖棒。農舍的窗間飄着三色旗，人已不在了。因為怕敵兵來襲，所以插了國旗逃走了。少年看見騎兵來，就棄了在做的杖棒，舉起帽子。是個大眼活潑而面貌很好的孩子，他脱了上衣，正露出着胸脯。

「在做甚麼？」士官停了馬問。「為甚麼不和你家族逃走呢？」

「我沒有家族，是個孤兒。也會替人家做點事，因為想看看打仗，所以留在此地。」少年回答説。

「見有奧國兵走過麼？」

「不，這三天沒有見到。」

士官沉思了一會，下了馬，命兵士們注意前方，自已爬上農舍屋頂去。可是那屋太低了，望不見遠處。士官又下來，心裏想，「非爬上樹去不可。」恰巧農舍面前有一株高樹，樹梢在空中飄動着。士官考慮了一會兒，上下打量着樹梢和兵士的臉，忽然問少年：

「喂！孩子！你眼力好嗎？」

「眼力嗎？一里外的雀兒也看得出呢。」

「你能上這樹梢嗎？」

「這樹梢？我？那真是不要半分鐘工夫。」

「那麼，孩子！你上去替我望望前面有沒有敵兵，有沒有煙氣，有沒有槍刺的光和馬之類的東西！」

「就這樣吧。」

「應該給你多少？」

「你說我要多少錢嗎？不要！我歡喜做這事。如果是敵人叫我，我哪裏肯呢？為了國家才肯如此。我也是隆巴爾地人哩！」少年微笑着回答。

「好的，那麼你上去。」

「且慢，讓我脫了皮鞋。」

少年脫了皮鞋，把腰帶束緊了，將帽子擲在地上，抱向樹幹去。

「當心！」士官的叫聲好像要他轉來。少年回過頭來，用青色的眼珠看着士官，似乎問他甚麼。

「沒有甚麼，你上去。」

少年就像貓一樣地上去了。

「注意前面！」士官向着兵士揚聲。少年已爬上了樹梢。身子被枝條網着。腳被樹葉遮住了，從遠處卻可望見他的上身。那蓬蓬的頭髮，在日光中閃作黃金色。樹真高，從下面望去，少年的身體縮得很小了。

「一直看前面！」士官叫着説。

少年將右手放了樹幹，遮在眼上望。

「見有甚麼嗎？」士官問。

少年向了下面，用手圈成喇叭擺在口頭回答説：「有兩個騎馬的在路上站着呢。」

「離這裏多少路？」

「半英里。」

「在那裏動嗎？」

「只是站着。」

「別的還看見甚麼？向右邊看。」

少年向右方望：「近墓地的地方，樹林裏有甚麼亮晶晶的東西，大概是槍刺吧。」

「不見有人嗎？」

「沒有，也許躲在稻田中。」

這時，「嘶」的一聲，子彈從空中掠了過來，落在農舍後面。

「下來！你已被敵人看見了。已經好了，下來！」士官叫着說。

「我不怕。」少年回答。

「下來！」士官又叫，「左邊不見有甚麼嗎？」

「左邊？」

「唔，是的。」

少年把頭轉向左去。這時，有一種比前次更尖銳的聲音就在少年頭上掠來。少年一驚，不覺叫說：「他們射擊我了。」槍彈正從少年身旁飛過，相差真是一髮。

「下來！」士官着急了。

「立刻下來。有樹葉遮牢，不要緊的。你說看左邊嗎？」

「唔，左邊。但是，可以下來了！」

少年把身體突向左方，大聲地：「左邊有寺的地方——」話猶未完，又一很尖銳的聲音掠過空中。少年忽然下來了，還以為他正在靠住樹幹，不料張開了手，石塊似的落在地上。

「完了！」士官叫着跑上前去。

少年仰天橫在地上，伸開兩手死了。軍曹與兩個兵士從馬上飛跳下來。士兵伏在少年身上，解開了他的襯衫一看，見槍彈正中在右肺。「已無望了！」士兵嘆息說。

「不，還有氣呢！」軍曹說。

「唉！可憐！難得的孩子！喂！當心！」士官說着，用手巾抑住傷口。少年兩眼炯炯地張了一張，頭就向後垂下，斷了氣了。士官青着臉對少年看了一看，就把少年的上衣鋪在草上，將屍首靜靜橫倒，自己立正了看着，軍曹與兩個兵士也立正不動。別的兵士注意着前方。

「可憐！把這勇敢的少年——」士官反覆說，忽然轉念，把那窗口的三色旗取下，罩在屍體上當作屍衣。軍曹集攏了少年的皮鞋、帽子、小刀、杖棒等，放在旁邊。他們一時都靜默地立正。過了一會兒，士官向軍曹說道：「叫他們拿擔架來！這孩子是當作軍人而死，可以用軍人的禮來葬他的。」他看着少年的屍體，吻了自己的手再用手加到屍體上，代替接吻。立刻向兵士們命令說：「上馬！」一聲令下，全體上了馬繼續前進。經過了幾個小時之後，這少年就從軍隊受到下面樣的敬禮：

日沒時，意大利軍前衛的全線，向敵行進，數日前把桑馬底諾小山染成血紅的一大隊射擊兵，從今天騎兵通行的田野路上分作兩列進行。少年戰死的消息，出發前已傳遍全隊，這隊所取的路徑，與那農舍相距只有幾步。在前面的將校等，見大樹下用三色旗遮蓋着的少年，通過時皆捧了劍表示敬意。一個將校俯身到小河岸摘取東西散開着的花草，撒在少年身上，全隊的兵士也都模仿着摘了花向屍體上投撒，一瞬間，少年已埋在花的當中了。將校兵士齊聲高呼：「勇敢啊！隆巴爾地少年！」「再會！朋友啊！」「金髮兒萬歲！」一個將校把自己掛着的勳章投了過去，還有一個走近去吻他的額。有人繼續將花草投過去，落雨般地落在那可憐的少年的腳上、染着血的臂上、黃金色的頭上。少年橫臥在草地上，露出蒼白的笑臉，好像是聽到許多人的稱讚，很滿足於自己的為國犧牲！

貧民　二十九日

安利柯啊！像隆巴爾地少年的為國捐身，固然是大大的德行，但你不要忘記，我們此外不可不為的小德行，不知還有多少啊！今天你在我的前面走過街上時，有一個抱着瘦弱蒼白小孩的女乞丐向你討錢，你甚麼都沒有給，只是看着走開罷了！那時，你囊中應該是有銅幣的。安利柯啊！好好聽着！不幸的人伸了手求乞時，我們不該假裝不知的啊！尤其是對於為了自己的小孩而求乞的母親，不該這樣。這小孩或者正飢餓着也說不定，如果這樣，那母親將怎樣的難過呢？假定你母親不得已要對你說「安利柯啊！今日不能再給你食物了」的時候，你想，那時的母親，心裏是怎樣？

給予乞丐一個銅幣，他就會真心感謝你，說「神必保佑你和你家族的健康」。聽着這祝福時的快樂，是你所未曾嘗到過的。受着那種言語時的快樂，我想，真是可以增加我們的健康的。我每從乞丐那裏聽到這種話時，覺得反不能不感謝乞丐，覺得乞丐所報我的比我所給他的更多，常這樣抱了滿足回到家裏來。你碰着無依的盲人，飢餓的母親，無父母的孤兒的時候，可從錢囊中把錢分給他們。單在學校附近看，不是就有不少貧民嗎？貧民所歡喜的，特別是小孩的施與，因為大人施與他們時，他們覺得比較低下，從小孩手裏接受則是覺得不足恥的。大人的施與不過只是慈善的行為，小孩的施與於慈善外還有着親切——你懂嗎？用譬喻說，好像從你手裏落下花和錢來的樣子。你要想想：你甚麼都不缺乏，世間有缺乏着一切的；你在求奢侈，世間有但求不死就算滿足的。你又要想想：在充滿了殿堂車馬的都會之中，在穿着美麗服裝的小孩們之中，竟有着無衣無食的女人和小孩，這是何等可寒心的事啊！他們沒有食物吃哪！不可憐嗎？說這大都會之中，有許多品質也同樣的好，也有才能的小孩，窮得沒有食物，像荒野的獸類一樣！啊！安利柯啊！從此以後，如逢有乞食的母親，不要再不給一錢管自走開了！

——父親

第三章 十二月

商人 一日

父親叫我以休假日招待朋友來家或去訪問他們，使彼此更加親密。所以這次星期日，我預備和那漂亮人物華梯尼去散步。今天卡洛斐來訪——就是那身材瘦長，長着鴉嘴鼻，生着狡猾的眼睛的。他是雜貨店裏的兒子，真是一個奇人，袋裏總帶着錢，數錢的本領要算一等，心算之快更無人能及了。他又能儲蓄，無論怎樣斷不濫用一錢。即使有五釐銅幣落在座位下面，他雖費了一禮拜的工夫，也必須尋得了才肯罷休。不論是用舊了的鋼筆頭、編針、點剩的蠟燭或是舊郵票，他都好好地收藏起來。他已費兩年的工夫收集舊郵票了，好幾百張地黏在大大的空簿上，各國的都有，說黏滿了就去賣給書店。他常拉了同學們到書店購物，所以書店肯把筆記簿送他。他在學校裏，也做着種種的交易，有時買進別人的東西，有時賣給別人；有時發行彩票；有時把東西和別人交換；交換了以後有時懊悔了，還要調回來。他善做投錢的遊戲，一向沒有輸過。集了舊報紙，也可以拿到紙煙店裏去賣錢。他帶着一本小小的手冊，把賬目細細地記在裏面。在學校，算術以外，他甚麼都不用功。他也想得獎牌，但這不過因為想不花錢去看傀儡戲的緣故。他雖是這樣的一個奇人，我卻很喜歡他。今天，我和他做買賣遊戲，他很熟悉物品的市價，稱戥也知道，至於折疊喇叭形的包物的紙袋，恐怕一般商店裏的夥計，也比不上他。他自己說，出了學校，要去經營一種新奇的商店呢。我贈了他四五張外國的舊郵票，他那臉上的歡喜，真是了不得，還把每張郵票的賣價説給我聽。我們正在這樣玩着的時候，父親雖在看報紙，卻靜聽着卡洛斐的話，看他那樣子好像聽得很有趣味似的。

卡洛斐口袋裏滿裝着物品，外面罩了長的黑外套。他平時總是商人似的在心裏打算着甚麼。他最看重的要算那郵票簿了，好像是他的最大的財產，平日不時和人談及這東西。大家都罵他是鄙吝者，說他盤剝重利，但我不知道為甚麼，卻歡喜他。他教給我種種的事情，儼然像個大人。柴店裏的兒子可萊諦說，他即使到用了那郵票簿可以救母親生命的時候，也不肯捨棄那郵票簿的。我的父親卻不信這話。父親說：

「不要那樣批評人，那孩子雖然氣量不大，但也有親切的地方哩！」

虛榮心　五日

昨日與華梯尼及華梯尼的父親，同在利華利街方面散步。斯帶地立在書店的窗外看着地圖。他是無論在街上或別的甚麼地方也會用功的人，不曉得甚麼時候到了這裏的。我們和他招呼，他只把頭一回就算，好不講禮啊！

華梯尼的裝束不用說是很漂亮的。他穿着繡花的摩洛哥長皮靴，着了繡花的衣裳，紐扣是絹包裹了的，戴了白海狸的帽子，戴了掛錶，闊步地走着。可是昨天，華梯尼因為虛榮心卻遇到了很大的失敗了：他父親走路很緩，我們兩個一直走在前，在路旁石櫈上坐下。那裏又坐了一個衣服樸素的少年，好像很疲倦了，垂下了頭在沉思。華梯尼坐在我和那少年的中間，忽然似乎記起自己的服裝華美，想向少年誇耀，舉起腳來對我說：

「你見了我的軍靴了嗎？」他的意思是給那少年看的，可是少年竟毫不注意。華梯尼放下了腳，指絹包的紐扣給我看，一面眼瞟着那少年說：「這紐扣不合我意，我想換銀鑄的。」那少年仍舊不向他看一眼。

於是，華梯尼將那白海狸的帽子用手指頂了打起旋來。少年也不瞧他，好像是故意如此的。

華梯尼憤然地把掛錶拿出，開了後蓋，叫我看裏面的機械。那少年到了這時，仍不抬起頭來。我問：

「這是鍍金的吧？」

「不，金的囉！」華梯尼答說。

「不會是純金的，多少總有一點銀在裏面吧？」

「哪裏！那是不可能的。」華梯尼說着把掛錶送到少年面前，問他：

「你，請看！不是純金的嗎？」

「我不知道。」少年淡然地說。

「嗄呀！好驕傲！」華梯尼怒了，大聲說。

這時，恰巧華梯尼的父親也來了。他聽見這話，向那少年注視了一會，銳聲地對自己的兒子：「別作聲！」又附着兒子的耳朵說：「這是一個瞎子。」

華梯尼驚跳起來，細看少年的面孔。他那眼珠宛如玻璃，果然甚麼都看不見。

華梯尼羞恥了，默然地把眼注視着他，過了一會兒，非常難為情地說：「我不好，我不知道。」

那瞎少年好像已明白了一切了。用了親切的、悲哀的聲音：

「哪裏！一點沒有甚麼。」

華梯尼雖好賣弄闊綽，卻全無惡意。他為了這件事，在散步中一直不曾笑。

初雪 十日

利華利街的散步，暫時不必再想，現在，我們美麗的朋友來了——初雪下來了！昨天傍晚已大片飛舞，今晨積得遍地皆白。雪花在學校的玻璃窗上，片片地打着，窗框周圍也積了起來，看了真有趣，連先生也搓着手向外觀看。一想起做雪人呀，摘簷冰呀，晚上燒紅了爐子圍着談有趣的故事呀，大家都無心上課。只有斯帶地熱心在對付功課，絲毫不管下雪的事。

放了學回去的時候，大家多高興啊！都大聲狂叫，跳着走，或是用手抓雪，或是在雪中跑來跑去。來接小孩的父兄們拿着的傘上也完全白了，警察的帽上也白了，我們的書包，一不顧着轉瞬也白了。大家都喜得像發狂。永沒有笑臉的鐵匠店裏的兒子潑來可西今天也笑了；從馬車下救出了小孩的洛佩諦也拄了拐杖跳着；還未曾手觸着過雪的格拉勃利亞少年把雪團攏了，像吃桃子樣地吃着；賣菜人家的兒子克洛西把雪裝在書包裏。最可笑的是「小石匠」，我父親叫他明天來玩，他口裏正滿含着雪，欲吐不得，欲嚥不能，眼看着我父親的臉。大家見了都笑了起來。

女先生們都跑了出來，也好像很高興。我二年級時的可憐的病弱的先生，也咳嗽着在雪中跑來了。女學生們「呀呀」地從隔壁的學校湧出來，在鋪着毛氈似的雪地上跳躍回旋。先生們都大了聲叫着說：「快回去，快回去！」他們看了在雪中狂喜的小孩們，也是笑着。

安利柯啊！你因為冬天來了而快樂，但你不要忘記，世間有許多無衣無履，無火暖身的小孩啊！因為要想教室暖些，有的小孩用迸出血長着凍瘡的手，拿着許多薪炭到遠遠的學校裏。在世界上，全被埋在雪中的學校也很多。在那種地方，小孩都牙根震抖着，看着不斷下降的雪，懷着恐怖。雪積得多了，從山上崩下來，連房屋也會被壓沒的。你們因為冬天來了歡喜，但不要忘了冬天一到世間，就有許多要凍死的人啊！

——父親

「小石匠」十一日

今天，「小石匠」到家裏來訪過我們了。他着了父親穿舊的衣服，滿身都沾着石粉與石灰。他如約到我們家裏來，我很快活，我父親也歡喜。

他真是一個有趣的小孩。一進門就脱去了被雪打濕了的帽子，塞在袋裏，闊步地到了裏面，臉像蘋果一樣，注視着一切。等走進餐廳，把周圍陳設打量了一會兒，看到那駝背的滑稽畫，就裝了一次兔臉。他那兔臉，誰見了也不能不笑的。

我們做積木的遊戲。「小石匠」對於築塔造橋有異樣的本領，堅忍不倦地認真去做，樣子居然像大人。他一邊玩着積木，一邊告訴我自己家裏的事情：他家只是一間人家的屋閣，父親夜間進夜校，母親還替人家洗衣服。我看他父母必定是很愛他的。他衣服雖舊，卻穿得很溫暖，破綻了的地方補綴得很妥帖，像領帶，如果不經母親的手也斷不能結得那樣整齊好看。他身形不大，據説，他父親是個身材高大的人，進出家門都須屈着身，平時呼他兒子叫「兔子頭」。

到了四時，我們坐在安樂椅上，吃牛油麵包。等大家離開了椅子，我看見「小石匠」上衣上黏着的白粉沾在椅背上了，就想用手去拭。不知為甚麼，父親忽然抑住我的手。過了一會兒，父親自己偷偷地拭淨了。

我們在遊戲中，「小石匠」上衣的紐扣忽然落下了一個，我母親替他縫綴。「小石匠」紅了臉在旁看着。

我將滑稽畫冊給他看。他不覺一一裝出畫上的面式來，引得父親也大笑了。回去的時候，他非常高興，以至於忘記了戴他的破帽。我送他出門，他又裝了一次兔臉給我看，當作答禮。他名叫安托尼阿・拉勃柯，年紀是八歲零八個月。

安利柯啊！你去拭椅子的時候，我為甚麼阻止你，你不知道嗎？因為如果在朋友面前拭，那就無異於罵他說：「你為甚麼把這弄齷齪了？」他並不是有意弄污，並且他衣服上所沾着的東西，是從他父親工作時沾來的。凡是從工作上帶來的，決不是齷齪的東西，不管他是石灰、是油漆或是塵埃，決不齷齪。勞動不會生出齷齪來，見了勞動着的人，決不應該說「啊！齷齪啊」！應該說「他身上有着勞動的痕跡」。你不要把這忘了！你應該愛「小石匠」，一則他是你的同學，二則，他是個勞動者的兒子。

——父親

雪球　十六日

雪還是不斷地下着，今天從學校回來的時候，雪地裏發生了一件可憐的事：小孩們一出街道，就將雪團成了石頭一樣硬的小球來往投擲，有許多人正在旁邊通過。行人之中有的叱叫着說，「停止停止！他們太惡作劇了。」忽然聽見驚人的叫聲，急去看時，有一老人落了帽子雙手遮了臉，在那裏蹣跚着。一個少年立在旁邊叫着：「救人啊！救人啊！」

人從四方集攏來，原來老人被雪球打傷了眼了！小孩們立刻四面逃散。我和父親站在書店面前，向我們這邊跑來的小孩也有許多。嚼着麵包的卡隆、可萊諦、「小石匠」、收集舊郵票的卡洛斐，都在裏面。老人已被人圍住，警察也趕來了。也有向這裏那裏跑着的人。大家都齊聲說：「是誰擲傷了的？」

卡洛斐立在我旁邊，顏色蒼白，身體顫抖着。

「誰？誰？誰闖了這禍？」人們叫着說。

卡隆走近來，低聲向着卡洛斐說：「喂！快走過去承認了，瞞着是卑怯的！」

「但是，我並不是故意的。」卡洛斐聲音發抖地回答。

「雖則不是故意的，但責任總須你負。」卡隆說。

「我不敢去！」

「那不成。來！我陪了你去。」

警察和觀者的叫聲，比前更高了：「是誰投擲的？眼鏡打碎，玻璃割破了眼，恐怕要變成瞎子了。投擲的人真該死！」

這時，我以為卡洛斐要跌倒在地上了。「來！我替你想法。」卡隆說着，捉了卡洛斐的手臂像扶病人似的拉了過去。群眾見這情形，也猜到闖禍的是卡洛斐，有的竟捏緊了拳頭想打他。卡隆推開了他們說：「你們集了十個以上的大人，來和一個小孩作對手嗎？」人們才靜了不動。

警察攜了卡洛斐的手，推開人們，帶了卡洛斐到那老人暫時住着的人家去。我們也隨後跟着。走到了一看，原來那受傷的老人就是和他的侄子同住在我們上面五層樓上的一個僱員。他臥在椅子上，用手帕蓋住眼睛。

「我不是故意的。」卡洛斐用了幾乎聽不清楚的低聲，抖抖索索地反覆着說。觀者之中有人擠了進來，大叫：「伏在地上謝罪！」想把卡洛斐推下地去。這時，另外又有一人用兩腕將他抱住，說：「咿呀，諸位！不要如此。這小孩已自己承認了，不再這樣責罰他，不也可以了嗎？」那人就是校長先生。先生向卡洛斐說：「快賠禮！」卡洛斐眼中忽然迸出淚來，前去抱住老人的膝。老人伸手來摸卡洛斐的頭，撫掠他的頭髮。大家見了都說：

「孩子！去吧。好了，快回去吧。」

父親拉了我出了人群，在歸路上向我說：「安利柯啊！你在這種時候，有承認過失負擔責任的勇氣嗎？」我回答他：「我願這樣做。」父親又問我：「你現在能對我立誓說必定能這樣做嗎？」我說：「是的，我立誓，父親！」

女教師　十七日

卡洛斐怕先生責罰他，很擔心。不料先生今天缺席，連助手先生也沒有在校，由一個名叫克洛彌夫人的年齡最大的女先生來代課。這位先生有兩個很大的兒子，其中一個正病着，所以她今天面有憂容。學生們見了女先生就喝起彩來。先生用和緩的聲音說：「請你們對我的白髮表示些敬意，我不但是教師，還是母親呢。」大家於是都肅靜了，唯有那鐵面皮的勿蘭諦，還在那裏嘲弄先生。

我弟弟那級的級任教師代爾卡諦先生，到克洛彌先生所教的一級裏去了。另外有位綽號「修女」的女先生，代着代爾卡諦先生教那級的課。這位女先生平時總穿黑的罩服，是個白皮膚、頭髮光滑、炯眼、細聲的人，無論何時，好像總在那裏祈禱。她性格很柔和，用那種絲一樣的細聲說話，聽去幾乎不能清楚，發大聲和動怒那樣的事是決沒有的。雖然如此，只要略微舉起手指訓誡，無論如何頑皮的小孩也立刻不敢不低了頭肅靜就範，霎時間教室中就全然像個寺院了，所以大家都稱她作「修女」。

此外還有一位女先生，也是我所喜歡的。那是一年級三號教室裏的年輕的女教師。她臉色好像薔薇，頰上有着兩個笑渦，小小的帽子上插着長而大的紅羽，項上懸着黃色的小十字架。她自己很快活，學生也被她教得很快活。她説話的聲音像銀球轉滾，聽上去和唱歌一樣。有時小孩喧擾，她常用教鞭擊桌或用拍手來使他們安靜。小孩從學校回去的時候，她也小孩似的跳着出來，替他們整頓行列，幫他們戴好帽子，外套的扣子不扣的代他們扣好，使他們不至於傷風；還怕他們路上爭吵，一直送他們出了街道。見了小孩的父親，叫他們在家裏不要打小孩；見小孩咳嗽，就把藥送他們，傷風了，把手套借給他們。年幼的小孩們纏牢了她，或要她接吻，或去抓她的面罩，拉她的外套，吵得她很苦。她永不禁止，總是微笑着一一地去吻他們。她回家去的時候，身上不論衣服或別的甚麼，都被小孩們弄得亂七八糟，她仍是快快活活的。她又在女子學校教女學生繪畫。據説，她用她一人的薪金養着母親和弟弟呢。

訪問負傷者 十八日

傷了眼睛的老人的侄子，就是帽上插紅羽那位女先生所擔任一級裏的學生。今天在他叔父家裏看見過他了。叔父像自己兒子一樣地愛着他。今晨，我替先生謄清了下星期要用的《每月例話．少年筆耕》，父親說：「我們到五層樓上去望望那受傷的老人吧，看他的眼睛怎樣了。」

我們走進了那暗沉沉的屋裏，老人高枕臥着，他那老妻坐在旁邊陪着，侄子在屋角遊戲。老人見了我們很歡喜，叫我們坐，說已大好了，受傷的不是要緊地方，四五日內可以痊癒。

「不過受了一些些傷。可憐！那孩子正擔心着吧。」老人說，又說醫生立刻就來。恰巧門鈴響了，他老妻說「醫生來了」，前去開門。我看時，來的卻是卡洛斐，他穿着長外套站在門口，低了頭好像不敢進來。

「誰？」老人問。

「就是那擲雪球的孩子。」父親說。

老人聽了：「嗄！是你嗎？請進來！你是來望我的，是嗎？已經大好了，請放心。立刻就復原的。請進來！」

卡洛斐似乎沒看見我們也在這裏，他忍住了哭臉走近老人床前。老人撫摩着他：「謝謝你！回去告訴你父親母親，說經過情形很好，叫他們不必掛念。」

卡洛斐站着不動，似乎還有話要說。

「你還有甚麼事嗎？」老人說。

「我，也沒有別的。」

「那麼，回去吧。再會，請放心！」

卡洛斐走出門口，仍站住了，眼看着送他出去的侄子的臉。忽然從外套裏面拿出一件東西交給那侄子，低聲地說了一句：「將這給了你。」就一溜煙去了。

那侄子將東西拿給老人看，包紙上寫着「奉贈」。等打開包紙，我見了不覺大驚。那東西不是別的，就是卡洛斐平日那樣費盡心血，那樣珍愛着的郵票簿。他竟把那比生命還重視的寶物，拿來當作報答原宥之恩的禮品了。

少年筆耕（每月例話）

敍利亞是小學五年生，十二歲，是個黑髮白皮膚的小孩。他父親在鐵路做僱員，在敘利亞以下還有許多兒女，一家營着清苦的生計，還是拮据不堪。父親不以兒女為累贅，一味愛着他們，對敘利亞百事依從，唯有學校的功課，卻毫不放鬆地督促他用功。這是因為想他快些畢業，得着較好的位置，來幫助一家生計的緣故。

父親年紀大了，並且因為一向辛苦，面容更老。一家生計全負在他肩上。他於日間在鐵路工作以外，又從別處接了書件來抄寫，每夜執筆伏案到很遲才睡。近來，某雜誌社托他寫封寄雜誌給訂户的封條，用了大大的正楷字寫，每五百條寫費六角。這工作好像很辛苦，老人每於食桌上向自己家裏人叫苦：

「我眼睛似乎壞起來了。這個夜工，要縮短我的壽命呢！」

有一天，敘利亞向他父親說：「父親！我來替你寫吧。我能寫得和你一樣好。」

父親終不許可：「不要，你應該用你的功。功課，在你是大事，就是一小時，我也不願奪了你的時間。你雖有這樣的好意，但我決不願累你。以後不要再說這話了。」

敘利亞向來知道父親的脾氣，也不強請，獨自在心裏設法。他每夜夜半聽見父親停止工作，回到臥室裏去。有好幾次，十二點鐘一敲過，立刻聽到椅子向後拖的聲音，接着就是父親輕輕回臥室去的腳步聲。一天晚上，敘利亞等父親去睡了後，起來悄悄地穿好衣裳，躡着腳步走進父親寫字的房子裏，把洋燈點着。案上擺着空白的紙條和雜誌訂户的名冊，敍利亞就執了筆，仿着父親的筆跡寫起來，心裏既歡喜又有些恐懼。寫了一會兒，條子漸漸積多，放了筆把手搓一搓，提起精神再寫。一面動着筆微笑，一面又側了耳聽着動靜，怕被父親起來看見。寫到一百六十張，算起來值兩角錢了，方才停止，把筆放在原處，熄了燈，躡手躡腳地回到床上去睡。

第二天午餐時，父親很是高興。原來他父親一點不察覺。每夜只是機械地照簿謄寫，十二點鐘一敲就放了筆，早晨起來把條子數一數罷了。那天父親真高興，拍着敍利亞的肩說：

「喂！敍利亞！你父親還着實未老哩！昨晚三小時裏面，工作要比平常多做三分之一。我的手還很自由，眼睛也還沒有花。」

敍利亞雖不說甚麼，心裏卻快活。他想：「父親不知道我在替他寫，卻自己以為還未老呢。好！以後就這樣去做吧。」

那夜到了十二時，敍利亞仍起來工作。這樣經過了好幾天，父親依然不曾知道。只有一次，父親在晚餐時說：「真是奇怪！近來燈油突然費多了。」敍利亞聽了暗笑，幸而父親不再說別的，此後他就每夜起來抄寫。

敍利亞因為每夜起來，漸漸睡眠不足，朝起覺着疲勞，晚間複習要打瞌睡。有一夜，敍利亞伏在案上睡熟了，那是他有生以來第一次的打盹。

「喂！用心！用心！做你的功課！」父親拍着手叫。敍利亞張開了眼。再用功複習。可是第二夜，第三夜，又同樣打盹，愈弄愈不好：總是伏在書上睡熟了，或早晨晏起，複習功課的時候，總是帶着倦容，好像對功課很厭倦似的。父親見這情形，屢次注意他，結果至於動氣，雖然他一向不責罵小孩。有一天早晨，父親對他說：

「敍利亞！你真對不起我！你和從前不是變了樣子嗎？當心！一家的希望都在你身上呢。你知道嗎？」

敍利亞有生以來第一次受着叱罵，很是難受。心裏想：「是的，那樣的事不能夠長久做下去的，非停止不可。」

這天晚餐的時候，父親很高興地說。「大家聽啊！這月比前月多賺六元四角錢呢。」他從食桌抽屜裏取出一袋果子來，說是買來讓一家人慶祝的。小孩們都拍手歡樂，敍利亞也因此把心重新振作起來，元氣也恢復許多，心裏自語道：「咿呀！再繼續做吧。日間多用點功。夜裏依舊工作吧。」父親又接着說：「六元四角哩！

這雖很好，只有這孩子——」說着指了敍利亞：「我實在覺得可厭！」敍利亞默然受着責備，忍住了要迸出來的眼淚，心裏卻覺得歡喜。

從此以後，敍利亞仍是拚了命工作，可是，疲勞之上更加疲勞，終究難以支持。這樣過了兩個月，父親仍是叱罵他，對他的臉色更漸漸擔起憂來。有一天，父親到學校去訪先生，和先生商量敍利亞的事。先生說：「是的，成績好是還好，因為他原是聰明的。但是不及以前的熱心了，每日總是打着呵欠，似乎要睡去，心不能集注在功課上。叫他作文，他只是短短地寫了點就算，字體也草率了，他原可以更好的。」

那夜父親喚敍利亞到他旁邊，用了比平常更嚴厲的態度對敍利亞說：

「敍利亞！你知道我為了養活一家怎樣地勞累？你不知道嗎？我為了你們，是把命在拼着呢！你竟甚麼都不想想，也不管你父母兄弟怎樣！」

「啊！並不！請不要這樣說！父親！」敍利亞咽着眼淚說。他正想把經過的一切說出來，父親又攔住了他的話頭：

「你應該知道家裏的境況。一家人要刻苦努力才可支持得住，這是你應該早已知道的。我不是那樣努力地做着加倍的工作嗎？本月我原以為可以從鐵路局得到二十元的獎金的，已預先派入用途，不料到了今天，才知道那筆錢是無望的了。」

敍利亞聽了把口頭要說的話重新抑住，自己心裏反覆着說：

「咿呀！不要說，還是始終隱瞞了，仍舊替父親幫忙吧。對父親不起的地方，從別一方來補報吧。學校裏的功課原非用功及格不可，但最要緊的是要幫助父親養活一家，略微減去父親的疲勞。是的，是的。」

又過了兩個月。兒子仍繼續做夜工，日間疲勞不堪，父親依然見了他動怒。最可痛的是父親對他漸漸冷淡，好像以為兒子太不忠實，是無甚希望的了，不多同他說話，甚至不願看見他。敍利亞見這光景，心痛的不得了。父親背向他的時候，他幾乎要從背後下拜。悲哀疲勞，使他愈加衰弱，臉色愈加蒼白，學業也似乎愈加不勤勉了。他自己也知道非停止做夜工不可，每夜就睡的時候，常自己對自己說：「從今夜起，真是不再夜半起來了。」可是，一到了十二點鐘，以前的決心不覺忽然寬懈，好像睡着不起，就是逃避自己的義務，偷用了家裏的兩角錢了，於是熬不住了仍舊起來。他以為父親總有一日會起來看見他，或者在數紙的時候偶然發覺他的作為。到了那時，自己雖不申明，父親自然會知道的。這樣一想，他仍繼續夜夜工作。

有一天晚餐的時候，母親覺得敍利亞的臉色比平常更不好了，說：

「敍利亞！你不是不舒服吧？」說着又向着丈夫：「敍利亞不知怎麼了，你看看他臉色青得——敍利亞！你怎麼啦？」說時顯得很憂愁。

父親把眼向敍利亞一瞟：「即使有病也是他自作自受。以前用功的時候，他並不如此的。」

「但是，你！這不是因為他有病的緣故嗎？」父親聽母親這樣說，回答說：「我早已不管他了！」

敍利亞聽了心如刀割。父親竟不管他了！那個他偶一咳嗽就憂慮得了不得的父親！父親確實不愛他了，眼中已沒有他這個人了！「啊！父親！我沒有你的愛是不能生活的！——無論如何，請你不要如此說，我一一說了出來吧，不再欺瞞你了。只要你再愛我，無論怎樣，我一定像從前一樣地用功。啊！這次真下決心了！」

敍利亞的決心仍是徒然。那夜因了習慣的力，又自己起來了。起來以後，就想往幾月來工作的地方做最後的一行。進去點着了燈，見到桌上的空白紙條，覺得從此不寫有些難過，就情不自禁地執了筆又開始寫了。忽然手動時把一冊書碰落到地。那時滿身的血液突然集注到心胸裏來：如果父親醒了如何；這原也不算甚麼壞事，發現了也不要緊，自己本來也屢次想說明了。但是，如果父親現在醒了，走了出來，被他看見了我，母親怎樣吃驚啊，並且，如果現在被父親發覺，父親對於自己這幾月來待我的情形，不知要怎樣懊悔慚愧啊！——心念千頭萬緒，一時迭起，弄得敍利亞震慄不安。他側着耳朵，抑了呼吸靜聽，並無甚麼響聲，一家都睡得靜靜的，這才放了心重新工作。門外有警察的皮靴聲，還有漸漸遠去的馬車蹄輪聲。過了一會，又有貨車「軋軋」地通過。自此以後，一切仍歸寂靜，只時時聽到遠犬的吠聲罷了。敍利亞振着筆寫，筆尖的聲音「唧唧」地傳到自己耳朵裏來。

其實這時，父親早已站在他的背後了。父親從書冊落地的時候就驚醒了，等待了好久，那貨車通過的聲音，把父親開門的聲音夾雜了。現在，父親已進那室，他那白髮的頭，就俯在敍利亞小黑頭的上面，看着那鋼筆頭的運動。父親對從前一切忽然都恍然了，胸中充滿了無限的懊悔和慈愛，只是釘住一樣站在那裏不動。敍利亞忽然覺得有人用了震抖着的兩腕抱他的頭，不覺突然「呀！」地叫了起來。及聽出了他父親的啜泣聲，叫着說：

「父親！原恕我！原恕我！」

父親咽了淚吻着他兒子的臉：

「倒是你要原恕我！明白了！一切都明白了！我真對不起你了！快來！」說着抱了他兒子到母親床前，將他兒子交到母親腕上：

「快吻這愛子！可憐！他三個月來竟睡也不睡，為一家人勞動！我還只管那樣地責罵他！」

母親抱住了愛子，幾乎說不出話來：

「寶寶！快去睡！」又向着父親：「請你陪了他去！」

父親從母親懷裏抱起敍利亞，領他到他的臥室裏，讓他睡倒了，替他整好枕頭，蓋上棉被。

敍利亞說了好幾次：

「父親，謝謝你！你快去睡！我已經很好了。請快去睡吧！」

父親仍伏在床旁，等他兒子睡熟，攜了兒子的手說：

「睡熟！睡熟！寶寶！」

敍利亞因為疲勞已極，就睡去了。幾個月來，到今天才得好好地睡一覺，夢魂為之一快。早晨醒來太陽已經很高了，忽然發現床沿旁近自己胸部的地方，橫着父親白髮的頭。原來父親那夜就是這樣過的，他將額貼近了兒子的胸，還是在那裏熟睡哩。

堅忍心 二十八日

像筆耕少年那樣的行為，在我們一級裏，只有斯帶地做得到。今天學校裏有兩件事：一件是受傷的老人把卡洛斐的郵票簿送還了他，還替他黏了三枚危地馬拉共和國的郵票上去。卡洛斐歡喜得非常，這是當然的，因為他尋求危地馬拉的郵票已三個月了。還有一件是斯帶地受二等獎。那個呆笨的斯帶地居然和代洛西只差一等，大家都很奇怪！那是十月間的事，斯帶地的父親領了他的兒子到校裏來，在大眾面前對先生說：

「要多勞先生的心呢，這孩子是甚麼都不懂的。」當他父親說這話時，誰會料到有這樣的一日！那時我們都以為斯帶地是呆子，可是他不自怯，說着「死而後已」的話。從此以後，他不論日裏、夜裏，不論在校裏、在家裏、在街路上，總是拚命地用功。別人無論說甚麼，他總不顧，有擾他的時候，他總把他推開，只管自己。這樣不息地上進，遂使呆呆的他到了這樣的地位。他起初毫不懂算術，作文時只寫些無謂的話，讀本一句也記不得。現在是算術的問題也能做，文也會作，讀本熟得和唱歌一樣了。

斯帶地的容貌，一看就知道他有堅忍心的：身子壯而矮，頭形方方的像沒有項頸，手短而且大，喉音低粗。不論是破報紙，是劇場的廣告，他都拿來讀熟。只要有一角錢，就立刻去買書，據說自己已設了一個小圖書館，邀我去看看呢。他不和誰閒談，也不和誰遊戲，在學校裏上課時候，只把兩拳擺在雙頰上，岩石樣坐着聽先生的話。他得到第二名不知費了多少力呢！可憐！

先生今天樣子雖很不高興，但是把獎牌交給斯帶地的時候，卻這樣說：

「斯帶地！難為你！這就是所謂精神一到何事不成了。」

斯帶地聽了並不表示得意，也沒有微笑，回到座位上，比以前更認真地聽講。最有趣的是放課的時候：斯帶地的父親到學校大門口來接，父親是做針醫的，和他兒子一樣，也是個矮身方臉、喉音粗大的人。他不相信自己的兒子居然會得獎牌，等先生出來和他說了，才哈哈地笑了拍着兒子的肩頭，用了力說：

「好的，好的，竟看你不出，你將來會有希望呢！」我們聽了都笑，斯帶地卻連微笑都沒有，只是抱了那大大的頭，複習他明日的功課。

感恩 三十一日

安利柯啊！如果是你的朋友斯帶地，決不會派先生的不是的。你今天恨恨地說「先生態度不好」，你對自己的父親母親，不是也常有態度不好的時候嗎？先生有時不高興是當然的，他為了小孩們，不是勞動了許多年月了嗎？學生之中有情義的固然不少，然而也有許多不知好歹，蔑視先生的親切，輕看先生的勞力的。平均說來，做先生的苦悶勝於滿足。無論怎樣的聖人，處在那樣的地位，能不時時動氣嗎？並且，有時還要耐了心去教導那生病的學生，神情的不高興是當然的。

應該敬愛先生：因為先生是父親所敬愛的人，因為是為了學生犧牲自己一生的人，因為是開發你精神的人。先生是要敬愛的啊！你將來年紀大了，父親和先生都去世了，那時，你在想起你父親的時候也會想起先生來吧，那時想起先生的那種疲勞的樣子，那種憂悶的神情，你會覺得現在的不是了吧。意大利全國五萬的學校教師，是你們未來國民精神上的父親。他們立在社會的背後，拿着輕微的報酬，為國民的進步發達勞動着。你的先生就是其中的一人，所以應該敬愛。你無論怎樣愛我，但如果對於你的恩人——特別的是對於先生不愛，我決不歡喜。應該將先生當作叔父一樣來愛他。不論待你好，或責罵你，都要愛他。不論先生是的時候，或是你以為錯了的時候，都要愛他。先生高興，固然要愛，先生不高興，尤其要愛他。無論何時，總須愛先生啊！先生的名字，永遠須用了敬意來稱呼，因為除了父親的名字，先生的名字是世間最尊貴、最可懷慕的名字呢！

——父親

第四章

一月

助教師　四日

父親的話不錯，先生的不高興，果然是病了的緣故。這三天來，先生告假，另外有一位助教師來代課。那是一個沒有鬍鬚的像孩子似的先生。今天，學校裏發生了一件可恥的事：這位助教師，無論學生怎樣說他，他總不動怒，只說：「諸位！請規矩些！」前兩日，教室中已擾亂不堪，今天竟弄得無可收拾了。那真是稀有的騷擾。先生的話聲，全然聽不清了，無論怎樣曉諭，怎樣勸誘，也都像耳邊風一樣。校長先生曾到門口來探看過兩次，校長一轉背，騷擾就依然如故。代洛西和卡隆在前面回過頭來，向大家使眼色叫他們靜些，他們哪裏肯靜。斯帶地獨自用手托了頭憑着桌子沉思，那個鈎鼻的舊郵票商人卡洛斐呢，他向大家各索銅元一枚，用墨水瓶為彩品，做着彩票。其餘有的笑，有的說，有的用鋼筆尖鑽着課桌，有的用了吊襪帶上的橡皮彈紙團。

助教師一個一個地去禁止他們，或是捉住他的手，或是拉了去叫他立壁角。可是仍舊無效。助教師沒了法，很和氣地和他們說：

「你們為甚麼這樣？難道一定要我責罰你們嗎？」

說了又以拳敲桌，用了憤怒而兼悲哀的聲音叫：「靜些！靜些！」可是他們仍是不聽，騷擾如故。勿蘭諦向先生投擲紙團，有的吹着口笛，有的彼此以頭相抵賭力，完全不知道在做甚麼了。這時來了一個校工，說：

「先生，校長先生有事請你。」

先生現出很失望的樣子，立起身匆忙就去。於是騷擾愈加厲害了。

卡隆忽然站起來，他震動着頭，捏緊了拳，怒不可遏地叫說：

「停止！你們這些不是人的東西！因為先生好說話一點，你們就輕侮他起來。倘然先生一用腕力，你們就要像狗一樣地伏倒在地上哩！卑怯的東西！如果有人再敢嘲弄先生，我要打掉他的牙齒！就是他父母看見，我也不管！」

大家不響了。這時卡隆的樣子真是莊嚴：堂堂的立着，眼中幾乎要怒出火來，好像是一匹發威的小獅子。他從最壞的人起，一一用眼去盯視，大家都不敢仰起頭來。等助教師紅了眼進來的時候，差不多肅靜得連呼吸的聲音都聽不出了。助教師見這模樣，大出意外，只是呆呆地立住。後來看見卡隆怒氣沖沖地站在那裏，就猜到了八九分，於是用了對兄弟說話時的那種充滿了情愛的聲氣說：「卡隆！謝謝你！」

斯帶地的圖書室

斯帶地的家在學校的前面。我到他家裏去，一見到他的圖書室，就羨慕起來了。斯帶地不是富人，雖不能多買書，但他能保存書籍，無論是學校的教科書，無論是親戚送他的，都好好地保存着。只要手裏得到錢，都用以買書。他已收集了不少書，擺在華麗的栗木的書架裏，外面用綠色的幕布遮着，據説這是父親給他的。只要將那細線一拉，那綠色的幕布就牽攏在一方，露出三格書來。各種的書，排得很整齊，書背上閃爍着金字的光。其中有故事、有旅行記、有詩集，還有書本。顏色配合得極好，遠處望去很是美麗。譬如説，白的擺在紅的旁邊，黃的擺在黑的旁邊，青的擺在白的旁邊。斯帶地還時常把這許多書的排列變換式樣，以為快樂。他自己做了一個書目，儼然是一個圖書館館長。在家時只管在那書箱旁邊，或是拂拭塵埃，或是把書翻身，或是檢查釘線。當他用粗大的手指把書翻開，在紙縫中吹氣或是做着甚麼的時候，看了真是有趣。我們的書都不免有損傷，他所有的書卻是簇新的。他得了新書，拂拭乾淨，插入書架裏，不時又拿出來看，把書當作寶貝珍玩，這是他最大的快樂。我在他家裏停了一個鐘頭，他除了書以外，甚麼都未曾給我看。

過了一會兒，他那肥胖的父親出來了，手拍着他兒子的背脊，用了和他兒子相像的粗聲向我說道：

「這傢伙你看怎樣？這個鐵頭，很堅實哩，將來會有點希望吧。」

斯帶地被父親這樣地嘲弄，只是像獵犬樣地半閉着眼。不知為了甚麼，我竟不敢和斯帶地取笑。他只比我大一歲，這是無論如何不能相信的。我回來的時候，他送我出門，像煞有介事地說：「那麼，再會吧。」我也不覺像向着大人似的說：「願你平安。」

到了家裏，我和我父親說：「斯帶地既沒有才，樣子也不好，他的面貌令人見了要笑，可是不知為了甚麼，我一見了他，就覺得有種種事情可以學。」父親聽了說：「這是那孩子待人真誠的緣故啊。」我又說：「到了他家裏，他也不多和我說話，也沒有玩具給我看。我卻很喜歡到他家裏去。」「這是因為你佩服那孩子的緣故。」父親這樣說。

鐵匠的兒子

是的，父親的話是真的。我還佩服潑來可西。不，佩服這個詞還不足表示我對於潑來可西的心情。潑來可西是鐵匠的兒子，就是那身體瘦弱的小孩，有着悲哀的眼光，膽子很小，向着人總說「原恕我，原恕我」，他卻是很能用功的。他父親酒醉回來，據說常要無故打他，把他的書或筆記簿擲掉。他常在臉上帶了黑痕或青痕到學校裏來，臉孔腫着的時候也有，眼睛哭紅的時候也有。雖然如此，他無論如何總不說父親打他。「父親打你了。」朋友這樣說的時候，他總立刻替父親包庇說：「沒有的事，沒有的事。」

有一天，先生看見他的作文簿被火燒了一半。對他說：「這不是你自己燒了的吧？」

「是的，我不小心把它落在火裏了。」他回答。其實，這一定是他父親酒醉回來踢翻了桌子或油燈的緣故。

潑來可西的家就住在我家屋頂的小閣上。門房時常將他們家的事情告訴給我母親聽。雪爾維姊姊有一天聽得潑來可西哭。據說他向他父親要買文法書的錢，父親把他從樓梯上踢了下來。他父親一味喝酒，不務正業，一家都為飢餓所苦。潑來可西時常餓着肚皮到學校裏來，吃卡隆給他的麵包。一年級時教過他的那個戴紅羽的女先生，也曾給他蘋果吃。可是，他決不說「父親不給食物」的話。

他父親也曾到學校裏來過，臉色蒼白，兩腳抖抖的，一副怒容，髮長長地垂在眼前，歪戴着帽子。潑來可西在路上一見父親，雖戰懼發震，可是立刻走近前去。父親呢，他並不顧着兒子，好像心裏在想着別的甚麼似的。

可憐！潑來可西把破的筆記補好了，或是借了別人的書來用功。他把破了的襯衣用針別牢了穿着，拖着太大的皮鞋，繫着長得拖到地上的褲子，穿着太長的上衣，袖口高高地捲到肘上。見了他那樣子真是可憐！雖然如此，他卻很勤勉，如果他在家裏能許他自由用功，必定能得到優良的成績的。

今天早晨，他頰上帶了爪痕到學校裏來，大家見了說：

「又是你父親吧，這次可不能再說『沒有的事』了。把你弄得這步田地的，一定是你父親。你去告訴校長先生，校長先生就會叫你父親來，替你勸說他的。」

潑來可西跳立起來，紅着臉，抖索着，發怒地說：「沒有的事，父親是不打我的。」

話雖如此，後來上課時他究竟眼淚落在桌上了。人家去看他，他就抑住眼淚。可憐！他還要硬裝笑臉給人看呢！明天，代洛西與可萊諦、耐利原定要到我家裏來，我打算約潑來可西一塊兒來。我想明天請他吃東西，給他書看，領他到家裏各處去玩耍，回去的時候，把果物給他裝進口袋帶回去。那樣善良而勇敢的小孩，應該使他快樂快樂，至少一次也好。

友人的來訪　十二日

今天是這一年中最快樂的星期四。正好兩點鐘，代洛西和可萊諦領了那駝背的耐利來了。潑來可西因為他父親不許他來，竟沒有到。代洛西和可萊諦笑着對我說，在路上曾遇見那賣野菜人家的兒子克洛西，據説克洛西提着大捲心菜，説是要賣了去買鋼筆。又説，他新近接到父親不久將自美國回來的信，很歡喜着呢。

三位朋友在我家裏留了兩小時光景，我高興非常。代洛西和可萊諦是同級中最有趣的小孩，連父親都歡喜他們。可萊諦穿了茶色的褲子，戴了貓皮帽子，性情活潑，無論何時非活動不可，或將眼前的東西移動，或是將它翻身。據説他從今天早晨起，已搬運過半車的柴，可是他還沒有疲勞的樣子，在我家裏跑來跑去，見了甚麼都注意，口不住地説話，像松鼠一般地活動着。他到了廚房裏，問女僕每束柴的價錢，據説他們店裏賣二角一束。他歡喜講他父親在溫培爾脱親王部下參加柯斯脱寨戰爭時候的事。禮儀很周到。確像我父親所說：這小孩雖生長在柴店裏，卻含着真正的貴族血統。

代洛西講有趣味的話給我們聽。他熟悉地理，竟同先生一樣閉了眼睛說：

「我現在眼前好像看見了全意大利。那裏有亞配那英山脈突出在愛盎尼安海中，河水在這裏那裏流着，有白色的都會。有灣，有青的內海，有綠色的群島。」他順次背誦地名，像眼前擺着地圖一樣。他穿着金紐扣的青色的上衣，舉起了金髮的頭，閉了眼，石像似的直立着，那種風采，使我們大家看了傾倒。他把明後日大葬紀念日所要背誦的三頁光景長的文章，在一小時內記牢。耐利看了他也在那悲愁的眼中現出微笑來。

今天的會集真是快樂，並且給我在胸中留下了一種火花樣的東西。他們三人回去的時候，那兩個長的左右夾輔着耐利，攜了他的手走，和他講有趣的話，使一向未曾笑過的耐利笑。我看了真是歡喜。回來到了食堂裏，見平日掛在那裏的駝背的滑稽畫沒有了，這是父親故意除去的，因為怕耐利看見。

維多利亞．愛馬努愛列王的大葬　十七日

今天午後二時，我們一進教室，先生就叫代洛西。代洛西立刻走上前去，立在

小桌邊，向着我們朗誦那篇大葬紀念辭。開始背誦的時候，略微有點不大自然，到後來聲音漸漸清楚，臉上充滿着紅暈。

「四年前今日的此刻，前國王維多利亞．愛馬努愛列二世陛下的玉棺，正到羅馬太廟正門。維多利亞．愛馬努愛列二世陛下，功業實遠勝於意大利開國諸王，從來分裂為七小邦，為外敵侵略及暴君壓制所苦的意大利，到了王的時代，才合為一統，確立了自由獨立的基礎。王治世二十九年，勇武絕倫，臨危不懼，勝利不驕，困逆不餒，一意以發揚國威愛撫人民為務。當王的柩車，在擲花如雨的羅馬街市通過的時候，全意大利各部的無數群眾，都集在路旁拜觀大葬行列。柩車的前面有許多將軍，有大臣，有皇族，有一隊儀仗兵，有林也似的軍旗，有從三百個都市來的代表，此外凡是可以代表一國的威力與光榮者，無不加入。大葬的行列到了崇嚴的太廟門口，十二個騎兵捧了玉棺入內，一瞬間，意大利全國就與這令人愛慕不盡的老王作最後的告別了，與二十九年來做了國父、做了將軍、愛撫國家的前國王永遠離別了！這實是最崇高嚴肅的一瞬間，上下目送玉棺，對了那色彩黯然的八十旒的軍旗掩面泣下。這軍旗實足令人回想到無數的戰死者，無數的鮮血，我國最大的光榮，最神聖的犧牲，及最悲慘的不幸來。騎兵把玉棺移入，軍旗就都向前傾倒。

其中有新聯隊的旗，也有經過了不少的戰爭而破碎的古聯隊旗。八十條黑旒，向前垂下，無數的勳章觸着旗杆叮咚作響。這響聲在群眾耳裏好像有上千人齊聲在那裏說：『別了！我君！在太陽照着意大利的時候，君的靈魂永遠宿在我們臣民的心胸裏！』

「軍旗又舉到空中了。我們的維多利亞．愛馬努愛列二世陛下，在靈廟之中永享着不朽的光榮了！」

勿蘭諦的斥退　二十一日

代洛西讀着維多利亞．愛馬努愛列王的悼詞的時候，笑的只有一人，就是勿蘭諦。勿蘭諦真討厭，他確是個壞人。父親到校裏來罵他，他反高興，見人家哭了，他反笑了起來。他在卡隆的面前膽小得發抖，碰見那怯弱的「小石匠」或一隻手不會動的克洛西，就要欺侮他們。他嘲誚大家所敬服的潑來可西，甚至於對於那因救援幼兒跛了腳的三年生洛佩諦，也要加以嘲弄。他和弱小的人吵鬧了，自己還要發怒，務必要對手負了傷才爽快。帽子戴得很低，他那深藏在帽檐下的眼光好像含有着甚麼惡意，誰都見了要害怕的。他在誰的面前都不顧慮，對了先生也會哈哈大笑。

有機會的時候，偷竊也來，偷竊了東西還裝出不知道的神氣。時常和人相罵，帶了大大的鑽子到學校來刺人。不論自己的也好，人家的也好，摘了上衣的紐扣，拿在手裏玩。他的紙、書籍、筆記簿都又破又髒，三角板也破碎了，鋼筆桿都是牙齒咬過的痕跡，不時咬指甲，衣服不是破就是齷齪。聽說，他母親為了他曾憂鬱得生病，父親已把他趕出過三次了。母親常到學校裏來探聽他的情形，回去的時候，眼睛總是哭得腫腫的。他嫌惡功課、嫌惡朋友、嫌惡先生。先生有時也把他棄之不顧，他不規矩，先生只裝作沒看見。他因此愈加壞了，先生待他好，他反嘲笑先生；若是罵他呢，他用手遮住了臉裝假哭，其實在那裏暗笑，曾罰他停學三天，再來以後，反而更加頑強亂暴了。有一天，代洛西勸他：「停止！停止！先生怎樣為難，你不知道嗎？」他脅迫代洛西說：「不要叫我刺穿你的肚皮！」

今天，勿蘭諦真個像狗一樣地被逐出了。先生把《每月例話．少年鼓手》的草稿交付給卡隆的時候，勿蘭諦在地板上放起爆竹來，爆炸的聲音震動全教室，好像槍聲，大家大驚。先生也跳了起來：

「勿蘭諦出去！」

「不是我。」勿蘭諦笑着假裝不知。

「出去！」先生反覆地說。

「不願意。」勿蘭諦反抗。

先生大怒，趕到他座位旁，捉住他的臂，將他從座位裏拖出。勿蘭諦咬了牙齒抵抗，終於力氣敵不過先生，被先生從教室裏拉到校長室裏去了。

過了一會兒，先生獨自回到教室裏，坐在位子上，兩手掩住了頭暫時不響，好像很疲勞的樣子。那種苦悶的神氣，看了教人不忍。

「做了三十年的教師，不料竟碰到這樣的事情！」先生悲哀地說，把頭向左右搖。我們大家靜默無語。先生的手還在發抖，額上直紋深得好像是傷痕。大家都不忍起來。這時代洛西起立：

「先生！請勿傷心！我們都敬愛先生的。」

先生聽了也平靜了下去，說：

「上課吧。」

少年鼓手（每月例話）

這是，一八四八年七月二十四日，柯斯脫寨戰爭開始第一日的事。我軍步兵一隊，六十人光景，被派遣到某處去佔領一空屋，忽受奧地利二中隊攻擊。敵人從四面來攻，彈丸雨一樣地飛來，我軍只好棄了若干死傷者，退避入空屋中，閉住了門，上了樓在窗口射擊抵禦。敵軍成了半圓形，步步包攏來。我軍指揮這隊的大尉是個勇敢的老士官，身材高大，鬚髮都白了。六十人之中，有一個少年鼓手，賽地尼亞人，年雖已過了十四歲，身材卻還似十二歲不到，是個膚色淺黑，眼光炯炯的少年。大尉在樓上指揮防戰，時時發出尖利如手槍聲的號令。他那鐵鑄般的臉上，一點都沒有感情的影子，面相的威武，真足使部下見了戰慄。少年鼓手臉已急得發青了，可是還能沉着地跳上桌子，探頭到窗外，從煙塵中去觀看白服的奧軍近來。

這空屋築在高崖上，向着崖的一面，只有屋頂閣上開着一個小窗，其餘都是牆壁。奧軍只在別的三面攻擊，向崖的一面安然無事。那真是很厲害的攻擊，彈丸如雨，破壁碎瓦，天幕、窗子、傢具、門户，一擊就成粉碎。木片在空中飛舞，玻璃和陶器的破碎聲，軋啦軋啦地東西四起，聽去好像人的頭骨正在破裂。在窗口射擊防禦的兵士，受傷倒在地板上，就被拖到一邊。也有用手抵住了傷口，呻吟着在這裏那裏打圈子走的。在廚房裏，還有被擊碎了頭的死屍。敵軍的半圓形只管漸漸地逼近攏來。

過了一會兒，一向鎮定自若的大尉忽然現出不安的神情，帶了一個軍曹急忙地出了那室。過了三分鐘光景，那軍曹跑來向少年鼓手招手。少年跟了軍曹急步登上樓梯，到了那屋頂閣裏。大尉正倚着小窗拿了紙條寫字，腳旁擺着汲水用的繩子。

大尉折疊了紙條，把他那使兵士顫慄的凜然的眼光注視着少年，很急迫地叫喚：

「鼓手！」

鼓手舉手到帽旁。

「你有勇氣嗎？」大尉說。

「是的，大尉！」少年回答，眼睛炯炯發光。

大尉把少年推近窗口：

「往下面看！靠近那屋子有槍刺的光吧，那裏就是我軍的本隊。你拿了這條子，從窗口溜下去，快快地翻過那山坡，穿過那田畈，跑入我軍的陣地，只要一遇見士官，就把這條子交給他。解下你的皮帶和背囊！」

鼓手解下了皮帶背囊，把紙條放入口袋中。軍曹將繩子從窗口放下去，一端纏在自己的臂上。大尉將少年扶出了窗口，使他背向外面：

「喂！這分隊的安危，就靠你的勇氣和你的腳力了！」

「憑我！大尉！」少年一邊回答一邊往下溜。

大尉和軍曹握住了繩：

「下山坡的時候，要把身子伏倒！」

「放心！」

「但願你成功！」

鼓手立刻落到地上了。軍曹取了繩子走開了。大尉很不放心，在窗畔踱來踱去，看少年下坡。

差不多快要成功了。忽然在少年前後數步之間冒出五六處煙來。原來奧軍已發現了少年，從高處射擊着他。少年拚了命跑，突然倒下了。「糟了！」大尉咬着牙焦急地向自已説。正在此時，少年又站起來了。「啊，啊！只是跌了一跤！」大尉吐了一口氣。少年雖然拚命地跑着，可是，望過去一條腿像有些跛。大尉想：「踝骨受了傷了哩！」接着煙塵又從少年的近旁冒起來，都很遠，沒有打中。「好呀！好呀！」大尉歡喜地叫，目光仍不離少年。一想到這是十分危險的事，不覺就要戰慄！那紙條如果幸而送到本隊，援兵就會來；萬一誤事，這六十人只有戰死與被擄兩條路了。

遠遠望去：見少年跑了一會兒，忽而把腳步放緩，只是跛着走。及再重新起跑，力就漸漸減弱，坐下休息了好幾次。

「大概子彈穿過了他的腳。」大尉一邊這樣想，一邊目不轉睛地注視着少年，急得身子發震。他眼睛要迸出火星來了，測度着少年距離發光的槍刺間的距離。樓下呢，只聽見子彈穿過聲，士官與軍曹的怒叫聲，淒絕的負傷者的哭泣聲，器具的碎聲和物件的落下聲。

一士官默默地跑來，説敵軍依舊猛攻，已高舉白旗招降了。

「不要睬他！」大尉説，眼睛仍不離那少年。少年雖已走到平地，可是已經不能跑了，望去好像把腳拖着一步一步勉強地往前走。

大尉咬緊了牙齒，握緊了拳頭：「走呀！快走呀！該死的！畜生！走！走！」

過了一息，大尉説出可怕的話來了：「咿呀！沒用的東西！倒下哩！」

方才還望得見在田畈中的少年的頭。忽然不見了，好像已經倒下。隔了一分鐘光景，少年的頭重新現出，不久為籬笆擋住，望不見了。

大尉急忙下樓，子彈雨一般地在那裏飛舞，滿室都是負傷者，有的像醉漢似的亂滾，扳住傢具，牆壁和地板上染滿血漬，許多屍骸堆在門口。副官被打折了手臂，到處是煙氣和灰塵，周圍的東西都看不清楚了。

大尉高聲鼓勵着喊：

「大膽防禦，萬勿後退一步！援兵快來了！就在此刻！注意！」

敵軍漸漸逼近，從煙塵中已可望見敵兵的臉，槍聲裏面夾雜着可怕的哄聲和罵聲。敵軍在那裏脅迫叫喊：快降服，否則不必想活了。我軍膽怯起來，從窗口退縮進來。軍曹又追趕他們，迫他們向前，可是防禦的火力漸漸薄弱，兵士臉上，都表現出絕望的神情，再要抵抗，已是不可能的了。這時，敵軍忽然減弱了火力，轟雷似的喊叫起來：「投降！」

「不！」大尉從窗口回喊。

兩軍的炮火重新又猛烈了。我軍的兵士接連有受傷倒下的，有一面的窗已沒有人守衛，最後的時刻快到了。大尉用了絕望的聲音：「援兵不來了！援兵不來了！」一邊狂叫，一邊野獸似的跳着，以震抖的手揮着軍刀，預備戰死。這時軍曹從屋頂閣下來，鋭聲說道：

「援兵來了！」

「援兵來了！」大尉歡聲回答。

一聽這聲音，未負傷的、負傷的、軍曹、士官都立刻衝到窗口，重新猛力抵抗敵軍。

過了一會兒，敵軍似乎氣餒了，陣勢紛亂了起來。大尉急忙收集殘兵，叫他們把刺刀套在槍上，預備衝鋒，自己跑上樓梯去。這時聽到震天動地的吶喊聲，和雜亂的腳步聲。從窗口望去，意大利騎兵一中隊，正全速從煙塵中奔來。遠見那明晃晃的槍刺，不絕地落在敵軍頭上、肩上、背上。屋內的兵士也抱了槍刺吶喊而出。敵軍動搖混亂，開始退卻。轉瞬間，兩大隊的步兵帶着兩門大炮佔領了高地。

大尉率領殘兵回到自己所屬的聯隊裏。戰爭依然繼續，在最後一次衝鋒的時候，他為流彈所中，傷了左手。

這天戰鬥的結果，我軍勝利。次日再戰，我軍雖勇敢對抗，終以眾寡不敵，於二十七日早晨，退守泯契阿河。

大尉負了傷，仍率領部下的兵士徒步行進。兵士睏憊疲勞，卻沒有一個不服從的。日暮，到了泯契阿河岸的哥伊托地方，找尋副官。那副官傷了手腕，被救護隊所救，比大尉先到這裏。大尉走進一所設着臨時野戰病院的寺院，其中滿住着傷兵。

病床分作兩列，床的上面還設着床。兩個醫師和許多助手應接不暇地奔走，觸耳都是幽泣聲與呻吟聲。

大尉一到寺裏，就到處尋找副官，聽得有人用低弱的聲音在叫「大尉」。大尉近身去看，見是少年鼓手。他臥在吊床上，胸以下覆蓋着粗的窗簾布，蒼白而細的兩腕露出在布外面，眼睛仍像寶石一樣地發着光。大尉一驚，對他喊道：

「你在這裏？真了不得！你盡了你的本分了！」

「我已盡了我的全力。」少年答。

「你受了甚麼傷？」大尉再問，一邊看附近各床，尋覓副官。

「完全沒料到。」少年回答說。他的元氣恢復過來了，開始覺得負傷在他是榮譽。如果沒有這滿足的快感，他在大尉前恐將無開口的氣力了。「我拚命地跑，原是恐被看見，屈着上身，不料竟被敵人看見了。如果不被射中，還可再快二十分鐘的。幸而逢着參謀大尉，把紙條交付了他。可是在被打傷以後，一點也走不動，口也乾渴，好像就要死去。要再走上去是無論如何不能的了。愈遲，戰死的人將愈多。我一想到此，幾乎要哭起來。還好！我總算拚了命達到了我的目的。不要替我擔心。大尉！你要留心你自己，你流着血呢！」

的確如他所說，滴滴的血，正從大尉臂下的繃帶裏順着手指流下來。

「請把手交給我，讓我替你包好繃帶。」少年說。

大尉伸過左手來，用右手來扶少年。少年把大尉的繃帶解開重新結好。可是，少年一離開枕頭，面色就變得蒼白，不得不仍舊躺下去。

「好了，已經好了。」大尉見少年那樣子，想把包着繃帶的手縮回來，少年似乎不肯放。

「不要顧着我。留心你自己要緊！即使是小小的傷，不注意就要厲害的。」大尉說。

少年把頭向左右搖。大尉注視着他：

「但是，你這樣睏憊，一定是出了許多血吧？」

「你說出了許多血？」少年微笑說。「不但血呢，請看這裏！」說着把蓋布揭開。

大尉見了不覺大吃一驚，向後退了一步。原來，少年已經失去了一隻腳！他左腳已齊膝截去，切口用血染透了的布包着。

這時，一個矮而胖的軍醫穿着襯衣走過，向着少年唧咕了一會兒，對大尉說：

「啊！大尉！這真是出於不得已，他如果不那樣堅持支撐，腳是可以保牢的。——引起了嚴重的炎症哩！終於把腳齊膝截斷了。但是，真是勇敢的少年！眼淚不流一滴，不驚慌，連喊也不喊一聲。我替他施行手術時，他以意大利男兒自豪哩！他家世出身一定是很好的！」軍醫說完急忙走開了。

大尉蹙了濃而白的兩眉，注視少年一會兒，替他依舊將蓋布蓋好。他眼睛仍不離少年，不知不覺，就慢慢地舉手到頭邊除了帽子。

「大尉，」少年驚叫。「作甚麼？對了我！」

一向對於部下不曾發過柔言的威武的大尉，這時竟用了充滿了情愛的聲音說道：

「我不過是大尉，你是英雄啊！」說了這話，便張開了手臂，伏在少年身上，在他胸部吻了三次。

愛國　二十四日

安利柯啊！你聽了少年鼓手的故事，既然感動，那麼在今天的測驗裏，作「愛意大利的理由」題目的文字，一定很容易了。我為甚麼愛意大利！

因為我母親是意大利人，因為我脈管所流着的血是意大利的血，因為我祖先的墳墓在意大利，因為我自己的出生地是意大利，因為我所說的話、所讀的書都是意大利文，因為我的兄弟、姊妹、友人，在我周圍的偉大的人們，在我周圍的美麗的自然，以及其他我所見、所愛、所研究、所崇拜的一切，都是意大利的東西，所以我愛意大利。這對於祖國的感情，你現在也許尚未真實理解，將來長大了就會知道的。從外國久客歸來，倚在船舷從水天中望見故國的青山，這時，自然會湧出熱淚或是發出心底的叫聲來。又，遠遊外國的時候，偶然在路上聽到有人操我國的國語，必會走近去與那說話的接近。外國人如果對於我國有無禮的言語，怒必從心頭突發，一旦和外國有交涉時，對於祖國的愛，格外容易發生。戰爭終止，疲憊的軍隊凱旋的時候，見了那被彈丸打破了的軍旗，見了那裹着綳帶的兵士高舉着打斷了的兵器在群眾喝彩聲中通過，你的感激歡喜將怎樣啊！那時，你自能真正了解愛國的意義吧。那時，你自會覺到自己與國家成為一體了吧。這是高尚神聖的感情。將來你為國出戰，我願見你平安凱旋——你是我的骨肉，願你平安自不必說。但是，如果你做了卑怯無恥的行徑，偷生而返，那麼，現在你從學校回來時這樣歡迎你的父親，將以萬斛之淚來迎接你，父子不能再如舊相愛，終而至於斷腸憂憤而死。

——父親

嫉妒　二十五日

以愛國為題的作文，第一仍是代洛西。華梯尼自信必得一等獎——華梯尼雖有虛榮心，喜闊綽，我卻歡喜他，但一見到他嫉妒代洛西，就覺可厭。他平日想和代洛西對抗，拚命地用功，可是究竟敵不過代洛西，無論哪一件，代洛西都要勝他十倍。華梯尼不服，總嘲弄代洛西。卡羅．諾琵斯也嫉妒代洛西，卻藏在心裏，華梯尼則竟表現在臉上。聽說他在家裏曾說先生不公平。每次代洛西很快地把先生的問話做出圓滿的回答的時候，他總板着臉，垂着頭，裝着不聽見，還故意笑。他笑的樣子很不好，所以大家都知道。只要先生一稱讚代洛西，大家就對華梯尼看，華梯尼必定在那裏苦笑。「小石匠」常在這種時候裝兔臉給他看。

今天，華梯尼很難為情。校長先生到教室裏來報告成績：

「代洛西一百分，一等獎。」正說時，華梯尼打了一個噴嚏。校長先生見了他那神情就猜到了：

「華梯尼！不要餵着嫉妒的蛇！這蛇是要吃你的頭腦，壞你的心胸的。」

除了代洛西，大家都向華梯尼看。華梯尼像要回答些甚麼，可是究竟說不出來，臉孔青青的像石頭般固定着不動。等先生授課的時候，他在紙上用了大大的字，寫了這樣的句子：

「我們不艷羨那因了不正與偏頗而得一等獎的人。」

他寫了是想給代洛西的。坐在代洛西近處的人都互相私語。有一個竟用紙做成大大的獎牌，在上面畫了一條黑蛇。華梯尼全不知道。先生因事暫時出去的時候，代洛西近旁的人都立起身來，離了座位，要將那紙獎牌送給華梯尼。教室中一時充滿了殺氣。華梯尼氣得全身顫抖。忽然，代洛西說：「將這給了我！」把獎牌取來撕得粉碎。恰好先生進來了，就繼續上課。華梯尼臉紅得像火一樣，把自己所寫的紙片搓成團塞入口中，嚼糊了吐在椅旁。功課完畢的時候，華梯尼好像有些昏亂了，走過代洛西位旁，落掉了吸墨水紙。代洛西好好地代他拾起，替他藏入書包，結好了袋紐。華梯尼只是俯視着地，抬不起頭來。

勿蘭諦的母親 二十八日

華梯尼的脾氣仍是不改。昨天早晨宗教班上，先生在校長面前問代洛西有否記牢讀本中「無論向了哪裏，我都看見你大神」的句子。代洛西回答說不曾記牢。華梯尼突然說：「我知道呢。」說了對着代洛西冷笑。這時勿蘭諦的母親恰好走進教室裏來，華梯尼於是失去了背誦的機會。

勿蘭諦的母親白髮蓬鬆了，全身都被雪打得濕濕的。她屏了氣息，把前禮拜被斥退的兒子推了進來。我們不知道將發生甚麼事情，大家都嚥着唾液。可憐！勿蘭諦的母親跪倒在校長先生面前，合掌懇求着說：

「啊！校長先生！請你發點慈悲，許這孩子再到學校裏來！這三天中，我把他藏在家裏，如果被他父親知道，或者要弄死他的。怎樣好呢！懇求你救救我！」

校長先生似乎想領她到外面去，她卻不管，只是哭着懇求：

「啊！先生！我為了這孩子，不知受了多少苦楚！如果先生知道，必能憐憫我吧。對不起！我怕不能久活了，先生！死是早已預備了的，但總想見到這孩子改好以後才死。確是這樣的壞孩子——」她說到這裏，嗚咽得不能即說下去，「——在我總是兒子，總是愛惜的。——我要絕望而死了！校長先生！請你當作救我一家的不幸，再一遍，許這孩子入學！對不起！看我這苦女人面上！」她說了用手掩着臉哭泣。

匆蘭諦好像毫不覺得甚麼，只是把頭垂着。校長先生看着匆蘭諦想了一會兒，說：

「匆蘭諦，坐到位子上去吧！」

匆蘭諦的母親把手從臉上放了下來，反覆地說了許多感謝的話，連校長先生要說的話都被她遮攔住了。她拭着眼睛走出門口，又連連說：

「你要給我當心啊！——諸位！請你們大家原恕了他！——校長先生！謝謝你！你做了好事了！——要規規矩矩的啊！——再會，諸位！——謝謝！校長先生！再會！原恕我這個可憐的母親！」

她走出門口，又回頭一次，用了懇求的眼色又對兒子看了一眼才走。她臉色蒼白，身體已有些向前彎，頭仍是震着，下了樓梯，就聽到她的咳嗽聲。

全級又肅靜了。校長先生向匆蘭諦注視了一會兒，用極鄭重的調子說：

「匆蘭諦！你在殺你的母親呢。」

我們都向匆蘭諦看，那不知羞恥的匆蘭諦還在那裏笑。

希望　二十九日

安利柯！你聽了宗教的話回來跳伏在母親的胸裏那時候的熱情，真是美啊！先生和你講過很好的話了哩！神已擁抱着我們，我倆從此已不會分離了。無論我死的時候，無論父親死的時候，我們不必再說「母親，父親，安利柯，我們就此永訣了嗎？」那樣絕望的話了，因為我們還可在別個世界相會的，在這世多受苦的，在那世得報；在這世多愛人的，在那世遭逢自己所愛的人。在那裏沒有罪惡，沒有悲哀，也沒有死。但是，我們須自己努力，使可以到那無罪惡無污濁的世界去才好。安利柯！是這樣的：凡是一切的善行，如誠心的情愛，對於友人的親切，以及其他的高尚行為，都是到那世界去的階梯。又，一切的不幸，使你與那世界接近。悲哀可以消罪，眼淚可以洗去心上的污濁。今天須比昨天好，待人須再親切一些：你要這樣地存心啊！每天早晨起來的時候，試着下如此的決心：「今天要做良心讚美我的事，要做父親見了歡喜的事，要做能使朋友先生及兄弟們愛我的事。」並且要向神祈禱，求神給予你實行這決心的力量。

「主啊！我願善良、高尚、勇敢、溫和、誠實，請幫助我！每夜母親吻我的時候，請使我能說，『母親！你今夜吻着比昨夜更高尚更有價值的少年哩！』的話。」你要這樣的祈禱。

到來世去，須變成天使般清潔的安利柯，無論何時，都要這樣存心，不可忘了，並且還要祈禱。祈禱的歡悅在你或許還未能想像，見了兒子敬虔地祈禱，做母親的將怎樣歡喜啊！我見你在祈禱的時候，只覺得有甚麼人在那裏看着你、聽着你的。這時，我能更比平時確信有大慈大悲至善的神存在。因此，我能起更愛你的心，能更忍耐辛苦，能真心寬恕他人的罪惡，能用了平靜的心境去想着死時的光景。啊！至大至仁的神！在那世請使能再聞母親之聲，再和小孩們相會，再遇見安利柯——與聖潔而有無限生命的安利柯作永遠不離的擁抱！啊！祈禱吧！時刻祈禱，大家相愛，施行善事，使這神聖的希望，牢印在心裏，牢印在我高貴的安利柯的靈魂裏！

——母親

第五章 二月

獎牌授予　四日

今天，視學官到學校裏來，說是來給予獎牌的。那是有白鬚着黑服的紳士，在功課將完畢的時候，和校長先生一同到了我們的教室裏，坐在先生的旁邊，對三四個學生做了一會兒考問。把一等獎的獎牌給予代洛西，又和先生及校長低聲談說。

「受二等獎的不知是誰？」我們正這樣想，一邊默然地嚥着唾液。繼而，視學官高聲說：

「配托羅·潑來可西此次應受二等獎。他答題、功課、作文、操行，一切都好。」大家都向潑來可西看，心裏都代他歡喜。潑來可西張皇得不知如何才好。

「到這裏來！」視學官說。潑來可西離了座位走近先生的案旁，視學官用憫憐的眼光打量着潑來可西的蠟色的臉和縫補過的不合身材的服裝，替他將獎牌懸在肩下，深情地說：

「潑來可西！今天給你獎牌，並不是因為沒有比你更好的人，並且並不單只因為你的才能與勤勉；這獎牌還獎勵你的心情、勇氣及強固的孝行。」說着又問我們：

「不是嗎？他是這樣的吧？」

「是的，是的！」大家齊聲回答。潑來可西喉頭動着，好像在那裏嘶甚麼，過了一會兒，用很好的臉色對我們看，充滿了感謝之情。

「好好回去，要更加用功呢！」視學官對潑來可西說。

功課已完畢了，我們一級比別級先出教室。走出門外，見接待室裏來了一個想不到的人，那就是做鐵匠的潑來可西的父親。他仍然臉色蒼白，歪戴了帽子，頭髮長得要蓋着眼，抖抖索索地站着。先生見了他，同視學官附耳低聲說了幾句。視學官就去找潑來可西，攜了他的手一同到他父親的旁邊。潑來可西震慄起來，學生們都群集在他的周圍。

「是這孩子的父親嗎？」視學官快活地對鐵匠說，好像見了熟識的朋友一樣。並且不等他回答，又繼續說：

「恭喜！你看！你兒子超越了五十四個同級的得了二等獎了。作文、算術，一切都好。既有才，又能用功，將來必定成大事業。他心情善良，為大家所尊敬，真是好孩子！你見了也該歡喜吧。」

鐵匠張開了口只是聽着。他看看視學官，看看校長，又看看俯首戰慄着的自己的兒子。好像到了這時，他才知道自己這樣虐待兒子，兒子卻總是堅強地忍耐着的。

他臉上不覺露出茫然的驚訝和慚愧的情愛，急把兒子的頭抱在自己的胸前。我們都在他們前面走過。我約潑來可西在下禮拜四和卡隆、克洛西同到我家裏來。大家都向他道賀：有的去抱他，有的用手去摸他的奬牌，不論哪個走過他旁邊總有一點表示。潑來可西的父親用驚異的眼色注視着我們，他還是將兒子的頭抱在胸前，他兒子啜泣着。

決心　五日

見了潑來可西取得奬牌，我不覺後悔，我還一次都未曾得過呢。我近來不用功，自己固覺沒趣，先生、父親、母親為了我也不快活，像從前用功時候的那種愉快，現在已沒有了。以前，離了座位去玩耍的時候，好像已有一月不曾玩耍的樣子，總是高興跳躍着去的。現在，在全家的食桌上，也沒有從前快樂了。我心裏有一個黑暗的影子，這黑影在裏面發聲説，「這不對！這不對！」

一到傍晚，看見許多小孩雜在工人之間從工場回到家裏去，他們雖很疲勞，神情卻很快活。他們要想快點回去吃他們的晚餐，都急忙地走着，用被煤熏黑或是被石灰染白了的手，大家相互拍着肩頭高聲談笑着。他們都從天明一直勞動到了現在。

還有比他們還小的小孩，終日在屋頂閣上、地下室裏，在爐子旁或是水中勞動，只能用一小片麵包充飢，這樣的人也盡多盡多。我呢，除了勉強做四頁光景的作文以外，甚麼都不曾做。想起來真是可恥！啊！我自己既沒趣，父親對我也不歡喜。父親原要責罵我，不過因為愛我，所以忍住了！父親一直勞動辛苦到現在，家裏的東西，哪一件不是父親的勞動換來的？我所用的、穿的、吃的和教我的、使我快活的種種事物，都是父親勞動的結果。我受了卻一事不做，只讓父親在那裏操心勞力，從未給他絲毫的幫助。啊！不對，這真是不對！這樣子不能使我快樂！就從今日起吧！像斯帶地樣地捏緊了拳咬了牙齒用功吧！拚了命，夜深也不打呵欠，天明就跳起床來吧！不絕地把頭腦鍛煉，真實地把惰性革除吧！就是病了也不要緊。勞動吧！辛苦吧！像現在這樣，自己既苦，別人也難過，這種倦怠的生活決計從今日起停止！勞動！勞動！以全心全力用功，拚了命！這樣才能得到遊戲的愉快和生活的快樂，才能得到先生的親切的微笑和父親的親愛的接吻吧！

玩具的火車　十日

今天潑來可西和卡隆一道來了。就是見了皇族的兒子，我也沒有這樣的歡喜。

卡隆是頭一次到我家，他是個很沉靜的人，身材那樣長了，還是四年生，見了人好像很羞愧的樣子。門鈴一響，我們都迎出門口去，據說，克洛西因為父親從美國回來了，不能來。父親就與潑來可西接吻，又介紹卡隆給母親，說：

「卡隆就是他。他不但是善良的少年，並且還是一個正直的看重名譽的紳士呢。」

卡隆低了平頂髮的頭，看着我微笑。潑來可西掛着那獎牌，聽說，他父親重新開始做鐵匠工作，五日來滴酒不喝，時常叫潑來可西到工場去幫他的忙，和從前比竟然如兩個人了。潑來可西因此很歡喜。

我們開始遊戲了。我將所有的玩具取出給他們看。我的火車好像很中了潑來可西的意。那火車附有車頭。只要把發條一開，就自己會動。潑來可西從未見過這樣的火車玩具，驚異極了。我把開發條的鑰匙交付給他，他低了頭只管一心地玩。那種高興的臉色，在他面上是未曾見過的。我們都圍集在他身旁，注視他那枯瘦的項頸，曾出過血的小耳朵，以及他的向裏捲的袖口，細削的手臂。在這時候，我恨不得把我所有的玩具、書物，都送給了他，就是把我自己正要吃的麵包，正在穿着的衣服全送給他，也決不可惜。還想伏倒在他身旁去吻他的手。我想着至少把那火車送他吧！又覺得非和父親說明不可。正躊躇間，忽然有人把紙條塞到我手裏來，一看，原來是父親。紙條上用鉛筆寫着：

「潑來可西很歡喜你的火車哩！他不曾有過玩具，你不想個辦法嗎？」

我立刻雙手捧了火車，交在潑來可西的手中：

「把這送給你！」潑來可西看着我，好像不懂的樣子，我又說：

「是把這送給你。」

潑來可西驚異起來，一邊看我父親母親，一邊問我：

「但是，為甚麼？」

「因為安利柯和你是朋友。他這個送給你，當作你得獎牌的賀禮。」父親說。

潑來可西很難為情的樣子：

「那麼，我可以拿了回去嗎？」

「自然可以。」我們大家答他。潑來可西走出門口時，歡喜得嘴唇發顫，卡隆幫他把火車包在手帕裏。

「幾時，我引你到父親的工場裏去，把釘子送你吧！」潑來可西向我說。

母親把小花束插入卡隆的紐孔中，說：「給我帶去送給你的母親！」卡隆低了頭大聲地說：「多謝！」他那親切高尚的精神，在眼光中閃耀着。

傲慢　十一日

走路的時候偶然和潑來可西相碰，就要故意用手拂拭衣袖的是卡羅．諾琵斯那個傢伙。他自以為父親有錢，一味傲慢。代洛西的父親也有錢，代洛西卻從不以此向人擺出驕傲的樣子。諾琵斯有時想一個人佔有一張長椅，別人去坐，他就要憎嫌，好像玷辱他了。他看不起人，唇間無論何時總浮着輕蔑的笑。排了隊出教室時，如果有人踏着他的腳，那可不得了了。平常一些些的小事，他也要當面罵人，或是恐嚇別人，說要叫父親到學校裏來。其實，他對着賣炭者的兒子罵他的父親是叫化子的時候，就被自己的父親責罵過了。我不曾見過那樣討厭的學生，無論誰都不和他講話，回去的時候也沒有人對他說「再會」。他忘了功課的時候，連狗也不願教他，別說人了，他嫌惡一切人，代洛西更是他嫌惡的，因為代洛西是級長。又因為大家歡喜卡隆，他也嫌惡卡隆。代洛西就是在諾琵斯的旁邊的時候，也從來不留意這些。有人告訴卡隆，諾琵斯在背後說他的壞話。他說：「怕甚麼，他甚麼都不懂，理他做甚麼？」

有一天，諾琵斯見可萊謫戴着貓皮帽子，很輕侮地嘲笑他。可萊謫說：

「請你到代洛西那裏去學習學習禮貌吧。」

昨日，諾琵斯告訴先生，說格拉勃利亞少年踏了他的腳。

「故意的嗎？」先生問。

「不，無心的。」格拉勃利亞少年答辯。於是先生說：

「諾琵斯，在這樣小的事情上，你有甚麼可動怒的呢？」

諾琵斯像煞有介事地說：

「我會去告訴父親的！」

先生怒了：「你父親也一定說你不對。因為在學校裏，評定善惡，執行賞罰，全由教師掌管。」說完又和氣地說：

「諾琵斯啊！從此改了你的脾氣，親切地對待朋友吧。你也早應該知道，這裏有勞動者的兒子，也有紳士的兒子，有富的，也有貧的，大家都像兄弟一樣地親愛，為甚麼只有你不願意這樣呢？要大家和你要好是很容易的事，如果這樣，自己也會快樂起來哩。對嗎？你還有甚麼要說的話嗎？」

諾琵斯聽着，依然像平時一樣冷笑。先生問他，他只是冷淡地回答：「不，沒有甚麼。」

「請坐下，無趣啊！你全沒有情感！」先生向他說。

這事總算完結了，不料坐在諾琵斯前面的「小石匠」回過頭來看諾琵斯，對他裝出一個非常可笑的兔臉。大家都哄笑起來，先生雖然喝責「小石匠」，可是自己也不覺掩口笑着。諾琵斯也笑了，卻不是十分高興的笑。

勞動者的負傷　十五日

諾琵斯和勿蘭諦真是無獨有偶，今天眼見着悲慘的光景而漠不動心的，只有他們倆。從學校回去的時候，我和父親正在觀看三年級淘氣的孩子們在街上溜冰，街頭盡處忽然跑來了大群的人，大家面上都現出憂容，彼此低聲地不知談些甚麼。人群之中，有三個警察，後面跟着兩個抬擔架的。小孩們都從四面聚攏來觀看，群眾漸漸向我們近來，見那擔架上臥着一個皮色青得像死人的男子，頭髮上都黏着血，耳朵裏口裏也都有血，一個抱着嬰兒的婦人跟在擔架旁邊，發狂似的時時哭叫：「死了！死了！」

婦人的後面還有一個背皮包的男子，也在那裏哭着。

「怎麼了？」父親問。據說，這人是做石匠的，在工作中從五層樓上落了下來。擔架暫時停下，許多人都把臉避轉，那個戴紅羽的女先生用身體支持着幾乎要暈倒的我二年級時的女教師，這時有個拍着肩頭的人，那是「小石匠」，他臉已青得像鬼一樣，全身戰慄着。這必是想着他父親的緣故了。我也不覺記起他父親來。

啊！我可以安心在學校裏讀書。父親只是在家伏案書寫，所以沒有甚麼危險。可是，許多朋友就不然了，他們的父親或是在高橋上工作，或是在機車的齒輪間勞動，一不小心，常有生命的危險。他們完全和出征軍人的兒子一樣，所以「小石匠」一見到這悲慘的光景就戰慄起來了。父親覺到了這事，就和他說：

「回到家裏去！就到你父親那裏去！你父親是平安的，快回去！」

「小石匠」一步一回頭地去了。群眾繼續行動，那婦人傷心叫着：「死了！死了！」

「咿呀！不會死的。」周圍的人安慰她，她像不曾聽見，只是披散了頭髮哭。

這時，忽然有怒罵的聲音：「甚麼！你不是在那裏笑嗎！」

急去看時，見有一個紳士怒目向着勿蘭諦，用手杖把勿蘭諦的帽子掠落在地上：

「除去帽子！蠢貨！因勞動而負傷的人正在通過哩！」

群眾過去了，血漬長長地劃在雪上。

囚犯　十七日

這真是一年中最可驚異的事：昨天早晨，父親領了我同到孟卡利愛利附近去尋借別墅，預備夏季去住。執掌那別墅的鑰匙的是個學校的教師。他引導我們去看了以後，邀我們到他的房間裏去喝茶。他案上擺着一個奇妙的雕刻的圓錐形的墨水瓶，父親注意地看着。這位先生說：

「這墨水瓶在我是個寶貝，來歷很長哩！」他就告訴我們下面的話：

數年前，這位先生在丘林，有一年冬天，曾去監獄擔任教囚犯的學科。授課的地方在監獄的禮拜堂裏。那禮拜堂是個圓形的建築，周圍有許多的小而且高的窗，窗口都用鐵柵攔住。每個窗裏面各有一間小室，囚犯就站在各自的窗口，把筆記簿攤在窗檻上用功，先生則在暗沉沉的禮拜堂中走來走去地授課。室中很暗，除了囚犯鬍子蓬鬆的臉以外，甚麼都看不見。這些囚犯之中，有一個七十八號的，比別人更用功，更感謝着先生的教導。他是一個黑鬚的年輕人，與其說是惡人，毋寧說是個不幸者。他原是細木工，因為動了怒，用刨子投擲虐待他的主人，不意誤中頭部，致了死命，因此受了幾年的監禁罪。他在三個月中把讀寫都學會了，每日讀書，學問進步，性情也因此變好，已覺悟自己的罪過，自己很痛悔。有一天，功課完了以後，那囚犯向先生招手，請先生走近窗口去，說明天就要離開丘林的監獄，被解到威尼斯的監獄裏去了。他向先生告別，用深情的親切的語聲，請先生把手讓他握一握。先生伸過手去，他就吻着，說了一聲「謝謝」，先生縮回手時，據說手上沾着眼淚哩。先生以後就不再看見他了。

先生說了又繼續着這樣說：

「過了六年，我差不多把這不幸的人忘懷了。不料前日，突然來了個不相識的人，黑鬚，花白頭髮，粗布衣裝，見了我問：

「『你是某先生嗎？』

「『你是哪位？』我問。

「『我是七十八號的囚犯。六年前蒙先生教我讀法寫法。先生想必還記得：在最後授課的那天，先生曾將手遞給我。我已滿了刑期了，今天來拜望，想送一紀念品給先生，請把這收下，當作我的紀念！先生！』

「我無言地站着。他以為我不願受他的贈品，注視着我的眼色，好像在説：

「『六年的苦刑，還不足以拭淨手上的不潔嗎？』

「他眼色中充滿了苦痛，我就伸過手去，接受他的贈品，就是這個。」

我們仔細看那墨水瓶，好像是用釘子鑿刻的，真不知要費去多少工夫哩！蓋上雕刻着鋼筆擱在筆記簿上的花樣。周圍刻着「七十八號敬呈先生，當作六年間的紀念」幾個字。下面又用小字刻着「努力與希望」。

先生不再説甚麼，我們也就告別。在回到丘林來的路上，我心裏總在描摹着那囚犯站在禮拜堂小窗口的光景，他那向先生告別時的神情，以及在獄中做成的那個墨水瓶。昨天夜裏就做了這樣的夢，今天早晨還在想着。

今天到學校裏去，不料，又聽到出人意外的怪事。我坐在代洛西旁邊，才演好了算術問題，就把那墨水瓶的故事告訴代洛西，將墨水瓶的由來，以及雕刻的花樣，周圍「六年」等的文字，都大略地和他述説了一番。代洛西聽見這話，就跳了起來，看看我，又看看那賣野菜人家的兒子克洛西。克洛西坐在我們前面，正背向了我們在那裏一心演算。代洛西叫我不要聲張，又捉住了我的手：

「你不知道嗎？前天，克洛西對我説，他看見過他父親在美洲雕刻的墨水瓶了。是用手做的圓錐形的墨水瓶，上面雕刻着鋼筆桿擺在筆記簿上的花樣。就是那個吧？克洛西說他父親在美洲，其實，在牢裏呢。父親犯罪時，克洛西還小，所以不知道。他母親大約也不曾告訴他哩。他甚麼都不知道，還是不使他知道好啊！」

我默然地看着克洛西。代洛西正演算完，從桌下遞給克洛西，附給克洛西一張紙，又從克洛西手中取過先生叫他抄寫的每月例話《爸爸的看護者》的稿子來，說替他代寫。還把一個鋼筆頭塞入他的掌裏，再去拍他的肩膀。代洛西又叫我對方才所說的務守秘密。散課的時候，代洛西急忙對我說：

「昨天克洛西的父親曾來接他的兒子，今天也會來吧？」

我們走到大路口，看見克洛西的父親站立在路旁，黑色的鬍鬚，頭髮已有點花白，穿着粗布的衣服。那無光彩的臉上，看去好像正在沉思。代洛西故意地去握了克洛西的手，大聲地：

「克洛西！再會！」說着把手托在腮下，我也照樣地把腮下托住。

可是這時，我和代洛西臉上都有些紅了。克洛西的父親親切地看着我們，臉上卻呈露出若干不安和疑惑的影子來。我們覺得好像胸口正在澆着冷水！

爸爸的看護者(每月例話)

正當三月中旬，春雨綿綿的一個早晨，有一鄉下少年滿身沾透泥水，一手抱了替換用的衣包，到了耐普爾斯市某著名的病院門口，把一封信遞給看門的，說要會他新近入院的父親。少年生着圓臉孔，面色青黑，眼中好像在沉思着甚麼，厚厚的兩唇間露出雪白的牙齒。他父親去年離了本國到法蘭西去做工，前日回到意大利，在耐普爾斯登陸後忽然患病，進了這醫院，一面寫信給他的妻，告訴她自己已經回國，及因病入院的事。妻得信後很擔心，因為有一個兒子也正在病着，還有正在哺乳的小兒，不能分身，不得已叫頂大的兒子到耐普爾斯來探望父親——家裏都稱為爸爸。少年天明動身，步行了三十英里才到這裏。

看門的把信大略瞥了一眼，就叫了一個看護婦來，托她領少年進去。

「你父親叫甚麼名字？」看護婦問。

少年恐病人已有了變故，暗地焦急狐疑，震慄着說出他父親的姓名來。

看護婦一時記不起他所說的姓名，再問：

「是從外國回來的老年職工嗎？」

「是的，職工呢原是職工，老還不十分老的，新近從外國回來。」少年說時越加擔心。

「幾時入院的？」

「五天以前。」少年看了信上的日期說。

看護婦想了一想，好像突然記起來了，說：「是了，是了，在第四號病室中最裏面的床位裏。」

「病得很厲害嗎？怎樣？」少年焦急地問。

看護婦注視着少年，不回答他，但說：「跟了我來！」

少年跟看護婦上了樓梯，到了長廊盡處一間很大的病室裏，病床分左右排列着。「請進來。」看護婦說。少年鼓着勇氣進去，但見左右的病人都臉色發青，骨瘦如柴。有的閉着眼，有的向上凝視，又有的小孩似的在那裏哭泣。薄暗的室中充滿了藥氣，兩個看護婦拿了藥瓶匆忙地走來走去。

到了室的一隅，看護婦立住在病床的前面，扯開了床幕說：「就是這裏。」

少年哭了出來，急把衣包放下，將臉靠近病人的肩頭，一手去握那露出在被外的手。病人只是不動。

少年起立了，看着病人的狀態又哭泣起來。病人忽然把眼張開，注視着少年，似乎有些知覺了，可是仍不開口。病人很瘦，看去幾乎已認不出是不是他的父親，頭髮也白了，鬍鬚也長了，臉孔腫脹而青黑，好像皮膚要破裂似的。眼睛縮小了，嘴唇加厚了，差不多全不像父親平日的樣子，只有面孔的輪廓和眉間，還似乎有些像父親，呼吸已很微弱。少年叫說：

「爸爸！爸爸！是我呢，不知道嗎？是西西洛呢！母親自己不能來，叫我來迎接你的。請你向我看。你不知道嗎？給我說句話吧！」

病人對少年看了一會兒，又把眼閉攏了。

「爸爸！爸爸！你怎麼了？我就是你兒子西西洛啊！」

病人仍不動，只是艱難地呼吸着。少年哭泣着把椅子拉了攏去坐着等待，眼睛牢牢地注視他父親。他想：「醫生想必快來了，那時就可知道詳情了。」一面又獨自悲哀地沉思，想起父親的種種事情來：去年送他下船，在船上分別的光景，他說賺了錢回來，全家一向很歡樂地等待着的情形；接到信後母親的悲愁，以及父親如果死去的情形，都一一在眼前閃過，連父親死後，母親穿了喪服和一家哭泣的樣子，也在心中浮出了。正沉思間，覺得有人用手輕輕地拍他的肩膀，驚抬頭看，原來是看護婦。

「我父親怎麼了？」他很急地問。

「這是你的父親嗎？」看護婦親切地反問。

「是的，我來服侍他的，我父親患的甚麼病？」

「不要擔心，醫生就要來了。」她說着走了，別的也不說甚麼。

過了半點鐘，鈴聲一響，醫生和助手從室的那面來了，後面跟着兩個看護婦。醫生按了病床的順序一一診察，費去了不少的工夫。醫生愈近攏來，西西洛憂慮也愈重，終於診察到近旁的病床了。醫生是個身長而背微曲的誠實的老人。西西洛不待醫生過來，就站了起來。等醫生走到他身旁，他忍不住哭了。醫生注視着他。

「這是這位病人的兒子，今天早晨從鄉下來的。」看護婦說。

醫生一手搭在少年肩上，向病人俯伏了檢查脈搏，手摸頭額，又向看護婦問了經過狀況。

「也沒有甚麼特別變化，仍照前調理就是了。」醫生對看護婦說。

「我父親怎樣？」少年鼓了勇氣，咽着淚問。

醫生又將手放在少年肩上：

「不要擔心！臉上發了丹毒了。雖是很厲害，但還有希望。請你當心服侍他！有你在旁邊，真是再好沒有了。」

「但是，我和他説話，他一點也不明白呢。」少年呼吸急迫地説。

「就會明白吧，如果到了明天。總之，病是應該有救的，請不要傷心！」醫生安慰他説。

西西洛還有話想問，只是説不出來，醫生就走了。

從此，西西洛就一心服侍他爸爸的病。別的原不會做，或是替病人整頓枕被，或是時常用手去摸病體，或者趕去蒼蠅，或是聽到病人呻吟，注視病人的臉色，或是看護婦送來湯藥，就取了調匙代為灌餵。病人時時張眼看西西洛，好像仍不明白，不過每次注視他的時間漸漸地長了些。西西洛用手帕遮住了眼睛哭泣的時候，病人總是凝視着他。

這樣過了一天，到了晚上，西西洛拿兩把椅子在室隅拼着當床睡了，天亮就起來看護。這天看病人的眼色好像有些省人事了，西西洛説種種安慰的話給病人聽，病人在眼中似乎露出感謝的神情來。有一次，竟把嘴唇微動，好像要説甚麼話，暫時昏睡了去，忽又張開眼睛來尋找看護他的人。醫生來看過兩次，説覺得好了些了。

傍晚，西西洛把茶杯拿近病人嘴邊去的時候，那唇間已露出微微的笑影。西西洛自己也高興了些，和病人說種種的話，把母親的事情，姊妹們的事情，以及平日盼望爸爸回國的情形等都說給他聽，又用了深情的言語勸慰病人。病人懂嗎？不懂嗎？這樣的疑問偶爾也有，但總繼續和病人說。不管病人懂不懂西西洛的話，他似乎很喜歡聽西西洛的深情的含着眼淚的聲音，所以總是側耳聽着。

第二日，第三日，第四日，都這樣過去了。病人的病勢才覺得好了一些，忽而又變壞起來，反覆不定。西西洛盡了心力服侍。看護婦每日兩次送麵包或乾酪來，他只略微吃些就算，除了病人以外，甚麼都如不見不聞。像患者之中突然有危篤的人了，看護婦深夜跑來，訪病的親友聚在一處痛哭之類病院中慘痛的光景，他也竟不留意。每日每時，他只一心對付着爸爸的病，無論是輕微的呻吟，或是病人的眼色略有變化，他都會心悸起來。有時覺得略有希望，可以安心，有時又覺得難免失望，如冷水澆心，使他陷入煩悶。

到了第五日，病情忽然沉重起來，去問醫生，醫生也搖着頭，表示難望有救，西西洛倒在椅下啜泣。可以使人寬心的是病人病雖轉重，神志似乎清了許多。他熱心地看着西西洛，露出歡悅的臉色來，不論藥物飲食，別人餵他都不肯吃，除了西西洛。有時口唇也會動，似乎想說甚麼。見病人這樣，西西洛就去扳住他的手，很快活地這樣說：

「爸爸！好好地，就快痊癒了！就好回到母親那裏去了！快了！好好地！」

這日下午四點鐘光景，西西洛依舊在那裏獨自流淚，忽然聽見室外有足音，同時又聽見這樣的話聲：

「阿姐！再會！」──這話聲使西西洛驚跳了起來，暫時勉強地把已在喉頭的叫聲抑住。

這時，一個手裏纏着綳帶的人走進室中來，後面有一個看護婦跟着送他。西西洛立在那裏，發出尖銳的叫聲，那人回頭一看西西洛，也叫了起來：「西西洛！」──一邊箭也似的跑到他身旁。

西西洛倒伏在他父親的腕上，情不自遏地啜泣。

看護婦都圍集攏來，大家驚怪。西西洛還是泣着。父親吻了兒子幾次，又注視了那病人。

「呀！西西洛！這是哪裏說起！你錯到了別人那裏了！母親來信說已差西西洛到病院來了，等了你好久不來，我不知怎樣地擔憂啊！啊！西西洛！你幾時來的？

為甚麼會有這樣的錯誤？我已經痊癒了，母親好嗎？孔賽德拉呢？小寶寶呢？大家怎樣？我現在正要出院哩！大家回去吧！啊！天啊！誰知道竟有這樣的事！」

西西洛想說家裏的情形，可是竟說不出話。

「啊！快活！快活！我曾病得很危險呢！」父親不斷地吻着兒子，可是兒子只站着不動。

「去吧！今夜還可以趕到家裏呢。」父親說着，拉了兒子要走。西西洛回視那病人。

「甚麼？你不回去嗎？」父親怪異地催促。

西西洛又回顧病人。病人也張大了眼注視着西西洛。這時，西西洛不覺從心坎裏流出這樣的話來：

「不是，爸爸！請等等我！我不能回去！那個爸爸啊！我在這裏住了五日了，將他當作爸爸了。我可憐他，你看他在那樣地看着我啊！甚麼都是我餵他吃的。他沒有我是不成的。他病得很危險，請等我一會兒，今天我無論如何不能回去。明天回去吧，等我一等。我不能棄了他走。你看，他在那樣地看我呢！他不知是甚麼地方人，我走，他就要獨自一個人死在這裏了！爸爸！暫時請讓我再留在這裏吧！」

「好個勇敢的孩子！」周圍的人都齊聲說。

父親一時決定不下，看看兒子，又看看那病人。問周圍的人：「這人是誰？」

「同你一樣，也是個鄉間人，新從外國回來，恰好和你同日進院。送進病院來的時候甚麼都不知道，話也不會說了。家裏的人大概都在遠處。他將你的兒子當作自己的兒子呢。」

病人仍看着西西洛。

「那麼你留在這裏吧。」父親向他兒子說。

「也不必留很久了。」那看護婦低聲說。

「留着吧！你真親切！我先回去，好叫母親放心。這兩塊錢給你作零用。那麼，再會！」說畢，吻了兒子的額，就出去了。

西西洛回到病床旁邊，病人似乎就安心了。西西洛仍舊從事看護，哭是已經不哭了，熱心與忍耐仍不減於從前。遞藥呀，整理枕被呀，手去撫摸呀，用言語安慰他呀，從日到夜，一直陪在旁邊。到了次日，病人漸漸危篤，呻吟苦悶，熱度驟然加增。傍晚，醫生說恐怕難過今夜。西西洛越加注意，眼不離病人，病人也只管看着西西洛，時時動着口唇，像要說甚麼話。眼色也很和善，只是眼瞳漸漸縮小而且昏暗起來了。西西洛那夜徹夜服侍他。天將明的時候，看護婦來，一見病人的光景，急忙跑去。過了一會兒，助手就帶了看護婦來。

「已在斷氣了。」助手說。

西西洛去握病人的手，病人張開眼向西西洛看了一看，就把眼閉了。

這時，西西洛覺得病人在緊握他的手，喊叫着說：「他緊握着我的手呢！」

助手俯身下去觀察病人，不久即又仰起。

看護婦從壁上把耶穌的十字架像取來。

「死了！」西西洛叫着說。

「回去吧，你的事完了。你這樣的人是有神保護的，將來應得幸福，快回去吧！」助手說。

看護婦把窗上養着的堇花取下交給西西洛：

「沒有可以送你的東西，請拿了這花去當作醫院的紀念吧！」

「謝謝！」西西洛一手接了花，一手拭眼。「但是，我要走遠路呢，花要枯掉的。」說着將花分開了散在病床四周：「把這留下當作紀念吧！謝謝，阿姐！謝謝，先生！」又向着死者：「再會！……」

正出口時，忽然想到如何稱呼他？西西洛躊躇了一會兒，想起五日來叫慣了的稱呼，不覺就脫口而出：

「再會！爸爸！」說着取了衣包，忍住了疲勞，慢慢地出去。天已亮了。

鐵工場　十八日

潑來可西昨晚來約我去看鐵工場，今天，父親就領我到潑來可西父親的工場裏去。我們將到工場，見卡洛斐抱了個包從內跑出，衣袋裏又藏着許多東西，外面用外套罩着。哦！我知道了，卡洛斐時常用爐屑去掉換舊紙，原來是從這裏拿去的！走到工場門口，潑來可西正坐在瓦磚堆上，把書擺在膝上用功呢。他一見我們，就立起招呼引導。工場寬大，裏面到處都是炭和灰，還有各式各樣的錘子、夾子、鐵棒及舊鐵等類的東西。屋的一隅燃着小小的爐子，有一少年在拉風箱。潑來可西的父親站在鐵砧面前，另一年輕的漢子正把鐵棒插入爐中。

那鐵匠一見我們，去了帽，微笑着說：「難得請過來，這位就是送小火車的哥兒！想看看我做工吧，就做給你看。」

以前他的那種怕人的神氣，兇惡的眼光，已經沒有了。年輕的漢子一將赤紅的鐵棒取出，鐵匠就在砧上敲打起來。所做的是欄杆中的曲幹，用了大大的錘，把鐵各方移動，各方敲打。一瞬間，那鐵棒就彎成花瓣模樣，其手段的純熟，真可佩服。潑來可西很得意似的看着我們，好像是在説：「你們看！我的父親真能幹啊！」

鐵匠把這做成以後，擎給我們看：「如何？哥兒！你可知道做法了吧？」説着把這安放在一旁，另取新的鐵棒插入爐裏。

「做得真好！」父親説。「你如此勞動，已恢復了從前的元氣吧？」

鐵匠略紅了臉，拭着汗：

「已能像從前一樣一心勞動了。我能改好，你道是誰的功勞？」

父親似乎一時不了解他的問話，鐵匠用手指着自己的兒子：

「全然托了這傢伙的福！做父親的只管自己喝酒，像待狗樣地虐待他，他卻用了功把父親的名譽恢復了！我看見那獎牌的時候——喂！小傢伙！走過來給你父親看看！」

潑來可西跑近父親身旁，鐵匠將兒子抱到鐵砧上，攜了他的兩手説：

「喂！你這傢伙！還不把你父親的臉揩一下嗎？」

潑來可西去吻他父親墨黑的臉孔，自己也惹黑了。

「好！」鐵匠說着把兒子重新從砧上抱下。

「真的！這真好哩！潑來可西！」我父親歡喜地說。

我們辭別了鐵匠父子出來。潑來可西跑近我，說了一句「對不起」，將一束小釘塞入我的口袋裏。我約潑來可西於「謝肉節」到我家裏來玩。

到了街路上，父親和我說：

「你曾把那火車給了潑來可西。其實，那火車即使用黃金製成，裏面裝滿了珍珠，對於那孩子的孝行來說，還是很輕微的贈品呢！」

小小的賣藝者　二十日

「謝肉節」快過完了，市上非常熱鬧。到處的空地裏都搭着變戲法或說書的棚子。我們的窗下也有一個布棚，是從威尼斯來的馬戲班，帶了五匹馬在這裏賣藝。棚設於空地的中央，一旁停着三部馬車。賣藝的睡覺、打扮，都在這車裏，竟像是三間房子，不過附有輪子罷了。馬車上各有窗子，又各有煙囪，不斷地冒着煙。窗間曬着嬰兒的衣服，女人有時抱了嬰孩哺乳，有時弄食物，有時還要走繩。可憐！平常說起變戲法的好像不是人，其實他們把娛樂供給人們，很正直地過着日子哩！

啊！他們是何等勤苦啊！在這樣的寒天，終日只着了一件汗衣在布棚與馬車間奔走。立着身子吃一口或兩口的食物，還要等休息的時候。棚裏觀客集攏了以後，如果一時起了風，把繩吹斷或是把燈吹黑，一切就都完了！他們要付還觀客的戲資，向觀客道歉，再連夜把棚子修好。這戲法班中有兩個小孩。其中小的一個，在空地裏行走的時候，我父親看見他，知道就是這班班頭的兒子，去年在維多利亞·愛馬努愛列館乘馬賣藝，我們曾看過他的。已經大了許多了，大約有八歲了吧。他生着聰明的圓臉，墨黑的頭髮，露在圓錐形的帽子外邊，小丑打扮，上衣的袖子是白的，衣上繡着黑的花樣，足上是布鞋子。那真是一個快活的小孩，大家都喜歡他。他甚麼都會做，早晨起來披了圍巾去拿牛乳呀，從橫巷的暫租的馬房裏牽出馬來呀，管嬰孩呀，搬運鐵圈、踏櫈、棍棒及線網呀，掃除馬車呀，點燈呀，都能做。閒空的時候呢，還是纏在母親身邊。我父親時常從窗口看他，只管說起他。他的雙親似乎不像下等人，據說很愛他。

晚上，我們到棚裏去看戲法。這天頗寒冷，看客不多。可是那孩子要想使這少數的看客歡喜，非常賣力，或從高處飛跳下地來，或拉住馬的尾巴，或獨自走繩，且在那可愛的黑臉上浮了微笑唱歌。他父親着了赤色的小衣和白色的褲子，穿了長靴，拿了鞭子，看着自己的兒子玩把戲，臉上似乎帶着悲容。

我父親很可憐那小孩子，第二天，和來訪的畫家代利斯談起：

「他們一家真是拚命地勞動，可是生意不好，很困苦！尤其是那小孩子，我很歡喜他。可有甚麼幫助他們的方法嗎？」

畫家拍着手：

「我想到了一個好方法了！請你寫些文章投寄《格射諦報》。你是能做文章的，可將那小藝人的絕藝巧妙地描寫出來。我來替那孩子畫一幅肖像。《格射諦報》是沒有人不看的，他們的生意一定立刻會發達哩。」

父親於是執筆作文，把我們從窗口所看見的情形等，很有趣地、很動人地寫了下來；畫家又畫了一張與真面目無二的肖像，登入星期六晚報。居然，第二天的日戲，觀眾大增，場中幾乎沒有立足的地方。觀眾手裏都拿着《格射諦報》，有的給那孩子看。孩子歡喜得跳來跳去，班頭也大歡喜，因為他們的名字一向不曾被登過報。父親坐在我的旁邊。觀眾中很有許多相識的人，靠近馬的入口，有體操先生站着，就是那當過格里波底將軍部下的。我的對面，「小石匠」仰着小小的圓臉孔，靠在他那高大的父親身旁。他一看見我，立刻裝出兔臉來。再那面，卡洛斐站着，他屈了手指在那裏計算觀眾與戲資的數目哩。靠我們近旁，那可憐的洛佩諦倚在他父親炮兵大尉身上，膝間放着拐杖。

把戲開場了。那小藝人在馬上、踏櫈上、繩上，演出各樣的絕技。他每次飛躍下地，觀眾都拍手，還有去摸他的小頭的。別的藝人也交換地獻出種種的本領。可是觀眾的心目中都只有他，他不出場的時候，觀眾都像很厭倦似的。

過了一會，站在靠近馬的入口處的體操先生靠近了班頭的耳朵，不知說了些甚麼，又尋人也似的把眼四顧，終而向着我們看。大約他在把新聞記事的投稿者是誰報告了班頭吧。父親似乎怕受他們感謝，對我說：「安利柯！你在這裏看吧，我到外面等你。」出場去了。

那孩子和他父親談說了一會兒，又來獻種種的技藝。他立在飛奔的馬上，裝出參神、水手、兵士及走繩的樣子來，每次經過我面前時，總向我看。一下了馬，就手執了小丑的帽子在場內走圈子，觀客有的投錢在裏面，也有投給果物的。我正預備着兩個銅元想等他來時給他，不料他到了我近旁，不但不把帽子擎出，反縮了回去，眼睛注視着我走過去了。我很不快活，心想，他為甚麼如此呢？

表演完畢，班頭向觀眾道謝後，大家都起身擠出場外。我被擠在群眾中，正出場門的時候，覺得有人觸我的手。回頭去看，原來就是那小藝人。小小的黑臉孔上垂着黑髮，向我微笑，手裏滿捧着果子。我見了他那樣子，方才明白他的意思。

「你不肯稍微取些果子嗎？」他用他的土音說。

我點了點頭，取了兩三個。

「請讓我吻你一下！」他又說。

「請吻我兩下！」我抬過頭去。他用手拭去了自己臉上的白粉，把腕勾住了我的項頸，在我頰上接了兩次吻，且說：「這裏有一個，請帶給你的父親！」

「謝肉節」的最後一天　二十一日

今天化裝行列通過，發生了一件非常悲慘的事情，幸而結果沒有甚麼，沒有造成意外的災禍。桑·卡洛的空地上聚集了不知多少的用赤花、白花、黃花裝飾着的人。各式各樣的化裝隊來來往往巡遊，有裝飾成棚子的馬車，有小小的舞台，還有乘着小丑、兵士、廚師、水手、牧羊婦人等的船，混雜得令人看都來不及看。喇叭聲、鼓聲，幾乎要把人的耳朵震聾。馬車中的化裝隊或飲酒跳躍，或和行人及在窗上望着的人們攀談。同時，對手方面也竭力發出大聲來回答，有的投擲橘子、果子給他們。馬車上及群眾的頭上，只看見飛揚着的旗幟，閃閃發光的帽子，顫動的帽羽，及搖搖擺擺的厚紙盔。大喇叭呀，小鼓呀，幾乎鬧得天翻地覆。我們的馬車進入空地時，恰好在我們前面有一部四匹馬的馬車。馬上都戴着金鑲的馬具，且用紙花裝飾着。車中有十四五個紳士，扮成法蘭西的貴族，穿着發光的綢衣，頭上戴着白髮的大假面和有羽毛的帽子，腰間掛着小劍，胸間用花邊、蘇頭等裝飾着。樣子很是好看。他們一齊唱着法蘭西歌，把果子投擲給群眾，群眾都拍手喝彩起來。

這時，突然有一個男子從我們的左邊來，兩手抱了一個五六歲的女孩，高高地擎出在群眾頭上。那女孩可憐已哭得不成樣子，全身起着痙攣，兩手顫慄着。男子擠到紳士們的馬車旁，見車中一個紳士俯身看着他，他就大聲說：

「替我接了這小孩。她迷了路。請你將她高擎起來。母親大概就在這近旁，就會尋着她了。除此也沒有別的辦法！」

紳士抱過小孩，其他的紳士們也不再唱歌了。小孩拚命地哭着，紳士把假面除了，馬車緩緩地前進。

事後聽說：這時空地的那面有一個貧窮的婦人，發狂也似的向群眾中擠來擠去，哭着喊着：「馬利亞！馬利亞！我不見了女兒了！被拐了去了！被人踏死了！」

這樣狂哭了好一會兒，被群眾擠來擠去，着急死了。

車上的紳士把小孩抱在他用花邊、蘇頭裝飾着的胸懷裏，一邊向四方尋找，一邊哄着小孩。小孩不知自己落在甚麼地方，用手遮住了臉，哭得幾乎要把小胸膛脹破了。這哭聲似乎打擊着紳士的心，把紳士急得手足無措。其餘的紳士們把果子、橘子塞給小孩，小孩卻用手推拒，愈加哭得厲害了。

紳士向着群眾叫說：「替我找尋那做母親的！」大家向四方留心察看，總不見有像她母親的人。一直到了羅馬街，才看見有一個婦人向馬車追趕過來。啊！那時的光景，我永遠不會忘記的！那婦人已不像個人相，髮也亂了，臉也歪了，衣服也破了，喉間發一種怪異的聲音——差不多分辨不出是快樂的聲音還是苦悶的聲音。她奔近車前，突然伸出兩手想去抱那小孩，馬車於是停止了。

「在這裏呢。」紳士說了將小孩吻了一下，遞給母親手裏。母親發狂似的抱着貼緊在胸前，可是小孩的一隻手還在紳士的手裏。紳士從自己的右手上脫下一個鑲金剛石的指環來，很快地套在小孩手指上：

「將這給了你，當作將來的嫁妝吧！」

那做母親的呆了，化石般立着不動。四面八方響起了群眾的喝彩聲。紳士於是重新把假面戴上，同伴們又唱起歌來，馬車慢慢地從拍手喝彩聲中移動了。

盲孩　二十四日

我們的先生大病，五年級的先生來代課了。這位先生以前曾經做過盲童學校裏的教師，是學校裏年紀最大的先生，頭髮白得像棉花做成的假髮，說話的調子很妙，好像在唱悲歌。可是，講話很巧，並且熟悉種種世事。他一進教室，看見一個眼上縛着綳帶的小孩，就走到他的身旁去問他患了甚麼。

「眼睛是要注意的！我的孩子啊！」他這樣說。

「聽說先生在盲童學校教過書，真的嗎？」於是代洛西問先生。

「呃，教過四五年。」

「可以將那裏的情形講給我們聽聽嗎？」代洛西低聲說。

先生回到自己的位上。

「盲童學校在維亞尼塞街哩。」可萊諦大聲說。

先生於是靜靜地開口了：

「你們說『盲童盲童』，好像很平常。你們懂得『盲』字的意味嗎？請想想看，盲目！甚麼都不見，晝夜也不能分別，天的顏色，太陽的光，自己父母的面貌，以及在自己周圍的東西，自己手所碰着的東西，一切都不能看見。說起來竟好像一出世就被埋在土裏，永久住在黑暗之中。啊！你們暫時眼睛閉住了，想像想像終身都非這樣不可的情境看！你們就會覺得心裏難過起來，可怕起來吧！覺得無論怎樣也忍耐不住，要哭泣起來，甚至發狂而死吧！雖然如此，你們初到盲童學校去的時候，在休息時間中，可看見盲童在這裏那裏拉提琴呀，奏笛呀，大踏步地上下樓梯呀，在廊下或寢室奔跑呀，大聲地互相談話呀，你們也許覺得他們的境遇並不怎樣不幸吧。其實，真正的情況非用心細察是不會明白的。他們在十六七歲之間，大多少年氣盛，好像不甚以自己的殘廢為苦痛。可是，看了他們那種自矜的神情，我們愈可知道到他們將來覺悟到自己的不幸會多麼難過啊！其中也有可憐的臉色發青的似乎已覺悟到自己的不幸的人，他們總現出悲傷的樣子，我們可以想見他們一定有暗泣的時候。啊！諸君！這裏面有只患了兩三日的眼病就盲了的；也有經過幾年的病苦，受了可怖的手術，終於盲了的；還有出世就盲的，竟像是出生於夜的世界，完全生活在一個大墳墓之中。他們不曾見過人的臉是怎樣的。你們試想：他們一想到自己與別人的差別，自己問自己，『為甚麼有差別？啊！如果我們眼睛是亮的……』

的時候，將怎樣苦悶啊！怎樣煩惱啊！

「在盲童中生活過幾年的我，永遠記得那些閉鎖着眼的無光明無歡樂的小孩們。現在見了你們，覺得你們之中無論哪一個都不能說是不幸的。試想：意大利全國有二萬六千個盲人啊！就是說，不能見光明的有二萬六千人啊！知道嗎？如果這些人排成行列在這窗口通過。要費四個鐘頭的光景哩！」

先生到此把話停止了。教室立刻肅靜。代洛西問：「盲人的感覺，說是比一般人靈敏，真的嗎？」

先生說：

「是的，眼以外的感覺是很靈敏的。因為無眼可用，多用別的感覺來代替眼睛，當然是會特別熟練了。天一亮，寢室裏的一個盲童就問。『今天有太陽吧！』那最早穿好了衣服的即跑出庭中，用手在空中查察日光的有無以後，跑回來回答說：『有太陽的。』盲童還能聽了話聲辨別出說話的人的高矮來。我們平常都是從眼色上去看別人的心，他們卻聽了聲音就能知道。他們能把人的聲音記憶好幾年。一室之中，只要有一個人在那裏說話，其餘的人雖不作聲，他們也能辨別出室中的人數來。他們能碰着食匙就知其發光的程度，女孩子則能分別染過的毛線與沒染過的毛線。排成二列在街上行走的時候，普通的商店，他們能聞了氣味就知道。陀螺旋着的時候，他們只聽了那嗚嗚的聲音，就能一直過去取在手裏。他們能旋環子，跳繩，用小石塊堆築屋子，採堇花，用了各種的草很巧妙地編成席或籃子。他們的觸覺練習這樣敏捷，觸覺就是他們的視覺。他們最喜探摸物的形狀。領他們到了工業品陳列所去的時候，那裏是許可他們摸索一切的，他們就熱心地奔去觸摸那陳列的幾何形體呀，房屋模型呀，樂器等類，用了驚喜的神氣，從各方面去撫摸，或是把它翻身，探測其構造的式樣！在他們叫作『看』。」

卡洛斐把先生的話頭打斷，問盲人是否真的工於計算。

「真的囉。他們也學算法與讀法。讀本也有，那文字是凸出在紙上的，他們用手摸着讀，讀得很快呢！他們也能寫，不用墨水，用針在厚紙上刺成小孔，因為那小孔的排列式樣，就可代表各個字母。只要把厚紙翻身，那小孔就凸出在背後，可以摸着讀了。他們用此作文、通信，數字也用這方法寫了來計算。他們心算很巧，這因為眼睛一無所見、心專一了的緣故。盲孩讀書很熱心，一心把它記熟，連小小的學生也能互相議論歷史、國語上的事情。四五個人在長椅上坐了，彼此看不見談話的對手在哪裏，第一位與第三位成了一組，第二位與第四位又成了一組，大家提高了聲音間隔着同時談話，一句都不會誤聽。

「盲童比你們更看重測驗，與先生也很親熱。他們能憑借腳步聲與氣味認識先生。只聽了先生一句話，就能辨別先生心裏是高興或是懊惱。先生稱讚他們的時候，都來扳着先生的手或臂，高興喜樂。他們在同伴中友情又極好，總在一處玩耍。在女子學校中，還因樂器的種類自己組織團體，有甚麼提琴組、鋼琴組、管樂組，各自集在一處玩弄。要使她們分離是不容易的事。他們判斷也正確，善惡的見解也明白，聽到真正善行的話，會發出驚人的熱心來。」

華梯尼問他們是不是善於使用樂器。

「非常喜歡音樂，弄音樂是他們的快樂，音樂是他們的生命。才入學的小小的盲孩站着聽三個鐘頭光景的演奏，他們立刻就能學會，而且用了火樣的熱心去演奏。如果對他們說『你演奏得不好』，他們就很失望，因此更拚了命去學習。把頭後仰了，唇上綻着微笑，紅了臉，很激動，在那黑暗中心神貫注地聽着諧和的曲調。見了他們那種神情，就可知音樂是何等神聖的安慰了。對他們說，你可以成為音樂家，他們就發出歡聲露出笑臉來。音樂最好的——提琴拉得最好或是鋼琴彈得最好的人，被大家敬愛得如王侯。一碰到爭執，就一同到他那裏求他評判，跟他學音樂的小學生，把他當作父親看待，晚上睡覺的時候，大家都要對他說了『請安息』才去睡。他們一味談着音樂的話，夜間在床上固然這樣，日間疲勞得要打盹的時候，也仍用了小聲談說樂劇、音樂的名人，樂器或樂隊的事。禁止讀書與音樂，在他們是最嚴重的處罰，那時他們的悲哀，使人見了不忍再將那種處罰加於他們。好像光明在我們的眼睛裏是不能缺的東西一樣，音樂在他們也是不能缺的東西。」

代洛西問我們可以到盲童學校裏去看嗎。

「可以去看的。但是你們小孩還是不去的好。到年歲大了能完全了解這不幸，同情於這不幸了以後，才可以去。那種光景看了是可憐的。你們只要走過盲童學校前面，常可看見有小孩坐在窗口，一點不動地浴着新鮮空氣。平常看去，好像他們正在眺望那開闊的綠野或蒼翠的山峰呢，然而一想到他們甚麼都不能見，永遠不能見這美的自然，這時你們的心就好像受了壓迫，覺得你們自己也成了盲人了。其中生出來就盲了的因為從未見過世界，苦痛也就輕些。至於二三月前新盲了目的，心裏記着各種事情，明明知道現在都已不能再見了，並且記在心中的可喜的印象也逐日地消褪下去，自己所愛的人的面影漸漸退出記憶之外，就覺得自己的心一日一日地黑暗了。有一天，有一個非常悲哀的小孩和我說：『就是一瞬間也好，讓我眼睛再亮一亮，再看看我母親的臉，我已記不清母親的面貌了！』母親們來望他們的時候，他們就將手放在母親的臉上，從額以至面頰耳朵，處處撫摸，一邊還反覆地呼着：『母親，母親！』見了那種光景，不論怎樣心硬的人也不能不流着淚走開！離開了那裏，覺得自己的眼睛能看，實在是幸運的事；覺得能看得見人面、房屋、天空，是過份的特權了啊！我料想你們見了他們，如果能夠，誰都寧願分出自己的一部份視力來給那班可憐的——太陽不替他們發光，母親不給他們臉看的孩子們的吧！」

病中的先生　二十五日

今日下午從學校回來，順便去望先生的病。先生是因過於勞累得病的。每日教五小時的課，運動一小時，再去夜學校擔任功課二小時，吃飯只是草草地吞嚥，從早到晚一直沒有休息，所以把身體弄壞了。這些都是母親說給我聽的。母親在先生門口等我，我一個人進去，在樓梯裏看見黑髮的考諦先生，他就是個只嚇唬小孩從不加罰的先生。他張大了眼看着我，毫無笑容地用了獅子樣的聲音說可笑的話。我覺得可笑，一直到四層樓去按門鈴的時候還是笑着。僕人把我帶進那狹小陰暗的房間裏，我才停止了笑。先生臥在鐵製的床上，鬍鬚長得深深的，一手遮在眼旁。看見了我，他用了含着深情的聲音說：

「啊！安利柯嗎？」

我走近床前，先生一手搭在我的肩上：

「來得很好！安利柯！我已病得這樣了！學校裏怎樣？你們大家怎樣？好嗎？啊！我雖不在那裏，先生雖不在那裏，你們也可以好好地用功的，不是嗎？」

我想回答說「不」，先生攔住了我的話頭：

「是的，是的，你們都看重我的！」說着嘆息。

我眼看着壁上掛着的許多像片。

「你看見嗎？」先生說給我聽。「這都是二十年前的，都是我所教過的孩子呢。個個都是好孩子，這就是我的紀念品。我預備將來死的時候，看着這許多像片斷氣。我的一生是在這班勇健淘氣的孩子中過了的囉。你如果畢了業，也請送我一張像片！能送我嗎？」說着從桌上取過一個橘子塞在我手裏，又說：

「沒有甚麼給你的東西，這是別人送來的。」

我凝視着橘子，不覺悲傷起來，自己也不知道為了甚麼。

「我和你講，」先生又說。「我還望病好起來。萬一我病不好，望你用心學習算術，因為你算術不好。要好好地用功的啊！困難只在開始的時候。決沒有做不到的事。所謂不能，無非是用力不足的緣故罷了。」

這時先生呼吸迫促起來，神情很苦。

「發熱呢！」先生嘆息說。「我差不多沒用了！所以望你將算術、將練習問題好好地用功！做不出的時候，暫時休息一下再做，要一一地做，但是不要心急！勉強是不好的，不要過於拚命！快回去吧！望望你的母親！不要再來了！將來在學校裏再見吧！如果不能再見面，你要時時記起我這愛着你的四年級的先生啊！」

我要哭了。

「把頭伸些過來！」先生說了自己也從枕上翹起頭來，在我髮上接吻，且說：「可以回去了！」眼睛轉向壁看去。我飛跑地下了樓梯，因為急於想投到母親的懷裏去。

街路　二十五日

今日你從先生家裏回來，我在窗口望你。你碰撞了一位婦人。走街路最要當心呀！在街路上也有我們應守的義務，既然知道在家樣子要好，那麼在街路上也是同樣。街路就是萬人的家呢！安利柯不要把這忘了！遇見老人，貧困者，抱着小孩的婦人，拄着拐杖的跛子，負着重物的人，穿着喪服的人，總須親切地讓路。我們對於衰老、不幸、殘廢、勞動、死亡和慈愛的母親，應表示敬意。見人將被車子碾軋的時候，如果是小孩，應去救援他；如果是大人，應注意關照他。見有小孩獨自在那裏哭，要問他原因；見老人手杖落了，要替他拾起。有小孩在相打，要把他們拉開；如果是大人，不要近攏去。暴亂人們的相打是看不得的，看了自己也不覺會殘忍起來了。有人被警察抓住了走過的時候，雖然有許多人集在那裏看，你也不該加入張望，因為那人或是冤枉被抓也說不定。如果有醫院的擔架正在通過，不要和朋友談天或笑，因為在擔架上的或是臨終的病人，或竟是葬式都說不定。明天，自己家裏或許也要有這樣的人哩！遇着排成二列走的養育院的小孩，要表示敬意。無論所見的是盲人，是駝背者的小孩，是孤兒，或是棄兒，都要想到此刻我眼前通過的不是別的，是人間的不幸與慈善。如果那是可厭可笑的殘廢者，裝作不看見就好了。路上有未熄的火柴梗，應隨即踏熄，因為弄得不好要釀成大事，傷害人的生命。有人問你路，你應親切而仔細地告訴他。不要見了人笑，非必要勿奔跑，勿高叫。總之，街路是應該尊敬的，一國國民的教育程度可以從街上行人的舉動看出來。如果在街上有不好的樣子，在家裏也必定同樣有不好的樣子。

還有，研究市街的事，也很重要。自己所住着的城市，應該加以研究。將來不得已離開了這個城市如果還能把那地方明白記憶，能把某處某處一一都記出來，這是何等愉快的事呢！你的誕生地，是你幾年中的世界。你曾在這裏，隨着母親學步，在這裏學得初步的知識，養成最初的情緒，求覓最初的朋友的。這地方實在是生你的母親，教過你，愛過你，保護過你。你要研究這市街及其住民，而且要愛。如果這市街和住民遭逢了侮辱，你應該竭力衛護的。

——父親

第六章　三月

夜學校　二日

昨晚，父親領了我去參觀夜學校。校內已上了燈，勞動者漸漸從四面集攏來。進去一看，校長和別的先生們正在發怒，說方才有人投擲石子，把玻璃窗打破了。校工奔跑出去，從人群中捉了一個小孩。這時，住在對門的斯帶地跑來說：「不是他，我看見的。投擲石子的是勿蘭諦。勿蘭諦曾對我說：『你如果去告訴，我不放過你！』但我不怕他。」

校長先生說勿蘭諦非除名不可。這時，勞動者已聚集了二三百人。我覺得夜學校真有趣，有十二歲光景的小孩，有才從工場回來的留着鬍鬚而拿書本、筆記簿的大人，有木匠，有黑臉的火夫，有手上沾了石灰的石匠，有髮上沾着白粉的麵包店裏的徒弟，漆的氣息，皮革的氣息，魚的氣息，油的氣息——一切職業的氣息都有。還有，炮兵工廠的職工，也着了軍服樣的衣服，大批地由伍長率領着來了。大家都急忙覓得座位，俯了頭就用起功來。

有的翻開了筆記簿到先生那裏去請求說明，我見那個平常叫作「小律師」的穿美服的先生，正被四五個勞動者圍牢了用筆批改着甚麼。有一個染店裏的人把筆記簿用赤色、青色的顏料裝飾了起來，引得那跛足的先生笑了。我的先生病已癒了，明日就可依舊授課，晚上也在校裏。教室的門是開着的，由外面可以望見一切。上課以後，他們眼睛都不離書本，那種熱心真使我佩服。據校長說，他們為了不遲到，大概都沒有正式吃晚餐，有的甚至空了肚子來的。

可是年紀小的過了半小時光景，就要伏在桌上打盹，有一個竟將頭靠在椅上睡去了。先生用筆桿觸動他的耳朵，使他醒來。大人都不打瞌睡，只是目不轉睛地張了口注意功課。見了那些有了鬍鬚的人坐在我們的小椅子上用功，真使我感動。我們又上樓去到了我這一級的教室門口，見我的座位上坐着一位鬍鬚很多的手上縛着繃帶的人，手大概是在工場中被機器軋傷了，正在慢慢地寫着字呢。

最有趣的是「小石匠」的高大的父親，他就坐在「小石匠」的座位上，把椅子擠得滿滿的，手托着頭，一心地在那裏看書。這不是偶然的。據說，他第一夜到學校裏來就和校長商量：

「校長先生！請讓我坐在我們『兔子頭』的位子上吧！」他無論何時都稱兒子為「兔子頭」。

父親一直陪我看到課畢。走到街上，見婦人們都抱了兒女等着丈夫從夜學校出來。在學校門口，丈夫從妻子手裏抱過兒女，把書本、筆記簿交給妻子手裏，大家一齊回家。一時街上滿是人聲，過了一會即漸漸靜去。最後只見校長的高長瘦削的身影在前面消失了。

相打　五日

這原是意中事：勿蘭諦被校長命令退學，想向斯帶地報仇，有意在路上等候斯帶地。斯帶地是每日到大街的女學校去領了妹妹回家的，雪爾維姊姊一走出校門，見他們正在相打，就嚇慌了逃回家裏。據説情形是這樣：勿蘭諦把那蠟布的帽子歪戴在左耳旁，悄悄地趕到斯帶地背後，故意把他妹妹的頭髮向後猛拉。他妹妹幾乎仰天跌倒，就哭叫了起來。斯帶地回頭一看是勿蘭諦，他那神氣好像在説：「我比你大得多，你這傢伙是不敢做聲的，如果你敢説甚麼，我就把你打倒。」

不料斯帶地毫不害怕，他身材雖小，竟跳過去攫住敵人，舉拳打去。但是他沒有打着，反給敵人打了一頓。這時街上除了女學生沒有別的人，沒有人前去把他們拉開。勿蘭諦把斯帶地翻倒地上，亂打亂踢。只一瞬間，斯帶地耳朵也破了，眼睛也腫了，鼻中流出血來。雖然這樣，斯帶地仍不屈服，怒罵着説：

「要殺就殺，我總不饒你！」

兩人或上或下，互相扭打。一個女子從窗口叫說：「但願小的那個勝！」別的也叫說：「他是保護妹妹的，打呀！打呀！打得再厲害些！」又罵勿蘭諦：「欺侮這弱者！卑怯的東西！」勿蘭諦發狂也似的扭着斯帶地。

「服了嗎？」

「不服！」

「服了嗎？」

「不服！」

斯帶地忽然掀起身來，拚命撲向勿蘭諦，用盡力氣把勿蘭諦按倒在階石上，自己騎在他身上。

「啊！這傢伙帶着小刀呢！」旁邊一個男子叫着，跑過來想奪下勿蘭諦的小刀。斯帶地憤怒極了，忘了自己，這時已經用雙手捉住敵人的手臂，咬他的手，小刀也就落下了。勿蘭諦的手上流出血來。恰好有許多人跑來把二人拉開，勿蘭諦狼狽地遁去了。斯帶地滿臉都是傷痕，一隻眼睛漆黑，帶着戰勝的矜誇站在正哭着的妹妹身旁。有二三個小女孩替他把散落在街上的書本和筆記簿拾起來。

「能幹！能幹！保護了妹妹。」旁人說。

斯帶地把書包看得比相打的勝利還重。他將書本和筆記簿等檢查了一遍，看有沒有遺失或破損的。用袖把書拂過又把鋼筆的數目點過，仍舊放在原來的地方。然後像平常一樣向妹妹說：

「快回去吧！我還有一門算術沒有做出哩！」

學生的父母　六日

斯帶地的父親，為防自己的兒子再遇着勿蘭諦，今天特來迎接。其實勿蘭諦已經被送進了感化院，不會再出來了。

今天學生的父母來了很多。可萊諦的父親也到了，他的容貌很像他兒子，是個瘦小敏捷、頭髮挺硬的人，上衣的紐孔中戴着勳章。我差不多已把學生的父母個個都認識了，有一個彎了背的老婦人，孫子在二年級，不管下雨下雪，每日總到學校裏來走四次。替孩子着外套呀，脫外套呀，整好領結呀，拍去灰塵呀，整理筆記簿呀。這位老婦人除了這孫子以外，對於世界恐怕已經沒有別的念想了吧。還有那被馬車碾傷了腳的洛佩諦的父親炮兵大尉，他也是常來的。洛佩諦的朋友於回去時擁抱洛佩諦，他父親就去擁抱他們，當作還禮。對着粗布衣服的貧孩，他更加愛惜，總是向着他們道謝。

也有很可憐的事：有一個紳士原是每天領了兒子們來的，因為有個兒子死了，他一個月來只叫女僕代理他伴送。昨天偶然來到學校，見了孩子的朋友，躲在屋角裏用手掩着面哭了起來。校長看見了，就拉了他的手，一同到校長室裏去了。

這許多父母中，有的能記住自己兒子所有的朋友的姓名。隔壁的女學校或中學校的學生們，也有領了自己的弟弟來的。有一位以前曾做過大佐的老紳士，見學生們有書本、筆記簿掉落了，就代為拾起。在學校裏，時常看見有衣服華美的紳士們和頭上包着手巾或是手上拿着籃的人，共同談着兒子的事情，說甚麼：

「這次的算術題目很難哩！」

「那個文法課今天是教不完了。」

同級中如果有學生生病，大家就都知道。病一痊癒，大家就都歡喜。今天那克洛西的賣野菜的母親身邊，圍立着十個光景的紳士及職工，探問和我弟弟同級的一個孩子的病狀。這孩子就住在賣菜的附近，正生着危險的病呢。在學校裏，無論甚麼階級的人，都成了平等的友人了。

七十八號的犯人　八日

昨天午後見了一件可感動的事。這四五天來，那個賣野菜的婦人遇到代洛西，總是用敬愛的眼色注視他。因為代洛西自從知道了那七十八號犯人和墨水瓶的事，就愛護那賣野菜的婦人的兒子克洛西——那個一隻手殘廢了的赤髮的小孩——在學校裏時常替他幫忙，他不知道的，教給他，或是送他鉛筆和紙。代洛西很同情他父親的不幸，所以像自己的弟弟一般地愛護他。

這四五天中，賣野菜的母親見了代洛西總是盯着他看。這母親是個善良的婦人，是只為兒子而生存着。代洛西是個紳士的兒子，又是級長，竟能那樣愛護自己的兒子，在她眼中看來，代洛西已成了王侯或是聖人樣的人物了。她每次注視着代洛西，好像有甚麼話要説而又不敢出口。到了昨天早晨，她終於在學校門口把代洛西叫住了，這樣説：

「哥兒，真對不起你！你這樣愛護我的兒子，肯不肯收下我這窮母親的紀念物呢？」説着從菜籃裏取出小小的果子盒來。

代洛西臉上通紅，明白地謝絕説：

「請給了你自己的兒子吧！我是不收的。」
那婦人難為情起來了，支吾地辯解說：
「這不是甚麼了不得的東西，是一些方糖！」
代洛西仍舊搖着頭說：「不。」
於是那婦人紅着臉從籃裏取出一束蘿蔔來：
「那麼，請收了這個吧！這還新鮮哩——請送給你母親！」
代洛西微笑着：
「不，謝謝！我甚麼都不要。我願盡力替克洛西幫忙，但是甚麼都不受。謝謝！」
那婦人很慚愧地問：
「你可是動氣了嗎？」
「不，不。」代洛西說了笑着就走。
那婦人歡喜得了不得，自語說：
「咿呀！從沒見過有這樣漂亮的好哥兒哩！」
總以為這事就這樣完了，不料午後四時光景，做母親的不來，他那瘦弱而臉上有悲容的父親來了。他叫住了代洛西，好像覺到代洛西已經知道了他的秘密。他只管注視代洛西，悄悄地用溫和的聲音對代洛西說：

「你愛護我的兒子。為甚麼竟這樣地愛護他呢？」

代洛西臉紅得像火一樣，他大概想這樣說吧：

「我所以愛他，因為他不幸。又因為他父親是個不幸的人，是忠實地償了罪的人，是有真心的人。」可是他究竟沒有說這話的勇氣。大約見了曾殺過人、住過六年監牢的犯人，心裏不免恐懼吧。克洛西的父親似乎覺到了這一層，就附着代洛西的耳朵低聲地說，說時他差不多震慄着：

「你大概愛我的兒子，而不歡喜我這個做父親的吧？」

「哪裏，哪裏！沒有那樣的事。」代洛西從心底裏喊出來。

克洛西的父親於是走近去，想用腕勾住代洛西的項頸，但終於不敢這樣，只是把手指插入那黃金色的頭髮裏撫摸了一會兒。又眼淚汪汪地對着代洛西，將自己的手放在口上接吻，好像在說，這接吻是給你的。他攜了自己的兒子，就急速地走了。

小孩的死亡　十三日

住在賣野菜的人家附近的那個二年級的小孩——我弟弟的朋友——死了。星期六下午，代爾卡諦先生哭喪了臉來通知我們的先生。卡隆和可萊諦就自己請求抬那小孩的棺材。那小孩是個好孩子，上星期才受過獎牌，和我弟弟很要好。我母親看見那孩子，總是要去抱他的。他父親戴着有兩條紅線的帽子，是個鐵路上的站役。昨天（星期日）午後四時半，我們因送葬都到了他的家裏。

他們住在樓下。二年級的學生已都由母親們領帶着，手裏拿了蠟燭等在那裏了。先生到了四五人，此外還有附近的鄰人們。由窗口望去，赤帽羽的女先生和代爾卡諦先生在屋子裏啜泣，那做母親的則大聲地哭叫着。有兩個貴婦人（這是孩子的朋友的母親）各拿了一個花圈也在那裏。

葬式於五時整出發。前面是執着十字架的小孩，其次是僧侶，再其次是棺材——小小的棺材，那孩子就躺在裏面！罩着黑布，上面飾着兩個花圈，黑布的一方，掛着他此次新得的獎牌。卡隆、可萊諦與附近的兩個孩子扛着棺材。棺材的後面就是代爾卡諦先生，她好像死了自己的兒子一樣地哭，其次是別的女先生，再其次是小孩們。有許多是年幼的小孩，一手執了堇花，好奇地望着棺材看，一手由母親攜着。母親們手裏執着蠟燭。我聽見有一小孩這樣說：

「我不能和他再在學校裏相見了嗎？」

棺材剛出門的時候，從窗旁聽到哀哀欲絕的泣聲，那就是那孩子的母親了。有人立刻把她扶進屋裏去。行列到了街上，遇見排成一列走着的大學生，他們見了掛着獎牌的棺材和女先生們，都把帽子除下。

啊！那孩子掛了獎牌長眠了！他那紅帽子，我已不能再見了！他原是很壯健的，不料四天中竟死了！聽說：臨終的那天還說要做學校的習題，曾起來過，又不肯讓家裏人將獎牌放在床上，說是會遺失的！啊！你的獎牌已經永遠不會遺失了啊！再會！我們無論到甚麼時候也不會忘記你！安安穩穩地眠着吧！我的小朋友啊！

三月十四日的前一夜

今天比昨天更快活，三月十三日，一年中最有趣的維多利亞．愛馬努愛列館獎品授予式的前夜！並且，這次挑選捧呈獎狀遞給官長的人員的方法很是有趣。今天將退課，校長先生到教室裏來：

「諸君！有一個很好的消息哩！」說着又叫那個格拉勃利亞少年：

「可拉西！」

格拉勃利亞少年起立，校長說：

「你願意明天做捧了獎狀遞給官長的職司嗎？」

「願意的。」格拉勃利亞少年回答說。

「很好！」校長說。「那麼，格拉勃利亞的代表者也有了，這真是再好沒有的事。今年市政所方面要想從意大利全國選出拿獎狀的十幾個少年，而且說要從小學校的學生裏選出。這市中有二十個小學校和五所分校，學生共七千人。其中就是代表意大利全國十二區的孩子。本校擔任派出的是詹諾亞人和格拉勃利亞人，怎樣？這是很有趣的辦法吧。給你們獎品的是意大利全國的同胞，明天你們試看！十二個人一齊上舞台，那時要熱烈喝彩！這幾個雖則是少年，卻和大人一樣代表國家。小小的三色旗也和大三色旗一樣，同是意大利的標誌哩！所以要熱烈喝彩，要表示出即使像你們這樣的小孩子，在神聖的祖國前面，也是燃燒着熱忱的！」

校長說完走了，我們的先生微笑地說：

「那麼，可拉西做了格拉勃利亞的代表了！」說得大家都拍手笑了。到了街上，我們抱住了可拉西的腿，將他高高地扛起，大叫「格拉勃利亞代表萬歲！」這並不是戲語，因為要祝賀那孩子，懷着好意說的。可拉西平時是朋友們喜歡的人。他笑了，我們扛了他到轉彎路口，和一個有黑鬚的紳士撞了一下。

紳士笑着。可拉西說：「我的父親哩！」

我們聽見這話，就把可拉西交給他父親腕裏，拉了他們到處跑。

獎品授予式　十四日

兩點光景，大劇場裏人已滿了。池座、廂座、舞台上都是人。好幾千個臉孔，有小孩、有紳士、有先生、有官員、有女人、有嬰兒。頭動着，手動着，帽羽、絲帶、頭髮動着，歡聲悅耳。劇場內部用白色和赤色、綠色的花裝飾着，從池座上舞台有左右兩個階梯。受賞品的學生從右邊上去，受了獎品再從左邊下來。舞台中央排着一列紅色椅子，正中的一把椅子上掛着兩頂月桂冠，後面就是大批的旗幟。稍旁邊些的地方，有一綠色的小桌子，桌上擺着用三色帶縛了的獎狀。樂隊就在舞台下面的池座裏。學校裏的先生們的座席設在廂座的一角。池座正中列着唱歌的許多小孩，後面及兩旁，是給受獎品的學生們坐的。男女先生們東奔西走地安插他們。許多學生的父母擠在他們兒女的身旁，替他們兒女整理着頭髮或衣領。

我同我家裏人一同進了廂座。戴赤羽帽的年輕的女先生在對面微笑，所有的笑靨都現出來了。她的旁邊，我弟弟的女先生呀，那着黑衣服的「修女」呀，我二年級時候的女先生呀，都在那裏。我的女先生臉色蒼白可憐，咳得很厲害呢。卡隆的大頭，和靠在卡隆肩下的耐利的金髮頭，都在池座裏看到了；再那面些，那鴉嘴鼻的卡洛斐已把印刷着受獎者姓名的單紙蒐集了許多了。這一定是拿去換甚麼的，到明天就可知道。入口的近旁，柴店裏的夫妻都着了新衣領着可萊諦進來了。可萊諦今天換去了貓皮帽和茶色褲等，打扮得像紳士，我見了不覺為之吃驚。在廂座中曾見到着線領襟的華梯尼的面影，過了一會兒就不見了。靠舞台的欄旁，人群中坐着那被馬車碾跛了足的洛佩諦的父親炮兵大尉。

兩點一到，樂隊開始奏樂。同時市長、知事、判事及其他的紳士們都着了黑禮服，從右邊走上舞台，坐在正面的紅椅子上。學校中教唱歌的先生拿了指揮棒站在前面，池座裏的孩子因了他的信號一齊起立，一見那第二個信號就唱起歌來。七百個孩子一齊唱着，真是好歌，大眾都肅靜地聽着，那是靜穆開朗的歌曲，好像教會裏的讚美歌。唱完了，一陣拍手，接着又即肅靜。獎品授予就此開始了。我三年級時的那個赤髮敏眼的小身材的先生走到舞台前面來，預備着朗讀受獎者的姓名。大家都焦急地盼望那拿獎狀的十二個少年登場，因為報紙早已刊登了今年由意大利全國各區選出代表的消息，所以從市長、紳士們到一般的觀者都望眼將穿似的注視着舞台的入口，場內又復靜肅起來。

忽然，十二個少年上了舞台，一列排立。都在那裏微笑。全場三千人同時起立，拍手如雷，十二個少年手足無措地站着。

「請看意大利的氣象！」場中有人這樣喊。格拉勃利亞少年仍舊穿着平常的黑服。和我們同坐的一位市政所的人完全認識這十二個少年，他一一地說給我的母親聽。十二人之中，有兩三個是紳士打扮，其餘都是工人的兒子，服裝很隨便。最小的佛羅倫薩的孩子，纏着青色的項巾。少年們通過市長前面，市長一一吻他們的額，坐在旁邊的紳士把他們的出生地告訴市長。每一人通過，滿場都拍手。等他們走近綠色的桌子去取獎狀，我的先生就把受獎者的學校名、級名、姓名朗讀起來。受獎者從右面上舞台去，第一個學生下去的時候，舞台後面遠遠地發出提琴的聲音來，一直到受獎者完全通過才停止。那是柔婉平和的音調，聽去好像女人在低語。受獎者一個一個通過紳士們的前面，紳士們就把獎狀遞給他們，有的與他們講話，有的用手撫摩他們。

每逢極小的孩子，衣服襤褸的孩子，頭髮蓬蓬的孩子，着赤服或是白服的孩子通過的時候，在池座及廂座的小孩都大拍其手。有一個二年級的小學生上了舞台，突然手足無措起來，至於迷了方向，不知向哪裏走才好，滿場見了大笑。又有一個小孩，背上結着桃色的絲帶，他勉強地爬上了台，被地氈一絆就翻倒了，知事扶他起來大家又拍手笑了。還有一個在下台來的時候跌在池座裏哭了。幸而沒有受傷。各式各樣的孩子都有：有很敏活的，有很老實的，有臉孔紅得像櫻桃的，有見了人就要笑的。他們一下了舞台，父親或母親都立刻來領了他們去。

輪到我們學校的時候，我真快活得非常。我認識的學生很多，可萊諦從頭到腳都換了新服裝，露了齒微笑着通過了。誰知道他今天從早晨起已經背了多少捆柴了呢！市長把獎狀授予他時，問他額上為何有紅痕，他把原因說明，市長就把手加在他肩上。我向池座去看他的父母，他們都在掩着口笑呢。接着，代洛西來了。他穿着紐扣發光的青色上衣，昂昂地抬起金髮的頭悠然上去，那種風采真是高尚。我恨不得遠遠地送給他一個吻。紳士們都向他說話，或是握他的手。

其次，先生叫着鈙利亞·洛佩諦。大尉的兒子於是拄了拐杖上去。許多小孩都曾知道前次的災禍，話聲哄然從四方起來，拍手喝彩之聲幾乎把全劇場都震動了。男子都起立，女子都揮着手帕，洛佩諦立在舞台中央大驚。市長攜他攏去，給他獎品，與他接吻，取了椅上懸着的二月桂冠，替他繫在拐杖頭上。又攜了他同到他父親——大尉坐着的舞台的欄旁去。大尉抱過自己的兒子，在滿場像雷般的喝彩聲中，給他坐在自己的身旁。

和緩的提琴聲還繼續奏着。別的學校的學生上場了，有全是小商人的兒子的學校，又有全是工人或農人的兒子的學校。全數通過以後，池座中的七百個小孩又唱有趣的歌。接着是市長演說，其次是判事演說。判事演說到後來，向着小孩們道：

「但是，你們在要離開這裏以前，對於為你們費了非常勞力的人們應該致謝！有許多人為你們盡了全心力，為你們而生存，為你們而死亡！這許多人就在那裏，你們看！」說時手指着廂座中的先生席。於是在廂座和在池座的學生都起立了把手伸向先生方面呼叫，先生們也站了起來揮手或舉着帽子手帕回答他們。接着，樂隊又奏起樂來。代表意大利各區的十二個少年來到舞台的正面，手拉手排成一列站着，滿場就響起喉管欲裂似的喝彩聲，雨也似的花朵從少年們的頭上紛紛落下。

爭吵　二十日

今天我和可萊諦相罵，並不是因為他受了獎品而嫉妒他，只是我的過失。我坐在他的近旁，正謄寫這次每月例話《洛馬格那的血》——因為「小石匠」病了，我替他謄寫——他碰了一下我的臂膀，墨水把紙弄污了。我罵了他，他卻微笑着說：「我不是故意如此的囉。」我是知道他的品格的，照理應該信任他，不再與他計較。可是他的微笑實在使我不快，我想：「這傢伙受了獎品，就像煞有介事了哩！」於是忍不住也在他的臂膀上撞了一下，把他的習字帖也弄污了。可萊諦漲紅了臉：「你是故意的！」說着擎起手來。恰巧先生把頭回過來了，他縮住了手，「我在外面等着你！」

我難過了起來，怒氣消了，覺得實在是自己不好。可萊諦不會故意做那樣的事的，他本是好人。同時記起自己到可萊諦家裏去望過他，把可萊諦在家勞動，服侍母親的病的情形，以及他到我家裏來的時候大家歡迎他，父親看重他的事情，都一一記憶起來。自己想：我不說那樣的話，不做那樣對不住人的事，多麼好啊！又想到父親平日教訓我的話來：「你覺得錯了，就立刻謝罪！」可是謝罪總有些不情願，覺得那樣屈辱的事，無論如何是做不到的。我把眼睛向可萊諦橫去，見他上衣的肩部已破了，大概是多背了柴的緣故吧。我見了這個，覺得可萊諦可愛。自己對自己說：「咿呀！謝罪吧！」但是口裏總說不出「對你不起」的話來。可萊諦時時把眼斜過來看我，他那神情好像不是怒惱我，倒似在憐憫我呢。但是我因為要表示不怕他，仍用白眼回答他。

「我在外面等着你吧！」可萊諦反覆着說。我答說，「好的！」忽然又記起父親說：「如果人來加害，只要防禦就好了，不要爭鬥！」我想：「我只是防禦，不是戰鬥。」雖然如此，不知為甚麼心裏總不好過，先生講的一些都聽不進去。終於，放課的時間到了，我走到街上，可萊諦在後面跟來。我擎着尺子站住，等可萊諦走近，就把尺子舉起來。

「不！安利柯啊！」可萊諦說，一邊微笑着用手把尺子撩開，且說：「我們再像從前一樣大家和好吧！」我震慄了站着。忽然覺得有人將手加在我的肩上，我被他抱住了。他吻着我，說：

「相罵就此算了吧！好嗎？」

「算了！算了！」我回答他說，於是兩人很要好地別去。

說：

　　我到了家裏，把這事告訴了父親，意思要使父親歡喜。不料父親把臉板了起來，

　　「你不是應該先向他謝罪的嗎？這原是你的不是呢！」又說：「對比自己高尚的朋友——而且對軍人的兒子，你可以擎起尺子去打嗎？」說着從我手中奪過尺子，折為兩段，扔在一旁。

我的姊姊　二十四日

　　安利柯啊！因了與可萊諦的事，你受了父親的責罵，就向我洩憤，對我說了非常不堪的話。為甚麼如此啊？我那時怎樣地痛心，你恐不知道吧？你在嬰兒的時候，我連和朋友玩耍都不去，終日在搖籃旁陪着你。你有病的時候，我總是每夜起來，用手試摸你那火熱的額角。你不知道嗎？安利柯啊！你雖然待你的姊姊不好，但是，如果一家萬一遭遇了大的不幸，姊姊會代理母親，像自己兒子一樣地來愛護你的！你不知道嗎？將來父親母親去世了以後，和你做最要好的朋友來慰藉你的人，除了這姊姊，再沒有別的人了！如果到了不得已的時候，我會替你勞動去，替你張羅麵

包，替你籌劃學費的。我終身愛你，你如果到了遠方去，我雖看不見你，心總遠遠地向着你的。啊！安利柯啊！你將來長大了以後或者遭到不幸，沒有人再和你做夥伴，你一定會到我那裏來，和我這樣說：「姊姊！我們一塊兒住着吧！大家重話那從前快樂時的光景，不好嗎？你還記得母親的事，我們那時家裏的情形，以前幸福地過日子的光景？大家把這再來重話吧！」安利柯！你姊姊無論在甚麼時候總是張開了兩臂等着你來的！安利柯！我以前叱責你，請你恕我！你的不好，我早已都忘記了。你無論怎樣地使我受苦，有甚麼呢！無論如何，你總是我的弟弟！我只記得你小的時候，我撫抱過你，與你一同愛過父親母親，眼看你漸漸成長，長期間地和你做過伴侶：除此以外，我甚麼都忘了！所以，請你在這本子上也寫些親切的話給我，我晚上再到這裏來看呢。還有，你所要寫的那《洛馬格那的血》，我已替你謄清了。你好像已經疲勞了！請你抽開你那抽屜來看吧！這是乘你睡熟的時候，我熬了一個通夜寫成的。寫些親切的話給我！安利柯！我希望你！

——姊姊雪爾維

我沒有吻姊姊的手的資格！

——安利柯

洛馬格那的血（每月例話）

那夜，費魯喬的家裏特別冷清。父親經營着雜貨舖，到市上配貨去了，母親因為幼兒有眼病，也隨了父親到市裏去請醫生，都非明天不能回來。時候已經夜半，日間幫忙的女傭早於天黑時回家了，屋中只剩下腳有殘疾的老祖母和十三歲的費魯喬。他的家離洛馬格那街沒有多少路，是沿着大路的平屋。附近只有一所空房，那所房子在一個月前遭了火災，還剩着客棧的招牌。費魯喬家的後面有一小天井，周圍圍着籬笆，有木門可以出入。店門朝着大路，也就是家的出入口。周圍都是寂靜的田野，這裏那裏都是桑樹。

夜漸漸深了，天忽然下雨，又颳起風來。費魯喬和祖母還在廚房裏沒有睡覺。廚房和天井之間有一小小的堆物間，堆着舊傢具。費魯喬到外遊耍，到了十一點鐘光景才回來。祖母擔憂不睡，等他回來，只是在大安樂椅上一動不動地坐着。他祖母常是這樣過日的，有時竟這樣坐到天明，因為她呼吸迫促，躺不倒的緣故。

雨不絕地下着，風吹雨點打着窗門，夜色暗得沒一些光。費魯喬疲勞極了回來，身上滿沾了泥，衣服破碎了好幾處，額上負着傷痕。這是他和朋友投石打架了的緣故。他今夜又和人吵鬧過，並且賭博把錢輸光了，連帽子都落在溝裏了。

廚房裏只有一盞小小的油燈，點在那安樂椅的角上。祖母在燈光中看見她孩子狼狽的光景，已大略地推測到八九分，卻仍詢問他，使他供出所做的壞事來。

祖母是全心全意愛着孫子的。等明白了一切情形，就不覺哭泣起來。過了一會兒，又說：

「啊！你全不念着你祖母呢！沒有良心的孫子啊！乘了你父母不在，就這樣地使祖母受氣！你把我冷落了一天了！全然不顧着我嗎？留心啊！費魯喬你走上壞路了！如果這樣下去，立刻要受苦呢！在孩子的時候做了你這樣的事，大起來會變成惡漢的。我知道的很多。你現在終日在外遊蕩，和別的孩子打架、花錢、至於用石頭刀子打架，恐怕結果將由賭棍變成可怕的——盜賊呢！」

費魯喬遠遠地靠在櫥旁站着聽，下巴碰着了前胸，雙眉皺聚，似乎打架的怒氣還未消除。那栗色的美髮覆蓋了額角，青碧的眼垂着不動。

「由賭棍變成盜賊呢！」祖母啜泣着反覆地說。「稍微想想吧！費魯喬啊！但看那無賴漢維多・莫左尼吧！那傢伙現在在街上浮蕩着，年紀不過二十四歲，已進過兩次監牢。他母親終於為他憂悶而死了，那母親是我一向認識的。父親也憤恨極了，逃到瑞士去了。像你的父親，即使看見了他，也不願和他談話的。你試想想那惡漢吧，那傢伙現在和他的黨徒在附近逛蕩，將來總是保不牢頭顱的啊！我從他小兒的時候就知道他，他那時也和你一樣的。你自己去想吧！你要使你父親母親也受那樣的苦嗎？」

費魯喬坦然地聽着，毫不懊悔覺悟。他的所作所為原出於一時的血氣，並無惡意。他父親平常也太寬縱他了，因為知道自己的兒子有優良的心情，有時候會做出很好的行為，所以故意注意看着，等他自己覺悟。這孩子的性質原不壞，不過很剛硬，就是在心裏悔悟了的時候，要想他說「如果我錯了，下次就不如此，請原恕我」這樣的話來謝罪，也是非常困難的。有時心裏雖充滿了柔和的情感，但是倨傲心總不使他表示出來。

「費魯喬，」祖母見孫子默不做聲，於是繼續說：「你連一句認錯的話都沒有嗎？我已患了很苦的病了，不要再這樣使我受苦啊！我是你母親的母親！不要再把已經命在旦夕的我，這樣惡待啊！我曾怎樣地愛過你啊！你小的時候，我曾每夜起來替你推那搖床，因為要使你歡喜，我曾為你減下食物——你或者不知道，我時常說，『這孩子是我將來的依靠呢。』現在你居然要逼殺我了！就是要殺我，也不要緊，橫豎我已沒有多少日子可活了！但願你給我變成好孩子就好！但願你變成柔順的孩子，像我帶了你到教堂裏去的時候的樣子。你還記得嗎？費魯喬！那時你曾把小石呀、草呀，塞滿在我懷裏呢，我等你睡熟，就抱了你回來的。那時，你很愛我哩！我雖然已身體不好，仍總想你愛我；我除了你以外，在世界中別無可以依靠的人了！我已一腳踏入墳墓裏了！啊！天啊！」

費魯喬心中充滿了悲哀，正想把身子投到祖母的懷裏去。忽然朝着天井的間壁的室中有輕微的軋軋的聲音；聽不出是風打窗門呢，還是甚麼。

費魯喬側了頭注意去聽。

雨正如注地下着。

軋軋的聲音又來了，連祖母也聽到了。

「那是甚麼？」祖母過了一會兒很擔心地問。

「是雨。」費魯喬說。

老人拭了眼淚：

「那麼，費魯喬！以後要規規矩矩，不要再使祖母流淚啊！」

那聲音又來了，老人蒼白了臉說：「這不是雨聲呢！你去看來！」既而又牽住了孫子的手說：「你留在這裏。」

兩人屏息不出聲，耳中只聽見雨聲。

鄰室中好像有人的腳音，兩人不覺慄然震抖。

「誰？」費魯喬勉強恢復了呼吸怒叫。

沒有回答。

「誰？」又震慄着問。

話猶未完，兩人不覺驚叫起來，兩個男子突然跳進室中來了。一個捉住了費魯喬，把手掩住他的口，別的一個卡住了老婦人的喉嚨。

「一出聲，就沒有命哩！」第一個說。

「不許聲張！」另一個說了舉着短刀。

兩個都黑布罩着臉，只留出眼睛。

室中除了四人的粗急的呼吸聲和雨聲以外，一時甚麼聲音都沒有。老婦人喉頭格格作響，眼珠幾乎要爆裂出來。

那捉住着費魯喬的一個，把口附了費魯喬的耳說：「你老子把錢藏在哪裏？」

費魯喬震抖着牙齒，用很細的聲音答說：「那裏的——櫥中。」

「隨了我來！」那男子說着緊緊抑住他的喉間，拉了同到堆物間裏去。地板上擺着昏暗的玻璃燈。

「櫥在甚麼地方？」那男子催問。

費魯喬喘着氣指示櫥的所在。

那男子恐費魯喬逃走，將他推倒在地，用兩腿夾住他的頭，如果他一出聲，就可用兩腿把他的喉頭夾緊。男子口上銜了短刀，一手提了燈，一手從袋中取出釘子樣的東西來塞入鎖孔中回旋，鎖壞了，櫥門也開了，於是急急地翻來倒去到處搜索，將錢塞在懷裏。一時把門關好，忽而又打開重新搜索一遍，然後仍卡住了費魯喬的喉頭，回到那捉住老婦人的男子的地方來。老婦人正仰了面掙動身子，嘴張開着。

「得了嗎？」別一個低聲問。

「得了。」第一個回答。「留心進來的地方！」又接着說。那捉住老婦人的男子，跑到天井門口去看，知道了沒有人在那裏，就低聲地說：「來！」

那捉住費魯喬的男子，留在後面，把短刀擎到兩人面前：「敢響一聲嗎？當心我回來割斷你們的喉管！」說着又怒目地盯視了兩人一會兒。

這時，聽見街上大批行人的歌聲。

那強盜把頭回顧門口去，那面幕就在這瞬間落下了。

「莫左尼啊！」老婦人叫。

「該死的東西！你給我死！」強盜因為被看出了，怒吼着說，且擎起短刀撲近前去。老婦人立時嚇倒了，費魯喬見這光景，悲叫起來，一面跳上前去用自己的身體覆在祖母身上。強盜碰了一下桌子逃走了，燈被碰翻，也就熄滅了。

費魯喬慢慢地從祖母的身上溜了下來，跪倒在地上，兩隻手抱住祖母的身體，頭觸在祖母的懷裏。

過了好一會兒，周圍黑暗，農夫的歌聲緩緩地向田野間消去。

「費魯喬！」老婦人恢復了神志，用了幾乎聽不清的低音叫，牙齒軋軋地震抖着。

「祖母！」費魯喬答叫。

祖母原想說話，被恐懼把口噤住了，身上只是劇烈的震慄，不作聲了好一會兒。

繼而問：

「那些傢伙去了吧？」

「是的。」

「沒有將我殺死呢！」祖母氣促着低聲說。

「是的，祖母是平安的！」費魯喬低弱了聲音說。「平安的，祖母！那些傢伙把錢拿了去了，但是，父親把大注的錢帶在身邊哩！」

祖母深深地呼吸着。

「祖母！」費魯喬仍跪了抱緊着祖母說。「祖母！你愛我嗎？」

「啊！費魯喬！愛你的啊！」說着把手放在孫子頭上。「啊！怎樣地受了驚了啊！啊！仁慈的上帝！你把燈點着吧！咿喲，還是暗的好！不知為了甚麼，還很害怕呢！」

「祖母！我時常使你傷心呢！」

「哪裏！費魯喬！不要再說起那樣的話！我已早不記得了，甚麼都忘了，我只是仍舊愛你。」

「我時常使你傷心。但是我是愛着祖母的。饒恕了我！饒恕了我，祖母！」費魯喬勉強困難地這樣說。

「當然饒恕你的，歡歡喜喜地饒恕你呢。有不饒恕你的嗎？快起來！我不再罵你了。你是好孩子，好孩子！啊！點了燈！已不再害怕了。啊！起來！費魯喬！」

「祖母！謝謝你！」孩子的聲音越低了。「我已經——很快活，祖母！你是不會忘記我的吧！無論到了甚麼時候，仍會記得我費魯喬的吧！」

「啊！費魯喬！」老婦人慌了，撫着孫子的肩頭，眼光幾乎要射穿臉面似的注視着他叫。

「請不要忘了我！望望母親，還有父親，還有小寶寶！再會！祖母！」那聲音已細得像絲了。

「甚麼呀！你怎樣了？」老婦人震驚着撫摸伏在自己膝上的孫子的頭，一面叫着。接着迸出她所能發的聲音：

「費魯喬呀！費魯喬呀！費魯喬呀！啊呀！啊呀！」

可是，費魯喬已甚麼都不回答了。這小英雄代替了他祖母的生命，從背上被短刀刺穿，那壯美的靈魂已回到天國裏去了。

病床上的「小石匠」　二十八日

可憐，「小石匠」患了大病！先生叫我們去訪問，我就同卡隆、代洛西三人同往。斯帶地本來也要去，因為先生叫他做《卡華伯爵紀念碑記》，他說要去實地看了那紀念碑再精密地做，所以就不去了。我們試約那高慢的諾琵斯，他只回答了一個「不」字，其餘甚麼話都沒有。華梯尼也謝絕不去。他們大概是恐怕被石灰沾污了衣服吧。

四點鐘一放課，我們就去。雨像麻似的降着。卡隆在街上忽然站住，嘴裏滿滿嚼着麵包說：「買些甚麼給他吧。」一面去摸那衣袋裏的銅幣。我們也各湊了兩個銅幣，買了三個大大的橘子。

我們上那屋頂閣去。代洛西到了入口，把胸間的獎牌取下，放入袋裏。

「為甚麼？」我問。

「我自己也不知道，總覺得還是不掛的好。」他回答。

我們一叩門，那巨人樣的高大的父親就把門開了，他臉孔歪着，見了都可怕。

「哪幾位？」他問。

「我們是安托尼阿的同學。送三個橘子給他的。」卡隆答說。

「啊！可憐，安托尼阿恐怕不能再吃這橘子了！」石匠搖着頭大聲說，且用手背去揩拭眼睛，引導我們入室。「小石匠」臥在小小的鐵床裏，母親俯伏在床上，手遮着臉，也不來向我們看。床的一隅，掛有板刷、烙饅和篩子等類的東西，病人腳部蓋着那白白地沾滿了石灰的石匠的上衣。那小孩消瘦而蒼白，鼻頭尖尖的，呼吸很短促。啊！安托尼阿！我的小朋友！你原是那樣親切快活的人呢！我好難過啊！只要你再能做一會兔臉給我看，我甚麼都情願！安托尼阿！卡隆把橘子給他放在枕旁，使他可以看見。橘子的芳香把他熏醒了。他抓住了橘子，不久又放開手，頻頻地向卡隆看。

「是我呢，是卡隆呢！你認識嗎？」卡隆說。

病人略現微笑，勉強地從床裏拿出手來，伸向卡隆。卡隆用兩手握了過來，貼到自己的頰上：

「不要怕！不要怕！你就會好起來，就可以到學校裏去了。那時請先生讓你坐在我的旁邊，好嗎？」

可是，「小石匠」沒有回答，於是母親叫哭起來：

「啊！我的安托尼阿呀！我的安托尼阿呀！安托尼阿是這樣的好孩子，天要把他從我們手裏奪去了！」

「別說！」那石匠父親大聲地叱止。「別說！我聽了心都碎了！」又很憂慮地向着我們：

「請回去！哥兒們！謝謝你們！請回去吧！就是給我們陪着他，也沒有甚麼方法可想的。謝謝！請回去吧！」這樣說。那小孩又把眼閉了，看上去好像已經死了。

「有甚麼可幫忙的事情嗎？」卡隆問。

「沒有，哥兒！多謝你！」石匠說着將我們推出廊下，關了門。我們下了一半的樓梯，忽又聽見後面叫着「卡隆！卡隆」的聲音。

我們三人再急回上樓梯去，見石匠已改變了臉色叫着說：

「卡隆，安托尼阿叫着你的名字呢！已經兩天不開口了，這會兒倒叫你的名字兩次。想和你會會哩！快來啊！但願就從此好起來！天啊！」

「那麼，再會！我暫時留着吧。」卡隆向我們說着，和石匠一同進去了。代洛西眼中滿了眼淚。

「你在哭嗎？他會說話哩，會好的吧？」我說。

「我也是這樣想呢。但我方才想的並不是這個，我只是想着卡隆。我想卡隆為人是多麼好，他的精神是多麼高尚啊！」

卡華伯爵 二十九日

你要作《卡華伯爵紀念碑記》，卡華伯爵是怎樣的一個人，恐怕你還未詳細知道吧。你現在所知道的，恐怕只是伯爵幾年前做辟蒙脫總理大臣的事吧。將辟蒙脫的軍隊派到克里米亞，使在諾淮拉敗北殘創的我國軍隊重膺光榮的是他。把十五萬人的法軍從亞爾帕斯山撤下來，從隆巴爾地將奧軍擊退的也是他。當我國革命的危期中，整治意大利的也是他。給予我意大利以統一的神聖的計劃的也是他。他有優美的心，不撓的忍耐和過人的勤勉。在戰場中遭遇危難的將軍原是很多，他卻是身在廟堂而受戰場以上的危險的。因為他所建設的事業，像脆弱的房屋為地震所倒的樣子，何時破壞是不可測的。他晝夜在奮鬥苦悶中過活，因此頭腦也混亂了，心也碎了。他縮短生命二十年，全是他擔負的事業巨大的緣故。可是，他雖冒了致死的熱度，還想為國做些甚麼事情，在他狂熱的願望中充滿着喜悅。

聽說，他到了臨終，還悲哀地說：

「真奇怪！我竟看不出文字了！」

及熱度漸漸增高，他還是想着國事，命令似的這樣說：

「給我快好！我心中已昏暗起來了！要處理重大的事情，非有氣力不可。」及危篤的消息傳出，全市為之悲懼，國王親自臨床探省，他對國王擔心地說：

「我有許多的話要陳訴呢，陛下，只可惜已經不大能說話了！」

他那熱烈興奮的心緒，不絕地向着政府，向着聯合起來的意大利諸州，向着將來未解決的若干問題奔騰。等到了說胡話的時候，還是在繼續的呼吸中這樣叫着。

「教育兒童啊！教育青年啊！——以自由治國啊！」

胡話愈說愈多了，死神已把翼張在他上面了，他又用了燃燒着似的言語，替平生不睦的格里波底將軍祈禱，口中唸着還未獲得自由的威尼斯呀、羅馬呀等的地名。他對於意大利和將來的歐洲，抱着偉大的預想，一心恐防被外國侵害，向人詢問軍隊和指揮官的所在地。他到臨終還這樣地替我國國民擔憂呢。他對於自己的死並不覺得甚麼，和祖國別離是他最難堪的悲哀。而祖國呢，又是非有待於他的盡力不可的。

他在戰鬥中死了！他的死和他的生是同樣偉大的！

略微想想吧！安利柯！我們的責任有多少啊！和他的以世界為懷的勞力，不斷的憂慮，劇烈的痛苦相比，我們的勞苦——甚至於死，都是毫不足數的東西了。所以不要忘記！走過那大理石像前面的時候，應該向那石像從心中讚美：「偉大啊！」

——父親

第七章 四月

春一日

今天四月一日了！像今天這樣的好時節，一年中沒有多少，不過三個月罷了。可萊諦後天要和父親去迎接國王，叫我也去，這是我所喜歡的。聽說可萊諦的父親和國王相識哩。又，就在那一天，母親説要領我到幼兒園去，這也是我所喜歡的。並且，「小石匠」病已好了許多了。還有，昨晚先生走過我家門口，聽見他和父親這樣説：「他功課很好，他功課很好。」

加上今天是個很爽快溫暖的春日，從學校窗口看見青的天，含蕊的樹木，和家家敞開的窗檻上擺着的新綠的盆花等。先生雖是一向沒有笑容的人，可是今天也很高興，額上的皺紋幾乎已經看不出了，他就黑板上説明算術的時候，還講着笑話呢。先生一吸着窗外來的新鮮空氣，就聞得出泥土和木葉的氣息，好像身已在鄉間了。先生當然也快活的。

在先生授着課的時候，我們耳中聽見近處街上鐵匠打鐵聲，對門婦人安撫嬰孩睡熟的兒歌聲，以及兵營裏的喇叭聲。連斯帶地也高興了。忽然間，鐵匠打得更響亮，婦人也更大聲地唱了起來。先生停止授課，側了耳看着窗外，靜靜地説：

「天晴，母親唱着歌，正直的男子都勞動着，孩子們學習着——好一幅美麗的圖畫啊！」

散了課走到外面，大家都覺得很愉快。排好了隊把腳重重地踏着地面走，好像從此有三四日假期似的，齊唱着歌兒。女先生們也很高興，戴赤羽的先生跟在小孩後面，自己也像個小孩了。學生的父母彼此談笑。克洛西的母親的野菜籃中滿裝着堇花，校門口因之充滿了香氣。

一到街上，母親依舊在候我了，我歡喜得不得了，跑近攏去，說：

「啊！好快活！我為甚麼這樣快活啊！」

「這因為時節既好，而且心裏沒有虧心事的緣故！」母親說。

溫培爾脫王　三日

十點鐘的時候，父親見柴店裏的父子已在四角路口等我了，和我說：「他們已經來了。安利柯！快迎接國王去！」

我飛奔過去。可萊諦父子比往日更高興，我從沒有見過他們父子像今天這般相像。那父親的上衣上掛着兩個紀念章和一個勳章，鬚捲得很整齊，鬚的兩端尖得同針一樣。

國王定十點半到，我們就到車站去。可萊諦的父親吸着煙，搓着手說：

「我從那六十六年的戰爭以後，還未曾見過陛下呢！已經十五年又六個月了。他前三年在法蘭西，其次是在蒙脫維，然後回到意大利。我運氣不好，每次他駕臨市內，我都不在這裏。」

他把溫培爾脫王當作朋友稱呼，叫他「溫培爾脫君」，不住地說：

「溫培爾脫君是十六師師長。溫培爾脫君那時不過二十二歲光景。溫培爾脫君總是這樣騎着馬。」

「十五年了呢！」柴店主人跨着步大聲說。「我誠心想再見見他。還是在他做親王的時候見過他，一直到現在了。今番見他，他已經做了國王了。而且，我也變了，由軍人變為柴店主人了。」說着自己笑了。

「國王看見了，還認識父親嗎？」兒子問。

「你太不知道了！那可未必。溫培爾脫君只是一個人，這裏不是像螞蟻一樣地大家擠着嗎？並且他也不能一個一個地看見我們呀。」父親笑着說。

車站附近的街路上已是人山人海，一隊兵士吹着喇叭通過。兩個警察騎着馬走過。天晴着，光明充滿了大地。

可萊諦的父親興高采烈地說：

「真快樂啊！又看見師長了！啊！我也老了哩！記得那年六月二十四日——好像是昨天的事：那時我負了背包掮了槍走着，差不多快到前線了。溫培爾脱君率領了部下將校走過，大炮的聲音已經遠遠地聽到，大家都說：『但願子彈不要中着殿下。』在敵兵的槍口前面會和溫培爾脱君那樣接近，我是萬料不到的。兩人之間，相隔不過四步遠呢。那天天晴，天空像鏡一樣，但是很熱！喂！讓我們進去看吧。」

我們到了車站，那裏已擠滿了群眾——馬車、警察、騎兵及擎着旗幟的團體。軍樂隊奏着樂曲。可萊諦的父親用兩腕將塞滿在入口處的群眾分開，讓我們安全通過。群眾波動着，都在我們後面跟來。可萊諦的父親眼向着有警察攔在那裏的地方：

「跟我來！」他說着拉了我們的手進去，背靠着牆壁站着。

警察走過來說：「不得立在這裏！」

「我是屬於四十九聯隊四大隊的。」可萊諦的父親把勳章指給警察看。

「那可以。」警察看着勳章說。

「你們看，『四十九聯隊四大隊』，這一句話有着不可思議的力量哩！他原是我的隊長，不可以靠近些看他嗎？那時和他靠得很近，今日也靠近些才好呢！」

這時，候車室內外群集着紳士和將校，站門口整齊地停着一排馬車和穿紅服的馬夫。

可萊諦問他父親，溫培爾脫親王在軍隊中可拿劍。父親說：

「當然囉，劍是一刻不離手的。槍從右邊左邊刺來，要靠劍去撥開的哩。真是可怕，子彈像雨神發怒似的落下，又像旋風似的向在密集的隊伍中或大炮之間襲來，一碰着人就翻倒的，甚麼騎兵呀、槍兵呀、步兵呀、射擊兵呀，統統混雜在一處，像百鬼夜行，甚麼都辨不清楚。這時，聽見有叫『殿下！殿下！』的聲音，原來敵兵已排齊了槍刺走近來了。我們一齊開槍，煙氣就立刻像雲似的四起，把周圍包住。稍停，煙散了，大地上滿橫着死傷的兵士和馬。我回頭去看，見隊的中央，溫培爾脫君騎了馬悠然地四處查察，鄭重地說：『弟兄中有被害的嗎？』我們都興奮如狂，在他面前齊喊『萬歲』啊！那種光景，真是少有的！呀！火車到了！」

樂隊開始奏樂了，將校都向前擁進，群眾踮起腳來。一個警察說：

「要停一會兒才下車呢，因為現在有人在那裏拜謁。」

老可萊諦焦急得幾乎出神：

「啊！追想起來，他那時的沉靜的風貌，到現在還如在眼前。不用說，他在有地震有時疫的時候，也總是鎮靜着的。可是我屢次想到的，卻是那時他的沉靜的風貌。他雖做了國王，大概總還不忘四十九聯隊的四大隊的。把舊時的部下集攏來，大家舉行一次會餐，他必定是很歡喜的。他現在有將軍、紳士、大臣等陪侍，那時除了我們做兵士的以外，甚麼人都沒有。想和他談談哩，稍許談談也好！二十二歲的將軍！我們用了槍和劍保護過的親王！我們的溫培爾脫君！從那年以後，有十五年不見了！啊！那軍樂的聲音把我的血都震得要沸騰了！」

歡呼的聲音自四方起來，數千的帽子高高舉起了。穿黑服的四個紳士乘入最前列的馬車。

「就是那一個！」老可萊諦叫說，他好像失了神似的站着。過了一會兒，才徐徐地重新開口說：

「呀！頭髮白了！」

我們三人除了帽子，馬車徐徐地在群眾的歡呼聲中前進。我看那柴店主人時，他好像全然換了一個人了，身體伸得長長的，臉色凝重而帶蒼白，柱子似的直立着。

馬車行近我們，到了離那柱子一步的距離了。

「萬歲！」群眾歡呼。

「萬歲！」柴店主人在群眾歡呼以後，獨自叫喊。國王向他看，眼睛在他那三個勳章上注視了一會。柴店主人忘了一切！

「四十九聯隊四大隊！」他這樣叫。

國王原已向了別處了的，重新回向我們，注視着老可萊諦，從馬車裏伸出手來。

老可萊諦飛跑過去，緊握國王的手。馬車過去了，群眾擁攏來把我們擠散。老可萊諦一時不見了。可是這不過是剎那間的事，稍過了一會兒，又看見他了。他喘着氣，眼睛紅紅地，舉起手，在喊他兒子。兒子就跑近他去。

「快！趁我手還熱着的時候！」他說着將手按在兒子臉上，「國王握過了我的手呢！」

他夢也似的茫然目送那已走遠了的馬車，站在驚異地向他瞠視的群眾中。群眾紛紛在說：「這人是在四十九聯隊四大隊待過的。」「他是軍人，和國王認識的。」「國王還沒忘記他呢，所以向他伸出手來。」最後有一人高聲地說：「他把不知甚麼的請願書遞給了國王哩。」

「不！」老可萊諦不覺回頭來說，「我並不提出甚麼請願書。國王有用得到我的時候，無論何時，我另外預備着可以貢獻的東西哩！」

大家都張了眼看他。

幼兒院　四日

昨日早餐後，母親依約帶了我到幼兒院去，因為要把潑來可西的妹子囑託給院長的緣故。我還未曾到過幼兒院，那情形真是有趣。小孩共約二百人，男女都有。都是很小很小的孩子。和他們相比，國民小學的學生也成了大人了。

我們去的時候，小孩們正排成了二列進食堂去。食堂裏擺着兩列長桌，桌上鏤有許多小孔，孔上放着盛了飯和豆的黑色小盤，錫製的瓢擺在旁邊。他們進去的時候，有忙亂了弄不清方向的，先生們過去帶領他們。其中有的走到一個位置旁，就以為是自己的座位，停住了就用瓢去取食物。先生走來說：「再過去！」走了四步五步，又取一瓢食，先生再來叫他往前走，等到了他自己的座位，他已經吃了半個人的食物了。先生們用盡了力。整頓他們，開始祈禱，祈禱的時候，頭不許對着食物。他們心為食物所吸引，總轉過頭來看後面。大家合着手，眼向着屋頂，心不在焉地述畢祈禱的話，才開始就食。啊！那種可愛的模樣。真是少有！有拿了兩個瓢吃的，有用手吃的，還有將豆一粒一粒地裝入口袋裏去的，用小圍裙將豆包了揑得漿糊樣的。有的看着蒼蠅飛，有的因為旁邊的孩子咳嗽把食物噴在桌上，竟一口不吃。室中好像是養着雞和鳥的園庭，真是可愛。小小的孩子都用了紅的綠的青的絲帶結着髮，排成二列坐着，真好看哩！一位先生向着一列坐着的八個小孩問：「米是從哪裏來的！」八個人一邊嚼着食物，一邊齊聲說：「從水裏來的。」一向他們說「舉手」！許多小小的白手一齊舉起來，閃閃地好像白蝴蝶。

這以後，是出去休息。在走出食堂以前，大家照例各取掛在壁間的小食盒。一等走出食堂，就四方散開，各從盒中把麵包呀、牛油小塊呀、煮熟的蛋呀、小蘋果呀、熟豌豆呀、雞肉呀取出。一霎時，庭間到處都是麵包屑，像給小鳥餵餌似的。他們有種種可笑的吃法：有的像兔、貓或鼠樣地嚼嘗或吸着，有的把飯塗抹在胸間，有的用小拳把牛油揑糊了，像乳汁似的滴在袖子裏，自己仍不覺得。還有許多小孩把銜着蘋果或麵包的小孩像狗似的追趕着。又有三個小孩用草莖在蛋殼中挖掘，說要發掘寶貝哩。後來把蛋的一半傾在地上，再一粒粒地拾起，好像拾珍珠似的。小孩之中，只要有一人拿着甚麼好東西，大家就把他圍住了。窺探他的食盒。一個拿着糖的小孩旁邊，圍着二十多個人，一起唧唧噥噥地說個不休；有的要他抹些在自己的麵包上，也有只求用指去嘗一點的。

母親走到庭裏，一個個地去撫摸他們。於是大家就圍集在母親身旁，要求接吻，都像望三層樓似的把頭仰了，口中呀呀作聲，情形似在索乳。有想將已吃過的橘子送與母親的，有剝了小麵包的皮給母親的。一個女孩拿了一片樹葉來，另外一個很鄭重地把食指伸到母親前面，原來指上有一個小得不十分看得出的皰，據說是昨晚在燭上燙傷的。又有拿了小蟲呀、破的軟木塞子呀、襯衫的紐扣呀、小花呀等類的東西，很鄭重地來給母親看。一個頭上縛着綳帶的小孩，說有話對母親說，不知說了些甚麼。還有一個請母親伏倒頭去，把口附着母親的耳朵，輕輕地說「我的父親是做刷帚的哩。」

事件這裏那裏地發生，先生們走來走去照料他們。有因解不開手帕的結子哭的，有兩人因了奪半個蘋果相鬧的，有和椅子一起翻倒了爬不起來而哭着的。

將回來的時候，母親把他們裏面的三四個各抱了一會兒。於是大家就從四面集來，臉上滿塗了蛋黃或是橘子汁，圍着求抱。一個拉牢了母親的手，一個拉牢了母親的指頭，說要看指上的戒指。還有來扳錶鏈的，拉頭髮的。

「當心被他們弄破衣服！」先生說。

可是，母親毫不管衣服的損壞，將他們拉近了接吻。他們越加集攏來了，在身旁的張了手想爬上身去，在遠一點的掙扎着擠近來並且齊聲叫喊：

「再會！再會！」

母親終於逃出了庭間了。小孩們追到柵欄旁，臉擋住了柵縫，把小手伸出，紛紛地遞出麵包呀、蘋果片呀、牛油塊呀等東西來。一齊叫說：

「再會，再會！明天再來，再請過來！」

母親又去摸他們花朵似的小手，到了街上的時候，身上已染滿了麵包屑及許多油漬，衣服也皺得不成樣子了。她手裏握滿了花，眼睛閃着淚光，仍很快活。耳中遠遠地還聽見鳥叫似的聲音：

「再會！再會！再請過來！夫人！」

體操　五日

連日都是好天氣，我們停止了室內體操，在校庭中做器械體操。

昨天，卡隆到校長室裏去的時候，耐利的母親——那個着黑衣服的白色的婦人——也在那裏。要想請求免除耐利的器械體操。她好像很難開口的樣子，撫着兒子的頭說：

「因為這孩子是不能做那樣的事的。」

耐利卻似乎以不加入器械體操為可恥，不肯承認這話。他說：

「母親！不要緊，我能夠的。」

母親憐憫地默視着兒子，過了一會兒，躊躇地說：「恐怕別人……」話未說完就止住了。大概她想說，「恐怕別人嘲弄你，很不放心。」

耐利攔住話頭說：「他們不會怎麼的，並且有卡隆在一處呢！只要有卡隆在，誰都不會笑我的。」

耐利到底加入器械體操了。那個曾在格里波底將軍部下的頸上有傷痕的先生，領我們到那有垂直柱的地方。今天要攀到柱的頂上，在頂上的平台上直立。代洛西與可萊諦都猴子似的上去了。潑來可西也敏捷地登上了，他那到膝的長上衣有些妨礙，他卻毫不為意，竟上去了。大家都想笑他，他只反覆地說他那平日的口頭禪：「對不住，對不住！」斯帶地上去的時候，臉紅得像火雞，咬緊嘴唇，一口氣登上。諾琵斯立在平台上，像帝王似的驕傲顧盼着。華梯尼穿了新製的有水色條紋的運動服，可是中途卻溜下來了兩次。

為要想攀登容易些，大家手裏擦着樹膠。預備了樹膠來賣的不用說是那商人卡洛斐了。他把樹膠弄成了粉，裝入紙袋，每袋賣一銅幣，賺得許多錢。

輪到卡隆了。他若無其事地一邊口裏嚼着麵包，一邊輕捷地攀登。我想，他即使再帶了一個人，也可以上去的。他真有小牛樣的力氣呢。

卡隆的後面就是耐利。他用瘦削的手臂抱住直柱的時候，許多人都笑了起來。卡隆把粗壯的手叉在胸前，向笑的人盯視，氣勢洶洶地好像在說：「當心挨打！」大家都止了笑。耐利開始向上爬，幾乎拚了命，顏色發紫了，呼吸急促了，汗雨也似的從額上流下。先生說：「下來吧。」他仍不下退，無論如何想掙扎上去。我很替他擔心，怕他中途墜落。啊！如果我成了耐利樣的人，將會怎樣呢？母親看見了這光景，心裏將怎樣啊！一想到此，愈覺得耐利可憐，恨不得從下面推他一把。

「上來！上來！耐利！用力！只一步了！用力！」卡隆與代洛西、可萊諦齊聲喊。耐利吁吁地喘着，用盡了力，爬到離平台二英尺光景了。

「好！再一步！用力！」大家喊。耐利已攀住平台了，大家都拍手。先生說：「爬上了！好！可以了。下來吧。」

可是耐利想和別人一樣，爬到平台上去。又掙扎了一會兒，才用臂肘靠住了平台，以後就很容易地移上膝頭，又伸上了腳，最後居然直立在平台上了。他喘着，微笑着，俯視我們。

我們又拍起手來。耐利向街上看，我也向那方向回過頭去，忽然見他母親正在籬外低了頭不敢仰視哩。母親把頭抬起來了，耐利也下來了，我們大聲喝彩。耐利臉紅如桃，眼睛閃爍發光，他似乎不像從前的耐利了。

散學的時候，耐利的母親來接兒子，她抱住了兒子很擔心地問：「怎麼樣了？」兒子的朋友都齊聲回答說：

「做得很好呢！同我們一樣地上去了——耐利很能幹哩——很勇敢哩——一點都不比別人差。」

這時他母親的快活真是了不得。她想說些道謝的話，可是嘴裏說不出來。和其中三四人握了手，又親睦地將手在卡隆的肩頭撫了一會兒，領了兒子去了。我們目送他們母子二人很快樂地談着回去。

父親的先生　十三日

昨天父親帶我去旅行，真快樂啊！那是這樣一回事：

前天晚餐時，父親正看着報紙，忽然吃驚地說：「咿呀！我以為二十年前就死去了！我國民小學一年級的克洛賽諦先生還活着，今年八十四歲了！他做了六十年教員，教育部大臣現在給予勳章。六——十——年呢！你想！並且據說兩年前還在學校教書啊！可憐的克洛賽諦先生！他住在從這裏乘火車去一小時可到的地方孔特甫。安利柯！明天大家去拜望他吧。」

當夜，父親只說那位先生的事。因為看見舊時先生的名字，把各種小兒時代的事，從前的朋友，死去了的祖母，都也記憶了起來。父親說：

「克洛賽諦先生教我的時候，正四十歲。他的狀貌至今還記憶着，是個身材矮小，腰向前稍屈，眼睛烔烔有光，把鬚修剃得很光的先生。他雖嚴格，卻是很好的先生，愛我們如子弟，常寬恕我們的過失。他原是農人家的兒子，因為自己用功，後來做了教員。真是上等的人哩！我母親很佩服他，父親也和他要好得和朋友一樣。他不知怎麼住到近處來了？現在即使見了面，恐怕也不認識了。但是不要緊，我是認識他的。已經四十四年不曾相見了，四十四年了哩！安利柯！明天去吧！」

昨天早晨九點鐘，我們坐了火車去。原想叫卡隆同去，他因為母親病了，終於不能同去。天氣很好，原野一片綠色，雜花滿樹，火車經過，空氣也噴噴地發香。

父親很愉快地望着窗外，一面用手勾住我的頭頸，像和朋友談話似的和我説：

「啊！克洛賽諦先生！除了我父親以外，先生是最初愛我和為我操心的人了。先生對於我的種種教訓，我現在還記着。因了不好的行為受了先生的叱罵，悲哀地回家的光景，我現在還記得。先生的手很粗大，那時先生的神情都像在我眼前哩：他總是靜靜地進了教室，把手杖放在屋角，把外套掛在衣鈎上；無論哪天，態度都是一樣，總是很真誠很熱心，甚麼事情都用了全副精神；從開學那天起，一直這樣。我現在的耳朵裏，還像有先生的話聲：『勃諦尼啊！勃諦尼啊！要把食指和中指這樣地握住筆桿的啊！』已經四十四年了，先生恐怕也和前不同了吧。」

到了孔特甫，我們去探聽先生的住所，立刻就探聽到了。原來在那裏誰都認識先生。

我們出了街市，折向那籬間有花的小路。

父親默然地似乎在沉思往事，時時微笑着搖着頭。

突然，父親站住了説：「這就是他！一定是他！」我一看，小路的那邊來了一個戴大麥稈帽的白髮老人，正拄了手杖走下坡來，腳似乎有點蹺，手在顫抖。

「果然是他！」父親反覆説，急步走上前去。到了老人面前，老人也站住了向父親注視。老人面上還有紅彩，眼中露着光輝。父親脱了帽子：

「你就是平善左．克洛賽諦先生嗎？」

老人也把帽子去了，用顫動而粗大的聲音回答說：「是的。」

「啊！那麼……」父親握了先生的手。「對不起，我是從前受教於先生的學生。先生好嗎？今天專從丘林來拜望您的。」

老人驚異地注視着父親！

「真難為你！我不知道你是哪時候的學生？對不起！你名字是——」

父親把亞爾培脱．勃諦尼的姓名和曾在甚麼時候甚麼地方的學校説明了，又説：

「難怪先生記不起來。但是我總記得先生的。」

老人垂了頭沉思了一會兒，把父親的名字唸了三四遍，父親只是微笑地看着先生。

老人忽然抬起頭來，眼睛張得大大的，徐徐地説：

「亞爾培脱．勃諦尼？技師勃諦尼君的兒子？曾經住在配寨．代拉．孔沙拉泰，是嗎？」

「是的。」父親説着伸出手去。

「原來這樣！真對不起！」老人跨近一步抱住父親，那白髮正垂在父親的髮上。父親把自己的頰貼住了先生的頸。

「請跟我到這邊來！」老人說着移步向自己的住所走去。不久，我們走到小屋前面的一個花園裏。老人開了自己的房門，引我們進去。四壁粉得雪白，室的一角擺着小床，別一角排着桌子和書架，四張椅子。壁上掛着舊地圖。室中充滿蘋果的香氣。

「勃諦尼君！」先生注視着受着日光的地板說。「啊！我還很記得呢！你母親是個很好的人。你在一年級的時候坐在窗口左側的位置上。慢點！是了，是了！你那鬈曲的頭髮還如在眼前哩！」

先生又追憶了一會兒：

「你曾是個活潑的孩子，非常活潑。不是嗎？在二年級那一年，曾患過喉痛病，回到學校來的時候非常消瘦，裹着圍巾。到現在已四十年了，居然還不忘記我，真難得！舊學生來訪我的很多，其中有做了大佐的，做牧師的也有好幾個，此外，還有許多已成了紳士。」

先生問了父親的職業，又說：「我真快活！謝謝你！近來已經不大有人來訪問我了，你恐怕是最後的一個了！」

「哪裏！你還康健呢！請不要說這樣的話！」父親說。

「不，不！你看！手這樣顫動呢！這是很不好的。三年前患了這毛病，那時還在學校就職，最初也不注意，總以為就會痊癒的，不料竟漸漸重起來，終於字都不能寫了。啊！那一天，我從做教師以來第一次把墨水落在學生的筆記簿上的那一天，真是裂胸似的難過啊！雖然這樣，總還暫時支撐着。後來真的盡了力，在做教師的第六十年，和我的學校，我的學生，我的事業分別了，真難過啊！在最後授課的那天，學生一直送我到了家裏，還戀戀不捨。我悲哀之極，以為我的生涯從此完了！不幸，妻適在前一年亡故，一個獨子，不久也跟着死了，現在只有兩個做農夫的孫子。我靠了些許的養老金，終日不做事情。日子長長地，好像竟是不會夜！我現在的工作，每日只是重讀以前學校裏的書，或是翻讀日記，或是閱讀別人送給我的書。在這裏呢。」說着指書架，「這是我的記錄，我的全生涯都在裏面。除此以外，我沒有留在世界上的東西了！」

說到這裏，先生突然帶着快樂的調子說：「是的！嚇了你一跳吧！勃諦尼君！」說着走到書桌旁把那長抽屜打開。其中有許多紙束，都用細細的繩縛着。上面一一記着年月。翻尋了好一會兒，取了一束打開，翻出一張黃色的紙來，遞給父親。這是四十年前父親的成績。

紙的頂上，記着「聽寫，一八三八年四月三日，亞爾培脫·勃諦尼」等字樣。父親帶笑讀着這寫着小孩筆跡的紙片，眼中浮出淚來。我立起來問是甚麼，父親一手抱住了我說：

「你看這紙！這是母親給我修改過的。母親常替我這樣修改，最後一行全是母親給我寫的。我疲勞了睡着在那裏的時候，母親仿了我的筆跡替我寫的。」父親說了在紙上接吻。

先生又拿出另一束紙來。

「你看！這是我的紀念品。每學年，我把每個學生的成績各取一紙這樣留着。其中記有月日，是依了順序排列的。打開來一一翻閱，就追憶起許多的事情來，好像我回復到那時的光景了。啊！已有許多年了，把眼睛一閉攏，就像有許多的孩子，許多的班級在面前。那些孩子，有的已經死去了吧，許多孩子的事情，我都記得，像最好的和最壞的，記得格外明白，使我快樂的孩子，使我傷心的孩子，尤其不會忘記。許多孩子之中，有很壞的哩！但是，我好像在別一世界，無論壞的好的，我都同樣地愛他們。」

先生說了重新坐下，握住我的手。

「怎樣？還記得我那時的惡作劇嗎！」父親笑着說。

「你嗎？」老人也笑了。「不，不記得甚麼了。你原也算是淘氣的。不過，你是個伶俐的孩子，並且與年齡相比，也大得快了一點。記得你母親很愛你哩。這姑且不提，啊！今天你來得很難得，謝謝你！難為你在繁忙中還能來看我這衰老的苦教師！」

「克洛賽諦先生！」父親用很高興的聲音說，「我還記得母親第一次領我到學校裏去的光景。母親和我離開兩個鐘頭之久，那是第一回。母親將我從自己手裏交給別人，覺得似乎母子就從此分離了，心裏很是悲哀，我也很是難過。我在窗上和母親說再會的時候，眼中充滿了淚水。這時先生用手招呼我，先生那時的姿勢，臉色，都好像洞悉了母親的心情似的。先生那時的眼色，好像在說『不要緊』，我看了那時先生的神情，就明白知道先生是保護我的，饒恕我的。先生那時的樣子，我不會忘記，永遠刻在我心裏了。今天把我從丘林拉到此地來的就是這個記憶。因為要想在四十四年後的今天再見見先生，向先生道謝，所以來的。」

先生不作聲，只用那顫抖着的手撫摸我的頭。那手從頭頂移到額側，又移到肩上。

父親環視室內。粗糙的牆壁，粗製的臥榻，些許麵包，窗間擱着小小的油壺。父親見了這些，似乎在說：「啊！可憐的先生！勤勞了六十年，所得的報酬只是這些嗎？」

老先生自己卻很滿足。他高高興興地和父親談着我家裏的事，還有從前的先生們和父親同學們的情形，話說不完。父親想攔住先生的話頭，請他同到街上去吃午餐。先生只一味說謝謝，似乎遲疑不決。父親執了先生的手，催促他去。先生於是說：

「但是，我怎麼吃東西呢！手這樣顫動，恐怕妨害別人呢！」

「先生！我會幫助你的。」

先生見父親這樣說，也就應允了，微笑着搖着頭。

「今天好天氣啊！」老人一邊關門一邊說，「真是好天氣。勃諦尼君！我一生不會忘了今天這一天呢！」

父親攙着先生，先生攜了我的手一同下坡。途中遇見攜手走着的兩個赤腳的少女，又遇見擔草的男孩子。據先生說，那是三年級的學生，午前在牧場或田野勞作，飯後才到學校裏去。時候已經正午，我們進了街上的餐館，三人圍坐着大食桌進午餐。

先生很快樂，可是因快樂的緣故，手愈加顫動，幾乎不能吃東西了。父親代他割肉，代他切麵包，代他把鹽加在盤子裏。湯是用玻璃杯盛了捧着飲的，可是仍還是軋軋地與牙齒相碰呢。先生不斷地談說，甚麼青年時代讀過的書呀，現在社會上的新聞呀，自己被先輩稱揚過的事呀，現代的制度呀，種種都說。他微紅了臉，少年人似的快樂笑談。父親也微笑着看着先生，那神情和平日在家裏一面想着事情一面注視着我的時候一樣。

先生打翻了酒，父親立起來用食巾替他拭乾。先生笑了說：「咿呀！咿呀！真對不起你！」後來，先生用了那顫動着的手舉起杯來，鄭重地說：

「技師！為了祝你和孩子的健康，為了對你母親的紀念，乾了這杯！」

「先生！祝你健康！」父親回答，握了先生的手。在屋角裏的餐館主人和侍者們都向我們看。他們見了這師生的情愛，似乎也很感動。

兩點鐘以後，我們出了餐館。先生說要送我們到車站，父親又去攙他。先生仍攜着我的手，我幫先生拄着手杖走。街上行人有的站定了看我們。本地人都認識先生，和他招呼。

在街上走着。前面窗口傳出小孩的讀書聲來。老人站住了悲哀地說：

「勃諦尼君！這最使我傷心！一聽到學生的讀書聲，就想到我已不在學校，另有別人代我在那裏，不覺悲傷起來了！那，那是我六十年來聽熟了的音樂，我非常歡喜的。我好像已和家族分離，成了一個小孩都沒有了的人了！」

「不，先生！」父親說着一邊向前走。「先生有許多孩子呢！那許多孩子散佈在世界上，和我一樣都記憶着先生呢！」

先生悲傷地說：

「不，不！我沒有學校沒有孩子了！沒有孩子是不能生存的。我的末日大約就到了吧！」

「請不要說這樣的話！先生已做過許多好事，把一生用在很高尚的事情上了！」

老先生把那白髮的頭靠在父親肩上，又把我的手緊緊握住。到車站時，火車快要開了。

「再會！先生！」父親在老人頰上接吻告別。

「再會！謝謝你！再會！」老人用顫動着的兩手捧住了父親的一隻手貼在胸前。

我和老先生接吻時，老先生的臉上已滿是眼淚了。

父親把我先推入車內。車要開動的時候，從老人的手中取過手杖，把自己執着的鑲着銀頭刻有自己名氏的華美的手杖給了老人：

「請取了這個，當作我的紀念！」

老人正想推辭，父親已跳入車裏，把車門關了。

「再會！先生！」父親說。

「再會！你給我這窮老人以慰藉了！願上帝保佑你！」先生在車將動時說。

「再見吧！」父親說。

先生搖着頭，好像在說：「恐不能再見哩！」

「可以再見的，再見吧！」父親反覆說。

先生把顫着的手高高地舉起，指着天：

「在那上面！」

先生的形影，就在那擎着手的瞬間不見了。

痊癒 二十日

和父親作了快樂的旅行回來，十天之中，竟不能見天地，這真是做夢也料不到的事情。我在這幾天內，病得幾乎沒有命了。只朦朧地記得母親曾啜泣，父親曾臉色蒼白地守着我，雪爾維姊姊和弟弟低聲談着。戴眼鏡的醫生守在床前，向我說着甚麼，但我全不明白。只差一些，我已要和這世永別了。其中有三四天甚麼都茫然，像在做黑暗苦痛的夢！記得我二年級時的女先生曾到床前，把手帕掩住了口咳嗽。我的先生曾彎下上身和我接吻，我臉上被鬚觸着覺得痛。克洛西的紅髮，代洛西的金髮，以及着黑上衣的格拉勃利亞少年，都好像在雲霧中。卡隆曾拿着一個帶葉的夏橘來贈我，他因母親有病，記得立刻回去了。

等到從長夢中醒來，神志清了，見父親母親在微笑，雪爾維姊姊在低聲唱歌，我才知道自己的病已大好了。啊！真是可悲的噩夢啊！

從此以後每日轉好。等「小石匠」來裝兔臉給我看，我才開笑臉。那孩子從病以後，臉孔長了許多，兔臉比以前似乎裝得更像了。可萊諦也來了，卡洛斐來時，把他正在經營的小刀的彩票送了我兩條。昨天我睡着的時候，潑來可西來，據說將我的手在自己的頰上觸了一下就去了。他是從鐵工場來的，臉上沾着煤炭，我袖上也因而留下了黑跡。我醒來見着很是快活。

幾天之間樹葉又綠了許多。從窗口望去，見孩子們都挾了書到學校去，我真是羨煞！我也快要回到學校裏去了，我想快些見到全體同學，看看自己的座位，學校的庭院，以及街市的光景，聽聽在我生病期內發生的新聞，翻閱翻閱筆記簿和書籍。都好像已有一年不見了哩。可憐我母親已瘦得蒼白了！父親也很疲勞！來望我的親切的朋友們都跑近來和我接吻。啊！一想到將來有和這許多朋友分開的時候，我就悲傷起來。我大約是可以和代洛西一同升學的，其餘的朋友怎樣呢？五年級完了以後就大家別離，從此以後不能再相會了吧！遇到疾病的時候，也不能再在床前看見他們了吧！卡隆、潑來可西、可萊諦，都是很親切很要好的朋友。可是都不長久！

勞動者中有朋友　二十日

安利柯！為甚麼「不長久」呢？你五年級畢了業升了中學，他們入勞動界去。幾年之中，彼此都在同一市內，為甚麼不能相見呢？你即使進了高等學校或大學，不可以到工場裏去訪問他們嗎？在工場中與舊友相見，是多麼快樂的事啊！

無論在甚麼地方，你都可以去訪問可萊諦和潑來可西的，都可以到他們那裏去學習種種事情的。怎麼樣？倘若你和他們不繼續交際，那麼，你將來就要不能得着這樣的友人——和自己階級不同的友人。到那時候，你就只能在一階級中生活了。只在一階級中交際的人，恰和只讀一冊書籍的學生一樣。

所以，要決心和這些朋友永遠繼續交際啊！並且，從現在起，就要注意了多和勞動者的子弟交遊。上流社會好像將校，下流社會是兵士。社會和軍隊一樣，兵士並不比將校賤。貴賤在能力，並不在於俸錢；在勇氣，並不在階級。論理，兵士與勞動者正唯其受的報酬少，就愈可貴。所以，你在朋友之中應該特別敬愛勞動者的兒子，對於他們父母的勞力與犧牲，應該表示尊敬，不應只着眼於財產和階級的高下。以財產和階級的高下來分別人，是一種鄙賤的心情。救濟我國的神聖的血液，是從工場、田園的勞動者的脈管中流出來的。要愛卡隆、可萊諦、潑來可西、「小石匠」啊！

他們的胸裏，宿着高尚的靈魂哩！將來命運無論怎樣變動，決不要忘了這少年時代的友誼：從今天就須這樣自誓。再過四十年，到車站時，如果見卡隆臉上墨黑，穿着司機的衣服，你即使做着貴族院議員，也應立刻跑到車頭上去，將手勾在他的頸上。我相信你一定會這樣的。

——父親

卡隆的母親　二十八日

回到學校裏，我最初聽見的是一個惡消息，卡隆因母親大病，缺課好幾天了。終於，他母親於前星期六那天死了。昨天早晨我們一走進教室，先生對我們說：「卡隆遭遇了莫大的不幸！死去了母親！他明天大約要回到學校裏來的，望你們大家同情他的苦痛。他進教室來的時候，要親切叮嚀地招呼他，安慰他，不許說戲言或向他笑！」

今天早晨，卡隆略遲了一刻來校。我見了他，心裏好像被甚麼塞住了。他臉孔瘦削，眼睛紅紅的，兩腳顫悸着，似乎自己生了一個月大病的樣子。全身換了黑服，差不多一眼認不出他是卡隆來。同學都屏了氣向他注視。他進了教室，似乎記到母親每日來接他，從椅子背後看他，種種的注意他的情形，忍不住就哭了起來。先生攜他過去，將他貼在胸前：

「哭吧！哭吧！苦孩子！但是不要灰心！你母親已不在這世界了，但是仍在照顧你，仍在愛你，仍在你身旁呢。你有時會和母親相見的，因為你有着和母親一樣的真正的精神。啊！你要自己珍重啊！」

先生說完，領他坐在我旁邊的位上。我不忍看卡隆的面孔。卡隆取出自己的筆記簿和久已不翻的書來看，翻到前次母親送他來的時候折着做記號的地方，又掩面哭泣起來。先生向我們使眼色，暫時不去理他，管自上課。我想對卡隆說句話，可是不知說甚麼好，只將手搭在卡隆肩上，低聲地這樣說：

「卡隆！不要哭了！啊！」

卡隆不回答，把頭伏倒在桌上，用手按着我的肩。散課以後，大家都沉默着恭敬地集在他周圍。我看見我母親來了，就跑過去想求撫抱。母親將我推開，只是看着卡隆。我莫名其妙，及見卡隆獨自站在那裏默不做聲，悲哀地看着我，那神情好像在說：

「你有母親來抱你，我已不能夠了！你有母親，我已沒有了！」

我才悟到母親推開我的緣故，就不待母親攜我，自己出去了。

寇塞貝．馬志尼 二十九日

今天早晨，卡隆仍臉色蒼白，眼睛紅腫。我們堆在他桌上作為唁禮的物品，他也不顧。先生另外拿了一本書來，說是預備唸給卡隆聽的。他先通知我們說：明天要授予勳章給前次在濮河救起小孩的少年，午後一時，大家到市政所去參觀，星期一就做一篇參觀記當作這月的每月例話。通告畢，又向着那垂着頭的卡隆說：

「卡隆！今天請忍住悲痛，和大家一同把我講的話用筆記下來。」

我們都揑起筆來，先生就開始講：

「寇塞貝．馬志尼，一八零五年生於熱那亞，一八七二年死於辟沙。他是個偉大的愛國者，大文豪，又是意大利改革的先驅者。他為愛國精神所驅，四十年中和貧苦奮鬥，甘受放逐迫害，寧願為亡命者，不肯變更自己的主義和決心。他非常敬愛母親，將自己高尚純潔的精神全歸功於母親的感化。他有一個知友喪了母親，不勝哀痛，他寫一封信去慰唁。下面就是他書中的原文：

「朋友！你這世已不能再見你的母親了。這實是可戰慄的事。我目前不忍看見你，因為你現在正在誰都難免而且非超越不可的神聖的悲哀之中。『悲哀非超越不可，』你了解我這話嗎？在悲哀的一面，有不能改善我們的精神而反使之陷於柔弱卑屈的東西。我們對於悲哀的這一部份，當戰勝而超越它。悲哀的別一面，有着使我們精神高尚偉大的東西。這部份是應該永遠保存，決不可棄去的。在這世界中最可愛的莫過於母親，在這世界所給你的無論是悲哀或是喜悅之中，你都不會忘了你的母親吧。但是，你要紀念母親，敬愛母親，哀痛母親的死，不可辜負你母親的心。啊！朋友！試聽我言！死這東西是不存在的。這是空無所有，連了解都不可能的東西。生是生，是依從生命的法則的。而生命的法則就是進步。你昨天在這世界上有母親，你今天隨處有天使。凡是善良的東西，都有加增的能力，會做這世的生命，永不消滅。你母親的愛，不也是這樣嗎？你母親要比以前更愛你啊！因此之故，你對於母親，也就有比前更重的責任了。你在他界能否和母親相會，完全要看你自己的行為怎樣。所以，應由於愛慕母親的心情，更改善自己，以安慰母親的靈魂。以後你無論做甚麼事，常須自己反省：『這是否母親所喜的？』母親的死去，實替你在這世界上遺留了一個守護神。你以後一生的行事，都非和這守護神商量不可。要剛毅！要勇敢！和失望與憂愁奮爭！在大苦惱之中維持精神的平靜！因為這是母親所喜的。」

先生再繼續着說：

「卡隆！要剛毅！要平靜！這是你母親所喜的。懂了嗎？」

卡隆點頭，大粒的淚珠簌簌地落下在手背上、筆記簿上和桌上。

少年受勳章（每月例話）

午後一點鐘，先生領我們到市政所去，參觀把勳章授予前次在濮河救起小孩的少年。

大門上飄着大大的國旗。我們走進中庭，那裏已是人山人海。前面擺着用紅色桌布罩了的桌子，桌子上放着書件。後面是市長和議員的席次，有許多華美的椅子。穿青背心、白襪子的贊禮的儐相就在那裏。再右邊是一大隊掛勳章的警察，稅關的官員，都在這旁邊。這對面排着許多盛裝的消防隊，還有許多騎兵、步兵、炮兵和在鄉軍人。其他紳士呀、一般人民呀、婦女呀、小孩呀，都圍集在這周圍。我們和別校的學生並集在一角，旁有一群從十歲到十八歲光景的少年，談着笑着。據說這是今天受勳章的少年的朋友，特從故鄉來到會的。市政所的人員多在窗口下望，圖書館的走廊上也有許多人靠着欄杆觀看。大門的樓上，滿滿地集着小學校的女學生和面上有青面紗的女會員。情形正像一個劇場，大家高興地談説，時時向有紅氈的桌子的地方望，看有誰出來沒有。樂隊在廊下一角靜奏樂曲，日光明亮地射在高牆上。

忽然，拍手聲四起，從庭中，從窗口，從廊下。

我踮起腳來望。見在紅桌子後面的人們已分為左右兩排，另外來了一個男子和一個女子，男子攜了一個少年的手。

這少年就是那救助朋友的勇敢的少年。那男子是他的父親，原是一個做石工的，今天打扮得很整齊。女子是他的母親，小小的身材，白皮膚，穿着黑服。少年也是白皮膚，衣服是鼠色的。

三人見了這許多人，聽了這許多拍手聲，只是站着不動，眼睛也不向別處看，儐相領他們到桌子的右旁。

過了一會兒，拍手聲又起了。少年望望窗口，又望望女會員所居的廊下，好像不知自己在甚麼地方。少年面貌略像可萊諦，只是面色比可萊諦紅些。他父母注視着桌上。

這時候，在我們旁邊的少年的鄉友接連地向少年招手。或是輕輕地喚着「平！平！平諾脱」，要引起少年的注意。少年好像聽見了，向着他們看，在帽子下面露出笑影來。

隔不了一會兒，守衛把秩序整頓了，市長和許多紳士一齊進來。

市長穿了純白的衣服，圍着三色的肩衣。他站到桌子前，其餘的紳士都在他兩旁或背後就坐。

樂隊停止奏樂，因市長的號令，滿場肅靜了。

市長於是開始演説。開頭大概敍説少年的功績，不甚聽得清楚。後來聲音漸高，語音遍佈全場，一句都不會漏了：

「這少年在河岸上見自己的朋友將要沉下去，就毫不猶豫地脱去衣服，跳入水去救他。旁邊的孩子們想攔住他，説：『你也要同他一起沉下去哩！』他不置辯，躍入水去。河水正漲滿，連大人下去也不免危險。他盡了力和急流奮鬥，竟把快在水底淹死的友人撈着了，提了他浮上水面，幾次險遭沉沒，終於鼓着勇氣游到岸邊。那種堅忍和決死的精神，幾乎不像是少年的行徑，竟是大人救自己愛兒的情景。上帝鑒於這少年的勇敢行為，就助他成功，使他將快要死的友人從死亡中救出，更因了別人的助力，終於更生了。事後，他若無其事地回到家裏，淡淡地把經過報告家人知道。

「諸君！勇敢在大人已是難能可貴的美德，至於在沒有名利之念的小孩，在體力怯弱，無論做甚麼都非有十分熱心不可的小孩，在並無何等的義務責任，即使不做甚麼，只要能了解人所説的，不忘人的恩惠，已足受人愛悦的小孩，勇敢的行為真是神聖之至的了。諸君！我不再説甚麼了！我對於這樣高尚的行為，不願再加無謂的讚語！現在諸君的面前，就立着那高尚勇敢的少年！軍人諸君啊！請以弟弟待他！做母親的女太太啊！請和自己兒子一樣地替他祝福！小孩們啊！請記憶他的名字，將他的樣子雕刻在心裏，永久勿忘！請過來！少年！我現在以意大利國王的名義，授這勳章給你！」

市長就桌上取了勳章，替少年掛在胸前，又抱了他接吻。母親把手擋了兩眼，父親把下頷垂在胸口。

市長和少年的父母握手，將用絲帶束着的獎狀遞給母親。又向那少年説：

「今天是你最榮譽的日子，在父母是最幸福的日子。請你終生不要忘記今天，走上你德義與名譽的路程！再會！」

市長說了退去。樂隊又奏起樂來。我們以為儀式就此完畢了。這時，從消防隊中走出一個八九歲的男孩子來，跑近那受勳章的少年，投入他張開的雙臂。

拍手聲又起來了。那是在濮河被救起的小孩，這次來是為表示感謝再生之恩的。被救的小孩與恩人接了吻。兩個少年攜了手，父母跟在他們後面，勉強從人群中擠向大門。警察、小孩、軍人、婦女都面向一方，踮起了腳想看看這少年。靠近他的人有的去撫他的手。他們在學生的隊伍旁通過時，學生都把帽子高高地舉在空中搖動。和少年同鄉里的孩子們都紛紛地前去握住少年的臂，或是拉住他的上衣，狂叫：「平！平！萬歲！平君萬歲！」少年通過我的身旁。我見他臉上帶着紅暈，似乎很歡悦。勳章上附有紅白綠三色的絲帶。那做父親的用顫顫的手在抹鬍鬚，在窗口及廊下的人們見了都向他們喝彩。他們通過大門時，女會員從廊下拋下堇花或野菊花束來，落在少年和他父母頭上。有的在地上，旁邊的人都俯下去拾了交付他母親。這時，庭內的樂隊靜靜地奏出幽婉的樂曲，那音調好像是一大群人的歌聲在遠遠地消失。

第八章　五月

畸形兒　五日

今天不大舒適，在學校請了假，母親領我到畸形兒學院去。母親是為門房的兒子請求入院。到了那裏，母親叫我留在外面，不讓我入內。

安利柯！我為甚麼不叫你進學院去？你怕還沒有知道吧？因為把你這樣康健的小孩帶進去，給不幸的殘廢的他們看，是不好的。即使不是這樣，他們已經時時痛感自己的不幸哩！那真是可憐啊！身入其境，眼淚就忍不住湧出來；男女小孩約有六十人，有的骨骼不正，有的手足歪斜，有的皮膚皺裂，身體扭轉不展。其中也有許多相貌伶俐，眉目可愛的。有一個孩子，鼻子高高的，臉的下部份已像老人似的又尖又長了，可是還帶着可愛的微笑呢！有的孩子從前面看去很端正，不像是有殘疾，一叫他背過身來，就覺得非常可憐。醫生恰好在這裏，叫他們一個一個站在椅上，曳上了衣服，檢查他們膨大的肚子或是臃腫的關節。他們時常這樣脫去了衣服給人看，已經慣了，一點也不覺得難為情，可是在身體初發現殘疾的時候，是多少難過啊！病漸漸厲害，人對於他們的愛就漸漸減退，有的整幾小時地被棄置在屋角，吃粗劣的食物，有的還要被嘲弄，也許有的在幾月中還枉受無益的綳帶和療治的苦痛吧？現在靠了學院的照料和適當的食物和運動，大抵已恢復許多了。見了那聽着號令伸出來的縛着綳帶或是夾着木板的手和脚，真是可憐呢。有的在椅子上不能直立，用臂托住了頭，一手撫摸着拐杖的，又有手臂雖勉強向前伸直了，呼吸卻迫促起來，蒼白了倒下地去的。雖然這樣，他們要藏匿苦痛，還是裝着笑容呢！安利柯啊！像你這樣健康的小孩，還不知自己慶幸自己的健康，我見了那可憐的畸形的孩子，一想到世間做母親的當作自己的榮耀，矜誇地抱着壯健的小孩，覺得很是難堪。我恨不能一個一個去撫抱他們。如果周圍沒人，我就要這樣說了吧：

「我不離開此地了！我願一生為你們犧牲，做你們的母親！」

可是，孩子們還唱歌哩，那種細而可悲的聲音，使人聽了腸為之斷。先生稱讚他們，他們就非常快活；先生通過他們座位的時候，他們都去吻先生的手。大家都愛着先生呢。據先生說，他們頭腦很好，也能用功。那位先生是一個年輕的溫和的女人，臉上充滿慈愛。她大概每天和不幸的孩子們做伴，臉上常帶愁容。真可敬佩啊！生活辛勞的人雖是很多，但像她那樣做着神聖職務的人是不多的吧。

——母親

犧牲 九日

我的母親固然是好人，雪爾維姊姊像母親一樣，也有着高尚的精神。昨夜，我正抄寫每月例話《六千英里尋母》的一段——因為太長了，先生叫我們四五個人分開了抄錄——姊姊靜悄悄地進來，壓低了聲急忙說：

「快到母親那裏去！母親和父親剛才在說甚麼呢，好像已出了甚麼不幸的事了，很是悲痛。母親在安慰他。說家裏要困難了——懂嗎？家裏快要沒有錢了！父親說，要有若干犧牲才得恢復呢。我們也一同做犧牲好嗎？非犧牲不可的！啊！讓我和母親說去，你要贊成我，並且，要照姊姊我所說的樣子，向母親立誓，要甚麼都答應做啊！」

姊姊說完，拉了我的手同到母親那裏。母親正一邊做着針線，一邊沉思着。我在長椅子的一端坐下，姊姊坐在那一端，就說：

「喂！母親！我有一句話要和母親說。我們兩個有一句話要和母親說。」

母親吃驚地看着我們。姊姊繼續說：

「父親不是說沒有錢了嗎？」

「說甚麼？」母親紅了臉回答。「沒有錢的事，你們知道了嗎？這是誰告訴你們的？」

姊姊大膽地說：

「我知道哩！所以，母親！我們覺得非一同犧牲不可。你不是曾說到了五月終給我買扇子的嗎？還答應給安利柯弟弟買顏料盒呢。現在，我們已甚麼都不要了。錢也一個都不想用，不給我們也可以。啊！母親！」

母親剛要回答甚麼，姊姊阻住了她：

「不，非這樣不可的。我們已經這樣決定了。在父親沒有錢的時候，水果，甚麼都不要，只要有湯就好，早晨單吃麵包也就夠了。這麼一來，食費是可以多少省些出來吧。一向實在是待我們太好了！我們決定只要這樣就滿足了。喂，安利柯！不是嗎？」

我回答說是。姊姊用手遮住了母親的口，繼續說：

「還有，無論是衣服或是甚麼，如果有可以犧牲的，我們也都歡歡喜喜地犧牲。把人家送給我們的東西賣了也可以，勞動了幫母親的忙也可以。終日勞動吧！甚麼事情都做，我，甚麼事情都做的！」說着又將臂勾住了母親的頭頸。

「如果能幫助父親母親，父親母親再像從前那樣將快樂的臉給我們看，無論怎樣辛苦的事情，我也都願做的。」

這時母親臉上的快悅，是我所未曾見過的。母親在我們額上接吻的熱烈，是從來所未曾有過的。母親當時甚麼都不說，只是在笑容上掛着淚珠。後來，母親對姊姊說明家中並不困於金錢，叫她不要誤聽。還屢次稱讚我們的好意。這一夜很快活，等父親回來，母親就一五一十地告訴了他。父親也不說甚麼。今天早晨我們吃早飯時，我感到非常的歡喜，也非常的悲哀。我的食巾下面藏着顏料盒，姊姊的食巾下面藏着扇子。

火災　十一日

今天早晨，我抄畢了《六千英里尋母》，正想着這次作文的材料。忽然，樓梯上有陌生的說話聲。過了一會兒，有兩個消防隊員進屋子來，和父親說，要檢查屋內的火爐和煙囱。因為屋頂的煙囱冒出了火，辨不出從誰家發出來的緣故。

「呃！請檢查！」父親說。其實，我們屋子裏並沒有燃着火，消防隊員仍在客室巡視，把耳朵貼近牆壁，聽有無火在爆發的聲音。

在他們各處巡視時，父親向我說：

「哦！這不是好題目嗎？叫做《消防隊員》。我講，你寫着！

「兩年以前，我深夜從劇場回來，在路上看見過消防隊救火。我才要走入羅馬街，就見有猛烈的火光，許多人都集在那裏。一間房屋正在燃燒着，像舌的火焰，像雲的煙氣，從窗口屋頂噴出。男人和女人從窗口探出頭來拚命地叫，忽然又不見了。門口擠滿了人，齊聲叫喊說：

「『要燒死了哩！快救命啊！消防隊員！』

「這時來了一輛馬車，四個消防隊員從車中跳出。這是最先趕到的，一下車就衝進屋子裏去。他們一進去，同時發生了可怕的事情。一個女子，在四層樓窗口叫喊奔出，手拉住了欄杆，背向了外，在空中掛着。火焰從窗口噴出。幾乎要捲着她的頭髮了。群衆發出恐怖的叫喊，方才進去的消防隊員弄錯了方向，打破了三層樓的牆壁進去。這時群眾齊聲狂叫：

「『在四層樓，在四層樓！』

「他們急忙上四層樓，在那裏聽見了恐怖的叫聲，樑木從屋頂落下，門口滿是煙焰。要到那關着人的屋子裏去，除了從屋頂走，已沒有別的路了。他們急急地跳上屋頂，只看到從煙裏露出一個黑影來，這就是那最先跑到的伍長。可是，要從屋頂到那被火包着的屋子裏去，非通過那屋頂的窗和承溜間的極狹小的地方不可。因為別處都被火焰包住了，只這狹小的地方，還積着冰雪，卻沒有可攀援的東西。

「『那裏無論如何通不過！』群眾在下面叫。

「伍長沿了屋頂邊上走，群眾震慄地看着他。他終於通過了那狹小的地方。下面的喝彩聲幾乎要震盪天空。伍長走到那危急的場所，用斧把樑椽斬斷，砍出可以鑽進去的窟窿。

「這時，那女子仍在窗外掛着，火焰快將捲到她的頭上，眼見得就要落下來了。

「伍長砍出了窟窿，把身子縮緊了就跳進屋裏去，跟着他的消防隊員也跳了進去。

「才運到的長梯子架在屋前。窗口冒出凶險的煙焰來，耳邊聞到可怖的呼號聲，危急得幾乎無從着手了。

「『不好了！連消防隊員也要燒死了！完了！早已死了！』群眾叫着。

「忽然，伍長的黑影在有欄杆的窗口看見了，火光在他頭上照得紅紅的。女子抱着他的頭頸，伍長兩手抱了那女子，奔下室中去。

「群眾的叫聲在火燒聲中沸騰：

「『還有別人呢，怎樣下來？那梯子離窗口很遠，怎樣接得着呢？』

「在群眾叫喊聲中，突然來了一個消防隊員，右腳踏了窗沿，左腳踏住梯子，身子懸空站着，室中的消防隊員把遭難者一一抱出來遞給他，他又一一遞給從下面上去的消防隊員。下面的又一一遞給更下面的同伴。

「最先下來的是那個曾掛在欄杆上的女子，其次是小孩，再其次的也是個女子，再其次的是個老人。遭難者全部下來了。室中的消防隊員也就一一下來，最後下來的是那個最先上去的伍長。他們下來的時候，群眾喝彩歡迎，等到那拚了生命，最先上去、最後下來的勇敢的伍長下來時，群眾歡聲雷動，都張開了手，好像歡迎凱旋的將軍似的喝彩。一瞬間，他那寇塞貝．洛辟諾的名字在數千人的口中傳遍了。

「知道嗎？這就叫做勇氣。勇氣這東西不是講理由的，是不躊躇的，見了人有危難就會像電光似的不顧一切地跳過去。過幾天，帶了你去看消防隊員的練習，領你去見洛辟諾伍長吧。他是怎樣一個人，你想知道他嗎？」

我回答說，很想知道。

「就是這一位囉！」父親說。我不覺吃了一驚，回過頭去，見那兩個消防隊員正檢查完畢，要出去了。

「快和洛辟諾伍長握手！」父親指着那衣上綴有金邊的短小精悍的人說。伍長立住了伸手過來，我去和他握手。伍長道別而去。

父親說：

「好好地把這記着！你在一生中，握手的人，當有幾千，但像他那樣豪勇的人，恐不上十個吧！」

六千英里尋母（每月例話）

幾年前，有一個工人家的十三歲的兒子，獨自從意大利的熱那亞到南美洲去尋找母親。

這少年的父母因遭了種種不幸，陷於窮困，負了許多債。母親想賺些錢，圖一家的安樂，兩年前到遙遠的南美洲的阿根廷共和國首府布宜諾斯艾利斯市去做女僕。到南美洲去工作的勇敢的意大利婦女不少，那裏工資豐厚，去了不用幾年，就可積幾百元帶回來。這位窮苦的母親和她十八歲與十三歲的兩個兒子分別時，悲痛得幾乎要流血淚，可是為了一家生計，也就忍心勇敢地去了。

那婦人平安地到了布宜諾斯艾利斯，她丈夫有一個從兄，在那裏經商已有多年。由他的介紹，到該市某上流人的家庭中為女僕。工資既厚，待遇也很親切，她安心工作着。初到的當時，她常有消息寄到家裏來。彼此在分別時約定：從意大利去的信，寄交從兄轉遞，婦人寄到意大利的信，也先交給從兄，從兄再附寫幾句，轉寄到熱那亞丈夫那裏來。婦人每月工資十五元，她一文不用，隔三個月寄錢給故鄉一次。丈夫雖是個做工的，很愛重名譽，把這錢逐步清償債款，一邊自己奮發地勞動，忍耐一切辛苦和困難，等他的妻子回國。自從妻子出國去了以後，家庭就冷落得像空屋，小兒子尤其戀念着母親，一刻都忘不掉。

光陰如箭，不覺一年過去了。婦人自從來過了一封説略有不適的短信以後，就沒有消息。寫信到從兄那裏去問了兩次，也沒回信來。再直接寫信到那婦人的僱主家裏去，仍不得回覆——這是因為地址弄錯了，未曾寄到。於是全家更不安心，終於請求駐布宜諾斯艾利斯的意大利領事，代為探訪。過了三個月，領事回答說，連新聞廣告都登過了，沒有人來承認。或者那婦人以為做女僕為一家的恥辱，所以把自己主人的本名隱瞞了吧。

又過了幾月，仍如石沉海底，沒有消息。父子三人沒有辦法，小兒子尤其戀念，幾乎要病了。既無方法可想，又沒有人可商量。父親想親自到美洲去尋妻，但第一非把職務抛了不可，並且又沒有寄託孩子的地方。大兒子似乎是可以派遣的，但他已能賺錢幫助家計，無法叫他離家。每天只是大家面面相對地反覆商量着。有一天，小兒子瑪爾可的面上現出決心說：「我到美洲尋母親去！」

父親不回答甚麼，只是悲哀地搖着頭。在父親看來，這心雖可嘉，但以十三歲的年齡，踏上一個月的旅程獨自到美洲去，究竟不是可能的事。幼子卻堅執着這主張，從這天起，每天談起這事，總是堅持到底，神情很沉着，述說可去的理由，其懂事的程度正像大人一樣。

「別人不是也去的嗎？比我再小的人去的也多着哩！只要上了船，就會和大眾一同到那裏的。一到了那裏，就去找尋從伯的住所，意大利人在那裏的很多，一問就可以明白。等找到了從伯，不就可尋着母親了嗎？如果再尋不着，可去請求領事，託他代訪母親做工的主人住所。無論中途有怎樣的困難，那裏有許多工作可做，只要去勞動，回國的路費是用不着擔憂的。」

父親聽他這樣説，就漸漸贊成他了。父親原深知這兒子有驚人的思慮和勇氣，且習慣了艱苦和貧困。這次去是為尋自己的慈母，必然會比平時發揮出加倍的勇氣來。並且湊巧，父親有一朋友曾為某船船長。父親把這話和船長商量。船長答應替瑪爾可弄到一張去阿根廷的三等船票。

父親躊躇了一會兒，就答應了瑪爾可的要求。到出發日子，父親替他包好衣服，拿幾塊錢塞入他的衣袋，又寫了從兄的住址交給他。在四月中天氣很好的一個傍晚，父兄送瑪爾可上了船。

船快開了，父親在吊梯上和兒子作最後的接吻：

「那麼瑪爾可去吧！不要害怕！上帝會守護着你的孝心的！」

可憐的瑪爾可！他雖已發出勇氣，不以任何風波為意，但眼見故鄉美麗的山漸漸消失於水平線上，舉目只見汪洋大海，船中又無相識者，只是自身一個人，所帶的財物只是行囊一個，一想到此，不覺悲愁起來。最初二日，他甚麼都不入口，只是蹲在甲板上暗泣，心潮如沸，想起種種事來。其中最可悲可懼的，就是憂慮母親萬一已經死了。這憂念不絕地纏繞着他，有時茫然若夢，眼前現出一個素不相識的人，很憐憫地注視着他，附在他耳邊低聲説：「你母親已死在那裏了！」他驚醒來方知是夢，於是咽住了正要出口的哭聲。

船過直布羅陀海峽，一出大西洋，瑪爾可才略振勇氣和希望。可是這不過是暫時的。茫茫的洋面上，除了水天以外甚麼都看不見，天氣漸漸加熱，周圍出國工人們的可憐的光景，和自己孤獨的形影，都足使他心中罩上一層暗雲。一天一天，總是這樣無聊地過去，正如床上的病人忘記時日，自己在海上好像已住了一年了。每天早晨張開眼來，知自己仍在大西洋中，獨自在赴美洲的途中，自己也驚訝。甲板上時時落下的美麗的飛魚，焰血一般的熱帶地方的日沒，以及夜中磷光漂滿海的一面，儼然像火山岩的光景。在他都好像在夢境中看見，不覺得這些是實物。天氣不好的日子，終日終夜臥在室裏，聽器物的滾動聲，磕碰聲，周圍人們的哭叫聲，呻吟聲，覺得似乎末日已到了。當那靜寂的海轉成黃色，炎熱如沸時，覺得倦怠無聊。在這種時候，疲弱極了的乘客都死也似的臥倒在甲板上不動。海不知何日才可行盡。滿眼只見水與天，天與水，昨天，今天，明天，都是這樣。

瑪爾可時時倚了船舷一連幾小時茫然地看海，一邊想着母親，往往不知不覺閉眼入夢。夢見那不相識者很憐憫地附耳告訴他：「你母親已死在那裏了！」他一被這話聲驚醒過來，仍對着水平線做夢似的空想。

海程連續了二十七日，最末的一天天氣很好，涼風拂拂地吹着。瑪爾可在船中熟識了一老人，這老人是隆巴爾地的農夫，說是到美洲去看兒子的。瑪爾可和他談起自己的情形，老人大發同情，常用手拍瑪爾可的項部，反覆地說：

「不要緊！就可見你母親平安的面孔了！」

有了這同伴，瑪爾可也就增了勇氣，覺得前途是有望的。美麗的月夜，在甲板上雜在大批出國的工人中，靠近那吸着煙的老人坐着，就想起已經到了布宜諾斯艾利斯的情景：自己已在街上行走，忽然找着了從伯的店，撲向前去。「母親怎樣？」「啊！同去吧。」「立刻去吧！」二人急急跨上主人家的階石，主人就開了門……他每次想像都中斷於此，心中充滿了說不出的繫念。忽又自己暗暗地把頸上懸着的獎牌拉出來，用嘴去吻了，細語祈禱。

到了第二十七天，輪船在阿根廷共和國首府布宜諾斯艾利斯港口下錨了。那是五月中陽光很好的一個早晨，到埠碰着這樣好天氣，前兆不惡。瑪爾可高興得忘了一切，只希望母親就在距此幾英里以內的地方，數小時中便可見面。自己已到了美洲，獨自從舊世界到了新世界，長期的航海，從今回顧，竟像只有一禮拜的光陰，覺得恰像自己在夢中飛躍到此，現在夢才醒了的。乘船時為防失竊，他把所帶的錢分作兩份藏着，今天探囊，一份已不知在甚麼時候不見了。因為心中有所期待，也並不介意。錢大概是在船中被偷走了的，除此以外，所剩的已無幾，但怕甚麼呢，現在立刻可會見母親了。瑪爾可提了衣包隨了大批的意大利人下了輪船，再由舢舨船渡至碼頭上陸，和那親切的隆巴爾地老人告別了，急忙大步地向街市進行。

到了街市，向行人問亞爾忒斯街所在。那人恰巧是個意大利工人，向瑪爾可打量了一會兒，問他能讀文字不能。瑪爾可答說能的。

那工人指着自己才走來的那條街道說：

「那麼，向那條街道一直過去，轉彎的地方都標着街名；一一讀了過去，就會到你所要去的處所的。」

瑪爾可道了謝，依着他指的方向走去。坦直的街道連續不斷，兩旁都是別墅式的白而低的住屋。街中行人車輛雜沓，喧擾得耳朵要聾。這裏那裏都飄揚着大旗，旗上用大字寫着輪船出口的廣告。每走十幾丈，必有個十字街口，左右望去都是直而闊的街道，兩旁也都夾立着低而白的房屋。路上滿是人和車，一直到那面，在地平線上接着海也似的美洲的平原。這都會竟好像沒有盡頭，一直擴張到全美洲。他注意着讀一個個地名，有的很奇異，非常難讀。碰見女人都注意了看，以防或者她就是母親。有一次，前面走過的女人很有點像母親，不覺心跳血沸起來，急追上去看，雖有些相像，卻是個有黑痣的。瑪爾可急急忙忙走而又走，到了一處的十字街口，他看了地名，就釘住了似的立定不動，原來這就是亞爾忒斯街了。轉角的地方，寫着一百十七號，從伯的店址是一百七十五號，急忙跑到一百七十五號門口，暫時立了定一定神，自言自語着說：「啊！母親，母親！居然就可見面了！」走近攏去，見是一家小雜貨鋪。這一定是了！進了店門，裏面走出一個戴眼鏡的白髮老婦人來：

「孩子！你要甚麼？」她用西班牙語問。

瑪爾可幾乎說不出話來，勉強地才發聲問：「這是勿蘭塞斯可．牟里的店嗎？」

「勿蘭塞斯可．牟里已經死了啊！」婦人改用了意大利語回答。

「幾時死的？」

「呃，很長久了。大約在三四個月以前。他因生意不順手，逃走了，據說到了離這裏很遠的叫作勃蘭卡的地方，不久就死了。這店現在已由我開設了。」

少年的臉色蒼白了，急忙說：

「勿蘭塞斯可，他是知道我的母親的。我母親在名叫美貴耐治的人那裏做工，除了勿蘭塞斯可，沒有人知道母親的所在。我是從意大利來尋母親的，平常通信都託勿蘭塞斯可轉交。我無論如何，非尋着我的母親不可！」

「可憐的孩子！我不知道，姑且問問附近的小兒們吧。哦！他認識勿蘭塞斯可的夥計。問他，或者可以知道一些。」

說着到店門口叫了一個孩子進來：

「喂，我問你：還記得在勿蘭塞斯可家裏的那個青年嗎？他不是常送信給那在他同國人家裏做工的女人的嗎？」

「就是美貴耐治先生家裏，是的，師母，是時常去的。就在亞爾忒斯街盡頭。」

瑪爾可快活地說：

「師母，多謝！請把門牌告訴我，要是不知道，那麼請他領我去！喂，朋友，請你領我去，我身上還有些錢哩。」

瑪爾可太熱烈了，那孩子不等老婦人回答，就開步先走，說，「去吧。」

兩個孩子跑也似的走到街尾，到了一所小小的白屋門口，在那華美的鐵門旁停住。從欄杆縫裏可望見有許多花木的小庭園。瑪爾可按鈴，一個青年女人從裏面出來。

「美貴耐治先生就在這裏嗎？」他很不安地問。

「以前在這裏的，現在這屋歸我們住了。」女人用西班牙語調子的意大利語回答。

「美貴耐治先生到哪裏去了？」瑪爾可問，他胸中震動了。

「到可特淮去了。」

「可特淮？可特淮在甚麼地方，還有美貴耐治先生家裏做工的也同去了嗎？我的母親——他們的女僕，就是我的母親。我的母親也被帶了去嗎？」

女人注視着瑪爾可說：

「我不知道，父親或者知道的。請等一等。」說了進去，叫了一個身長白髮的紳士出來。紳士打量了這金髮尖鼻的熱那亞少年一會兒，用了不純粹的意大利語問。

「你母親是熱那亞人嗎？」

「是的。」瑪爾可回答。

「那麼，就是那在美貴耐治先生家裏做女傭的熱那亞女人了。她隨主人一家一同去了，我知道的。」

「到甚麼地方去了？」

「可特淮市。」

瑪爾可嘆一口氣，既而說：

「那麼，我就到可特淮去！」

「哪！可憐的孩子！這裏離可特淮有好幾百英里路呢。」紳士用西班牙語向自己說着。

瑪爾可聽了這話，急得幾乎死去，一手攀住鐵門。

紳士很憐憫他，開了門說：「且請到裏面來！讓我想想看有沒有甚麼法子。」說着自己坐下，叫瑪爾可也坐下，詳細問了一切經過，考慮了一會兒說：「沒有錢了吧？」

「略微帶着一些。」瑪爾可回答。

紳士又思索了一會，就在桌上寫了封信，封好了交給瑪爾可說：

「拿了這信到勃卡去。勃卡是一個小鎮，從這裏去，兩小時可以走到。那裏有一半是熱那亞人。路上自會有人給你指路的。到了勃卡，就去找這信面上所寫的紳士，在那裏誰都知道他。把信交給這人，這人明天就會送你到洛賽留去，把你再託給別人，設法使你去到可特准。只要到了可特准，美貴耐治先生和你的母親就都可見面了。還有，這也拿了去。」說着把若干錢交給瑪爾可手裏。又說：

「去吧，大膽些！無論到甚麼地方，同國的人很多，怕甚麼！再會。」

瑪爾可不知要怎麼道謝才好，只說了一句「謝謝」，就提着衣包出來，和領路的孩子告了別，向勃卡行進。他心裏充滿着悲哀和驚詫，折過那闊大而喧擾的街道走去。

從這時到夜裏，一天中的事件都像夢魘一般地在他的記憶中混亂浮動。他已疲勞、煩惱、絕望到了這地步了。那夜就在勃卡的小宿店和土作工人一同住了一夜，次日終日坐在木堆上，夢似的盼望來船。到了夜裏，乘了那滿載着果物的大船往洛賽留。這船由三個熱那亞水手行駛，臉都曬成古銅色了。他聽了三人的鄉音，心中才略得些慰藉。

船程要三日四夜，這在這位小旅客只是驚異罷了。令人見了驚心動魄的巴拉那河，國內所謂大河的濮河和它相比，只不過是一小溝。把意大利全國的河加了四倍還不及這條河長。

船日夜徐徐地逆流而上，有時繞過長長的島嶼。這些島嶼以前曾是蛇和豹的巢穴，現在橘樹和楊柳成蔭，好像浮在水上的園林。有時船穿過狹窄的運河，那是不知要多少時候才走得盡的長運河。又有時行過寂靜的汪洋似的大湖，行不多時，忽又屈曲地繞着島嶼，或是穿過壯大繁茂的林叢，轉眼寂靜又佔領周圍，幾英里之中只有陸地和寂寥的水，竟似未曾知名的新地，這小船好像在探險似的。愈前進，妖魔樣的河愈使人絕望！母親不是在這河的源頭嗎？這船程不是要連續走好幾年嗎？他不禁這樣癡想着。他和水手一天吃兩次小麵包和鹹肉，水手見他有憂色，也不和他談説甚麼。夜裏睡在甲板上，每次睡醒張開眼來，望着青白的月光，覺得奇怪，汪洋的水和遠處的岸都被照成銀色，對着這光景，心裏沉靜下去，時時反覆念着可特淮，像是幼時在故事中聽見過的魔境的地名。又想：「母親也曾行過這些地方吧，也曾見過這些島嶼和岸吧。」一想到此，就覺得這一帶的景物不似異鄉，寂寥也減去了許多。有一夜，一個水手唱起歌來，他因這歌聲記起了幼時母親逗他睡去的兒歌。到了最後一夜，他聽了水手的歌哭了。水手停了唱說：

「當心！當心！怎麼了？熱那亞的男兒到了外國可以哭嗎？熱那亞男兒應該環行世界，無論到甚麼地方都充滿勇氣。」

他聽了這話，身子震慄了。他因了這熱那亞精神，高高地舉起頭來，用拳擊着舵說：

「好！是的！無論在世界上環行多少次我也不怕！就是徒步行幾百英里也不要緊！到尋着母親為止，只管走去走去，死也不怕，只要倒斃在母親腳旁就好了！只要能夠看見母親就好了！就是這樣，就是這樣！」他存了這樣的決心，於黎明時到了洛賽留市。那是一個寒冷的早晨，東方被旭日燒得血一樣紅。這市在巴拉那河岸，港口泊着百艘光景的各國的船隻，旗影亂落在波中。

他提了衣包一上陸，就去訪勃卡紳士所介紹給他的當地某紳士。一入洛賽留的街市，他覺得像是曾經見過的地方，到處都是直而大的街道，兩側接連地排列着低而白色的房屋，屋頂上電線密如蛛網，人馬車輛，喧擾得頭也要昏了。他想想不是又回到布宜諾斯艾利斯了嗎，心裏似乎竟要去尋訪從伯住址的樣子。他亂撞了一個鐘頭光景，無論轉幾次彎，好像仍舊在原處，問了好幾次路，總算找到了紳士的住所。一按門鈴，裏面來了一個侍者樣的肥大的可怕的男子，用外國語調問他來這裏有甚麼事情。聽到瑪爾可說要見主人，就說：

「主人不在家，昨天和家屬同到布宜諾斯艾利斯去了。」

瑪爾可言語不通，勉強地硬着舌頭說：

「但是我——我這裏沒有別的相熟的人！我只是一個人！」說着把帶來的介紹名片交給他。

侍者接了，生硬地說：

「我不曉得。主人過一個月就回來的，那時替你交給他吧。」

「但是，我只是一個人！怎樣好呢！」瑪爾可懇求說。

「哦！又來了！你們國家不是有許多人在這洛賽留嗎？快走！快走！如果要行乞，到意大利人那裏去！」說着把門關了。

瑪爾可化石似的站在門口。

沒有辦法，過了一會兒，只好提了衣包懶懶地走開。他悲哀得很，心亂得如旋風，各種憂慮同時湧上胸來。怎樣好呢？到甚麼地方去好？從洛賽留到可特淮有一天的火車路程，身邊只有一塊錢，除去今天的費用所剩更無幾了。怎樣去張羅路費呢？勞動吧！但是向誰去求工作呢？求人佈施嗎？不行！難道再像方才那樣地被人驅逐辱罵嗎？不行！如果這樣，還是死了好！他一邊這樣想，一邊望着無盡頭的街路，勇氣愈加消失了。於是把衣包放在路旁，倚壁坐下，兩手捧着頭，現出絕望的神情。

街上行人的腳碰在他身上。車輛轟轟地來往經過。孩子們站在旁邊看他。他暫時不動，忽然聽得有人用隆巴爾地土音的意大利語問他：

「怎麼了？」

他舉起頭來看，不覺驚跳起來：「你在這裏！」

原來這就是航海中要好的隆巴爾地老人。

老人的驚訝也不下於他。他不等老人詢問，急忙把經過告訴了老人：

「我沒有錢了，非尋工作做不可。請替我找個甚麼可以賺錢的工作。無論甚麼都願做。搬垃圾、掃街路、小使、種田都可以。我只要有黑麵包吃就好，只要得到路費能夠去尋母親就好。請替我找找看！此外已沒有別的方法了！」

老人回視了四周，搔着頭說：

「這可為難了！雖說工作，工作也不是這樣容易尋找的。另外想法吧。有這許多同國人在這裏，些許的金錢也許有法可想吧。」

瑪爾可因這希望之光得了安慰，舉頭對着老人。

「隨我來！」老人說着開步，瑪爾可提起衣包跟着。他們默然在長長的街市走，到了一旅館前，老人停了腳。招牌上畫着星點，下寫着「意大利的星」。老人向內張望了一會兒，回頭來對着瑪爾可高興地說：「幸而碰巧。」

進了一間大室，裏面排着許多桌子，許多人在飲酒。隆巴爾地老人走近第一張桌前，依他和席上六位客人談話的樣子看來，似乎在沒有多少時候以前，老人曾在這裏和他們同席。他們都紅着臉，在杯盤狼藉之間談笑。

隆巴爾地老人不加敍說，立刻把瑪爾可介紹給他們：

「諸位，這孩子是我們同國人，為了尋母親，從熱那亞到布宜諾斯艾利斯來的。既到了布宜諾斯艾利斯，問知母親不在那裏，在可特淮，因了別人的介紹，乘了貨船，費三日四夜的時間才到這洛賽留。不料把帶來的介紹名片遞出的時候，對方斥逐不理。他既沒有錢，又沒有相識的人，很困苦呢！有甚麼法子嗎？只要有到可特淮的車費，能尋到母親就好了。有甚麼法子嗎？像對狗一樣置之不理，是不應該的吧。」

「哪裏可以這樣！」六人一齊擊桌叫說。「是我們的同胞哩！孩子！到這裏來！我們都是在這裏做工的。這是何等可愛的孩子啊！喂！有錢大家拿出來！真能幹！說是一個人來的！好大膽！快喝一杯吧！放心！送你到母親那裏去，不要擔憂！」

一人說着撫摸瑪爾可的頭，一人拍他的肩，另外一人替他取下衣包。別席裏的工人也聚集攏來，隔壁有三個阿根廷客人也出來看他。隆巴爾地老人拿了帽子巡行，不到十分鐘，已集得八元四角錢。老人對着瑪爾可說：

「你看！到美洲來，甚麼都容易哩！」

另外有一客人舉杯遞給瑪爾可說：

「喝了這杯，祝你母親健康。」

瑪爾可舉起杯來反覆地說：

「祝我母親健……」他心裏充滿了快活，不能把話説完。他把杯放在桌上以後，就去抱住老人的項頸。

第二天天未明，瑪爾可即向可特淮出發，胸中充滿了歡喜，臉上也生出光彩。美洲的平原到處是荒涼，毫沒有悦人的景色。天氣又悶熱。火車在空曠而沒有人影的原野駛行，長長的車廂中只乘着一個人，好像這是載傷兵的車子。左看右看，都是無邊的荒野，只有枝幹彎曲得可笑的樹木，如怒如狂地到處散立着。一種看不慣的淒涼的光景，竟像在敗塚叢裏行走。

睡了半個鐘頭，再看看四周，景物仍和先前一樣。中途的車站人影稀少，竟像是仙人的住處，車雖停在那裏，也不聞人聲。自己不是被棄在火車中了嗎？每到一車站，覺得好像人境已盡於此，再前進就是怪異的蠻地了。寒風拂着面孔，四月末從熱那亞出發的時候，何嘗料到在美洲會逢冬天呢？瑪爾可還穿着夏服。

數小時以後，瑪爾可冷得不能忍耐了。不但冷，並且幾日來的疲勞也都一時現了出來，於是就朦朧睡去。睡得很久，醒來身體凍僵了，很不好受。漠然的恐怖無端襲來，自己不會病死在旅行中嗎？自己的身體不會被棄在這荒野中作鳥獸的糧食嗎？昔時曾在路旁見犬鳥撕食牛馬的死骸，他不覺背過了面。現在自己不是要和那些東西一樣了嗎？在暗而寂寞的原野中，他被這樣的憂慮纏繞着，空想刺激着，他只見事情的黑暗一面。

到了可特淮可見到母親，這是靠得住的嗎？如果母親不在可特淮，怎麼辦呢？如果是那個亞爾忒斯的紳士聽錯了，怎麼辦呢？如果母親死了，怎麼辦呢？瑪爾可在空想之中又睡去了。夢中自己已到可特淮，那是夜間，各家門口和窗口都漏出這樣的回答：「你母親不在這裏囉！」一驚醒轉來，見車中對面有三個着外套的有鬍鬚的人，都注視着他在低聲說甚麼。這是強盜！要殺了我取我的行李的。疑慮像電光似的在頭腦中閃着。精神不好，寒冷，又加上恐怖，想像因而愈加錯亂了。三人仍注視着他，其中一個竟走近他。他幾乎狂了，張開兩手奔到那人前面叫說：

「我沒有甚麼行李，我是個窮孩子！是獨自從意大利來尋母親的！請不要把我怎麼樣！」

三個旅客因瑪爾可是孩子，起了憐憫之心，撫拍他，安慰他，和他說種種話，可是他不懂。他們見瑪爾可冷得牙齒發抖，用毛氈給他蓋了叫他躺倒安睡。瑪爾可到傍晚又睡去，等三個旅客叫醒他時，火車已到了可特淮了。

他深深地吸了一口氣，飛跑下車，向鐵路職員問美貴耐治技師的住址。職員告訴他一個教會的名詞，說技師就住在這教會的近旁。他急急地前進。

天已夜了。走入街市，好像又回到了洛賽留，這裏仍是街道縱橫，兩旁也都是白而低的房子，可是行人極少，只偶然在燈光中看見蒼黑的怪異的人面罷了。他一面走，一面舉頭張望，忽見異樣建築的教會高高地聳立在夜空中。市街雖寂寞昏暗，但他在荒漠中旅行了一整日，眼裏仍覺得鬧熱。遇見一個僧侶，問了路，急忙尋到了教會和住家，用震慄着的手按鈴，一手按住那快要跳到喉間來的鼓動的心。

一個老婦人攜了洋燈出來開門，瑪爾可一時說不出話來。

「你找誰？」老婦人用西班牙語問。

「美貴耐治先生。」瑪爾可回答。

老婦人搖着頭。

「你也找美貴耐治先生嗎？真討厭極了！這三個月中，不知費了多少無謂的口舌。早已登過報紙哩，如果不看見，街的轉角裏還貼着他已移居杜克曼的告示哩。」

瑪爾可絕望了，心亂如麻地說：

「有誰在詛咒我！我若不見母親，要倒在路上死了！要發狂了！還是死了吧！那叫甚麼地名？在甚麼地方？從這裏去有多少路？」

老婦人憫憐地回答道：

「可憐！那不得了，四五百英里至少是有的吧！」

「那麼我怎樣好呢！」瑪爾可掩面哭着問。

「叫我怎樣說呢？可憐！有甚麼法子呢？」老婦人說着忽然像想着了一條路：

「哦！有了！我想到了一個法子。你看怎樣？向這街朝右下去。第三間房子前有一塊空地，那裏有一個叫做『頭腦』的，他是一個商販，明天就要用牛車載貨到杜克曼去的。你去替他幫點甚麼忙，求他帶了你去好嗎？大概他總肯在貨車上載你去的吧，快去！」

瑪爾可提了衣包，還沒有說完道謝的話就走到了那空地。只見燈火通明，大批人佚正在把穀裝入貨車。一個着了外套穿了長靴的有鬚的人在旁指揮搬運。

瑪爾可走近那人，恭恭敬敬地陳述自己的希望，並說明從意大利來尋母親的經過。

「頭腦」用了尖銳的眼光把瑪爾可從頭到腳打量了一會兒，冷淡地回答說：「沒有空位。」

瑪爾可哀懇他：

「這裏差不多有三元錢。交給了你，路上情願再幫你勞動，替你搬取牲口的飲料和芻草。麵包只吃一些些好了，請『頭腦』帶了我去！」

「頭腦」再看看他，態度略為親切地說：

「實在沒有空位。並且我們不是到杜克曼去，而是到山契可．代．萊斯德洛去。就是帶你同去，你也非中途下車，再走許多路不可。」

「啊，無論走多少路也不要緊，我願意。請你不要替我擔心。到了那裏，我自會設法到杜克曼去。請你發發慈悲留個空位給我。我懇求你，不要把我留在這裏！」

「喂，車要走二十天呢！」

「不要緊。」

「這是很困苦的旅行呢！」

「無論怎樣苦都情願。」

「將來要一個人獨自步行呢！」

「只要能尋到母親，甚麼都願忍受，請你應許我。」

「頭腦」移過燈來，照着瑪爾可的臉再注視了一會兒說：「可以。」瑪爾可在他手上接吻。

「你今夜就睡在貨車裏，明天四點鐘就要起來的。再會。」「頭腦」說了自去。

明天早晨四點鐘，長長的載貨的車隊在星光中嘈雜地行動了。每車用六頭牛拖，最後的一輛車裏又裝着許多替換的牛。

瑪爾可被叫醒以後，坐在一車的穀袋上面，不久仍復睡去，等醒來，車已停在冷落的地方，太陽正猛烈地照着。人伕焚起野火，炙小牛蹄，都集坐在周圍，火被風煽揚着。大家吃了食物，睡了一會兒，再行出發。這樣一天一天地繼續進行，規律而刻板，好像行軍。每晨五點開行，到九點暫停，下午五點再開行，十點休息。人伕在後面騎馬執了長鞭驅牛前進。瑪爾可幫他們生火炙肉，給牲口餵草，或是擦油燈，汲飲水。

大地的景色幻影似的在他面前展開，有褐色的小樹林，有紅色屋宇散列的村落，也有像鹹水湖的遺蹟似的滿目亮晶晶的鹽原。無論向何處望，無論行多少路，都是寂寥荒漠的空野。偶然也逢到二三個騎馬牽着許多野馬的旅客，他們都像旋風一樣很快過去了。一天又一天，好像仍在海上，倦怠不堪，只有天氣不惡，算是幸事。人佚待瑪爾可漸漸兇悍，故意強迫他搬拿不動的芻草，到遠處去汲飲水，竟把他當作奴隸。他疲勞極了，夜中睡不着，身體隨着車的搖動顛簸着，輪聲轟得耳朵發聾。並且，風還不絕地吹着，把細而有油氣的紅土捲入車內，撲到口裏眼裏，眼不能張開，呼吸也為難，真是苦不堪言。因勞累過度與睡眠不足，他身體弱得像棉花一樣，滿身都是灰土，還要早晚受叱罵或是毆打，他的勇氣就一天一天地沮喪下去。如果沒有那「頭腦」時時親切的慰藉，他的氣力或許要全部消失了。他躲在車角裏，背着人用衣包掩面哭泣，所謂衣包，其實已只包着敗絮。每天起來，自覺身體比前日更弱，元氣比前日更衰，回頭四望，那無垠的原野仍像土的大洋展示在眼前。「啊！恐怕不能再延到今夜了，恐怕不能再延到今夜了！今天就要死在這路上了！」不覺這樣自語。勞役漸漸增加，虐待也愈厲害。有一天早晨，「頭腦」不在，一個人佚怪他汲水太慢，打他，大家又輪流用腳踢他，罵説：

「帶了這個去！畜生！把這帶給你母親！」

他心要碎了，終於大病，連發了三日的熱，拉些甚麼當作被蓋了臥在車裏。除「頭腦」有時來遞湯水給他或是替他按脈搏外，誰都不去顧着他。他自以為快死了，反覆地叫母親：

「母親！母親！救救我！快到我這裏來！我快要死了！母親啊！不能再見了啊！母親！我快要死在路旁了！」

他將兩手交叉在胸前祈禱。從此以後，病漸減退，又得了「頭腦」的善遇，遂恢復原狀。病雖好了，這旅行中最難過的日子也到了。他就要下車獨自步行。車行了兩星期多，現在已到了杜克曼和山契可．代．萊斯德洛分路的地方。「頭腦」說了聲再會，指了路徑，又替他將衣包擱在肩上，使他行路便當些，一時好像起了不安憐憫之心，接着即和他告別，弄得瑪爾可想在「頭腦」手上接吻的工夫都沒有。要對那一向虐待他的人佚告別原是痛心的事，到走開的時候也一一向他們招呼，他們也都舉手回答。瑪爾可目送他們一隊在紅土的平野上消失了，才蹣跚地獨自踏上旅程。

旅行中有一事使他的心有所安慰。在荒涼無邊的荒野過了幾日，前面卻看見高而且青的山峰，頂上和阿爾卑斯山一樣地積着白雪。一見到此，如見到了故鄉意大利。這山屬於安第斯山脈，為美洲大陸的脊樑，南從契拉·代爾·費俄，北至北冰洋，像連鎖似的縱亙着，南北跨着一百十度的緯度。日日向北進行，漸漸和熱帶接近，空氣逐步溫暖，這也使他覺得愉悅。路上時逢村落，他在那小店中買食物充飢。有時也逢到騎馬的人，又有時見婦女或小孩坐在地上注視他。他們臉色黑得像土一樣，眼睛斜豎，頰骨高突，都是印第安人。

第一天盡力前行，夜宿於樹下。第二天力乏了，行路不多，靴破，腳痛，又因食物不良，胃也受了病。看看天已將晚，不覺自己恐怖，在意大利時曾聽人說這地方有毒蛇，耳朵邊時常聽得有像蛇行的聲音。聽到這聲音時，方才停止的腳又復前奔，真是嚇得不得了。有時為悲哀所纏繞，一邊走一邊哭泣。他想：「啊！母親如果知道我在這裏這樣驚恐，將怎樣悲哀啊！」這樣一想，勇氣就恢復幾分。為了忘記恐懼，把母親的事從頭一一記起：母親在熱那亞臨別的吩咐，自己生病時母親替他把被蓋在胸口，以及做嬰兒時母親抱了自己，將頭貼住了自己的頭說「暫時和我在一處」的情形。他不覺這樣自語：「母親！我還能和你相見嗎？我能達到這旅行的目的嗎？」一邊想，一邊在那不見慣的森林，廣漠的糖粟叢，無垠的原野上彳亍着。

前面的青山依舊高高地聳在雲際，四天過了，五天過了，一星期過了，他氣力越來越弱，腳上流出血來。有一天傍晚，他向人問路，那人和他說：「到杜克曼只有五十英里了。」他聽了歡呼急行。這終究不過是一時的興奮，終於疲極力盡，倒在溝邊。雖然這樣，胸中卻跳躍着滿足的鼓動。粲然散在天空的星辰這時分外地覺得美麗。他仰臥在草上想睡，天空好像母親在俯視他說：

「啊！母親！你在哪裏？現在在做甚麼？也想念着我嗎？想念着近在咫尺的瑪爾可嗎？」

可憐的瑪爾可！如果他知道了母親現在的情形，他將出死力急奔前進了！他母親正病着，臥在美貴耐治家大屋中的下房裏，美貴耐治一家素來愛她，曾盡了心力加以調護。當美貴耐治技師突然離開布宜諾斯艾利斯的時候，她已經病了。可特淮的好空氣對她也沒有功效，並且，丈夫和從兄方面都消息全無，好像有甚麼不吉的事要落在她身上似的，每天憂愁着，病因此愈重，終於變成可怕的致命的內臟癌腫。睡了兩星期。未好，如果要挽回生命，就非受外科手術不可。瑪爾可倒在路旁呼叫母親的時候，那邊主人夫婦正在她病床前勸她接受醫生的手術，她總是堅拒。杜克曼的某名醫雖於一星期中每天臨診勸告，終以病人不聽，徒然而返。

「不，主人！不要再替我操心了！我已沒有元氣，就要死在行手術的時候，還是讓我平平常常地死好！生命已沒有甚麼可惜，橫竪命該如此，在我未聽到家裏信息以前死了倒好！」

主人夫婦反對她的話，叫她不要自餒，還説已直接替她寄信到熱那亞，回信就可以到了，無論怎樣，總是受了手術好，為自己的兒子着想也該這樣。他們再三勸説。可是一提起兒子，她失望更甚，苦痛也愈厲害。終於哭了：

「啊！兒子嗎？大約已經不活在世上了！我還是死了好！主人！夫人！多謝你們！我不信受了手術就會好，累你們種種地操心，從明天起，可以無須再勞醫生來看了。我已不想活了，死在這裏是我的命運，我已預備安然忍受這命運了！」

主人夫婦又安慰她，執了她的手，再三勸她不要説這樣的話。

她疲乏之極，閉眼昏睡，竟像已經死了。主人夫婦從微弱的燭光中注視着這正直的母親，憐憫不堪。像她那樣正直善良而不幸的人，為了要救濟自己的一家，離開本國，遠遠地到六千英里外來盡力勞動，真是少有的了，可憐終於這樣病死。

下一天早晨，瑪爾可背了衣包，身體前屈了，跛着腳彳亍入杜克曼市。這市在阿根廷的新闢地中算是繁盛的都會。瑪爾可看去仍像回到了可特淮、洛賽留、布宜諾斯艾利斯一樣，依舊都是長而且直的街道，低而白色的房屋。奇異高大的植物，芳香的空氣，奇麗的光線，澄碧的天空，隨處所見，都是意大利所沒有的景物，進了街市，那在布宜諾斯艾利斯經驗過的想像重新襲來。每過一家，總要向門口張望，以為或者可以見到母親。逢到女人，也總要仰視一會兒，以為或者就是母親。想詢問別人，可是沒有勇氣大着膽子叫喚。站在門口的人們都驚異地注視着這衣服襤褸滿身塵垢的少年。少年想找尋一個親切的人發出他胸中的問語。正行走時，忽然見有一旅店，招牌上寫有意大利人的姓名。裏面有個戴眼鏡的男子和兩個女人。瑪爾可徐徐地走近門口，提起了全勇氣問：

「美貴耐治先生的家在甚麼地方？」

「是做技師的美貴耐治先生嗎？」旅店主人問。

「是的。」瑪爾可回答，聲細如絲。

「美貴耐治技師不住在杜克曼哩。」主人答。

刀割劍刻樣的叫聲，隨主人的回答反應而起。主人，兩個女人，以及近旁的人們，都趕攏來了。

「甚麼事情？怎麼了？」主人拉瑪爾可入店，叫他坐了：「那也用不着失望，美貴耐治先生家雖不住在這裏，但距這裏也不遠，費五六個鐘頭就可到的。」

「甚麼地方？甚麼地方？」瑪爾可像蘇醒似的跳起來問。

主人繼續說：「從這裏沿河過去十五英里，有一個地方叫做賽拉地羅。那裏有個大大的糖廠，還有幾家住宅。美貴耐治先生就住在那裏。那地方誰都知道，費五六個鐘頭工夫就可走到的。」

有一個青年見主人這樣說，就跑近來：

「我一月前曾到過那裏。」

瑪爾可睜圓了眼注視他，臉色蒼白地急忙問：

「你見到美貴耐治先生家裏的女僕嗎？那意大利人？」

「就是那熱那亞人嗎？哦！見到的。」

瑪爾可又似哭又似笑，痙攣地啜泣，既而現出激烈的決心：

「向甚麼方向走的？快，把路指給我！我就去！」

人們齊聲說：

「差不多有一天的路程哩，你不是已很疲勞了嗎？非休息不可，明天去好嗎？」

「不好！不好！請把路指給我！我不能等待了！就是倒在路上也不怕，立刻就去！」

人們見瑪爾可這樣堅決，也就不再勸阻了。

「上帝保護你！路上樹林中要小心！但願你平安！意大利的朋友啊！」他們這樣說，有一個還陪他到街外，指示他路徑，及種種應注意的事，又從背後目送他去。過了幾分鐘，見他已背了衣包，跛着腳，穿入路側濃厚的樹蔭中去了。

這夜，病人危篤了，因患處劇痛，悲聲哭叫，時時陷入人事不省的狀態。看護的女人們守在床前片刻不離。病人發了狂，主婦不時驚懼地趕來省視。大家都很焦慮：她現在即使願受手術，醫生也非明天不能來，已不及救治了。她略為安靜的時候，就非常苦悶，這並不是從身體上來的苦痛，乃是她懸念在遠處的家屬的緣故。這苦悶使她骨瘦如柴，人相全變。她不時扯着頭髮瘋也似的狂叫：

「啊！太淒涼了！死在這樣遠處！不見孩子的面！可憐的孩子。他們將沒有母親了！啊！瑪爾可還小哩！只有這點長，他原是好孩子！主人！我出來的時候，他抱住我的項頸不肯放，真哭得厲害呢！原來他已經知道此後將不能再見母親了，所以哭得那樣悲慘！啊！可憐！我那時心欲碎了！如果在那時死了，在那分別時死了，或者反而幸福。我一向那樣地撫抱他，他是頃刻不離開我的。萬一我死了，他將怎樣呢！沒有了母親，又貧窮，他就要流落為乞丐了！張了手餓倒在路上！我的瑪爾可！啊！我那永遠的上帝！不，我不願死！醫生！快去請來！快替我行手術！把我的心割開！把我弄成瘋人！只要他把性命留牢！我想病好！想活命！想回國去！明天立刻！醫生！救我！救我！」

在床前的女人們執了病人的手安慰她，使她心情沉靜了些，且對她講上帝及來世的話。病人聽了又復絕望，扯着頭髮啜泣，終於像小兒似的揚聲號哭：

「啊！我的熱那亞！我的家！那個海！啊！我的瑪爾可現在不知在甚麼地方做甚麼！我的可憐的瑪爾可啊！」

時已夜半，她那可憐的瑪爾可沿河走了幾點鐘，力已盡了，只在大樹林中蹣跚着。樹幹大如寺院的柱子，在半天中繁生着枝葉，仰望月光閃爍如銀。從暗沉沉的樹叢裏看去，不知有幾千枝樹幹交互紛雜，有直的、有歪的、有傾斜的，形態百出。有的像頹塔似的倒臥在地，上面還覆罩着繁茂的枝葉。有的樹梢尖尖地像槍似的成群矗立着。千姿萬態，真是植物界中最可驚異的壯觀。

瑪爾可有時雖陷入昏迷，但心輒向着母親。疲乏已極，腳上流着血，獨自在廣大的森林中躑躅，時時見到散在的小屋，那屋在大樹下好像蟻塚。有時又見到野牛臥在路旁。他疲勞也忘了，也不覺得寂寞了。一見到那大森林，心就自然提起，想到母親就在近處，就自然地發出大人樣的力和氣魄。回憶這以前所經過的大海，所受過的苦痛、恐怖、辛勞，以及自己對付這些苦難的鐵石的心，眉毛也高揚了起來。血在他歡喜勇敢的胸中躍動。有一件可異的事，就是，一向在他心中朦朧的母親的狀貌，這時明白地在眼前現出了；他難得清楚地看見母親的臉，現在明白看見了，好像在他面前微笑，連眼色、口唇動的樣兒，以及全身的態度表情，都一一如畫。他因此振起精神，脚步也加速，胸中充滿了歡喜，熱淚不覺在頰上流下，好像在薄暗的路上走着，一邊和母親談話。繼而獨自唧咕着和母親見面時要說的言語。

「總算到了這裏了，母親，你看我。以後永遠不再離開了。一起回國去吧。無論遇到甚麼事，終生不再和母親分離了。」

早晨八點鐘光景，醫生從杜克曼帶了助手來，站在病人床前，做關於手術的最後勸告。美貴耐治夫妻也跟着多方勸說。可是終於無效。她自覺體力已盡，早沒有信賴手術的心了。她說受手術必死無疑，無非徒加可怕的苦痛罷了。醫生見她如此執迷，仍勸她說：

「手術是可靠的，只要略微忍耐就安全了。如果不受手術，總是無效。」然而仍是無效，她細聲說：

「不，我已預備死了，沒有受無益的苦痛的勇氣。請讓我平平和和地死吧。」

醫生也失望了，誰也不再開口。她臉向着主婦，用細弱的聲音囑託後事：

「夫人，請將這一點錢和我的行李交給領事館轉送回國去。如果一家平安地都生存着，就好了。在我瞑目以前，總望他們平安。請替我寫信給他們，說我一向想念着他們，曾經為了孩子們勞動過了……說我只以不能和他們再見一面為恨……說我雖然如此，卻勇敢地自己忍受，為孩子們祈禱了才死。……請替我把瑪爾可託付丈夫和長子……說我到了臨終，還不放心瑪爾可……」話猶未完，突然氣沖上來，拍手哭泣：

「啊！我的瑪爾可！我的瑪爾可！我的寶貝！我的性命……」

等她含着淚看四周，主婦已不在了。有人進來把主婦悄悄地叫出去的。她到處找主人也不見。只有兩個看護婦和醫生助手在床前。鄰室裏聞有急亂的步聲和嘈雜的語音，病人注視着室門，以為發生甚麼了。過了一會兒，醫生進來了，轉變了臉色，後面跟着的主婦主人，面上也都有驚色。大家用怪異的眼色向着她，唧咕地互相私語。她恍惚聽見醫生對主婦說：「還是快些說吧。」可是不知究竟是為了甚麼。

主婦向她顫慄地說：「約瑟華！有一個好消息說給你聽，不要吃驚！」她熱心地看着主婦。主婦小心地繼續說：

「是你所非常喜歡的事呢。」

病人眼睜大了。主婦再繼續了說：

「好嗎？給你看一個人——是你所最愛的人啊。」

病人拚命地抬起頭來，眼光炯炯地向主婦看，又去看那門口。

主婦臉色蒼白地說：

「現在有個萬料不到的人來在這裏。」

「是誰？」病人驚惶地問。呼吸也急促了。忽然發出尖銳的叫聲，跳起來坐在床上，兩手捧住了頭，好像見了甚麼鬼物似的。

這時，衣服襤褸滿身塵垢的瑪爾可已出現在門口。醫生攜了他的手，叫他退後。

病人發出三次尖銳的叫聲：

「上帝！上帝！我的上帝！」

瑪爾可奔近攏去。病人張開枯瘦的兩臂，使出了虎也似的力氣，將瑪爾可抱緊在胸前。劇烈地笑，無淚地啜泣。終於呼吸接不上來，倒下在枕上。

可是，她即刻恢復過來了，狂喜地不絕在兒子頭上接吻，叫着說：

「你怎麼來到這裏的？怎麼？這真是你嗎？啊，大了許多了！誰帶了你來的？一個人嗎？沒有甚麼嗎？啊！你是瑪爾可？但願我不是做夢！啊！上帝！你說些甚麼給我聽吧！」

說着，又突然改了話語：

「咿喲！慢點說，且等一等！」於是向醫生說：

「快！快快！醫生！現在立刻！我想病好。已願意了，愈快愈好。給我把瑪爾可領到別處去，不要讓他聽見。瑪爾可，沒有甚麼的。以後再說給你知道。來，再接一吻。就到那裏去，醫生！請快。」

瑪爾可被領出了，主人夫婦和別的女人們也急忙避去。室中只留醫生和助手二人，門立刻關了。

美貴耐治先生要想拉瑪爾可到遠一點的室中去，可是不能。瑪爾可像釘子似的坐在階石上不動。

「怎麼？母親怎樣了？做甚麼？」他問。

美貴耐治先生仍想領開他，靜靜地和他說：

「你聽着，我告訴你。你母親病了，要受手術，快到這邊來，我仔細說給你聽。」

「不！」瑪爾可抵抗。「我一定要在這裏，就請在這裏告訴我。」

技師強拉他過去，一邊靜靜地和他說明經過。他恐懼戰慄了。

突然，致命傷似的尖叫聲震動全宅。瑪爾可也應聲叫喊起來：

「母親死了！」

醫生從門口探出頭來：

「你母親有救了！」

瑪爾可注視了醫生一會兒，既而投身到他腳邊，啜泣着說：

「謝謝你！醫生！」

醫生攙住他說：

「起來！你真勇敢！救活你母親的，就是你！」

夏　二十四日

熱那亞少年瑪爾可的故事已完，這學年只剩六月份的一次每月例話，兩次測驗了，還要上課二十六日，六個星期四和五個星期日。學年將終了時，熏風照例拂拂地吹着。庭樹長滿了葉和花，在體操器械上投射着涼蔭。學生都改穿了夏衣了，放學的時候，覺得他們一切都已和從前不同，這是很有趣的事。垂在肩上的髮，已剪得短短的，腳部和項部完全露出。各種各樣的麥稈帽子，背後長長地垂着絲帶；各式的襯衣和領結上，都綴有紅紅綠綠的東西，或是領章，或是袖口，或是流蘇。這種好看的裝飾，都是做母親的替他兒子綴上的，就是貧家的母親，也想把自己的小孩打扮得像個樣子。其中，也有許多不戴帽子到學校裏來的，好像由田家逃出來的，也有穿白制服的。在代爾卡諦先生那級的學生中，有一個從頭到腳，穿得紅紅的像熟蟹似的人，又有許多穿水兵服的。

最有趣的是「小石匠」，他戴着大大的麥稈帽，樣子像在半截蠟燭上加了一個笠罩。再在這下面露出兔臉，真可笑極了。可萊諦也已把那貓皮帽改換了鼠色綢製的旅行帽，華梯尼穿着有許多裝飾的奇怪的蘇格蘭服，克洛西袒着胸，潑來可西被包在青色的鐵工服中。

至於卡洛斐，他因為脱去了甚麼都可以藏的外套，現在改用口袋貯藏一切了。他的衣袋中藏着甚麼，從外面都可看見。有用半張報紙做成的扇子，有手杖的柄，有打鳥的彈弓，有各種各樣的草，黃金蟲從袋中爬出來，綴在他的上衣上。

有些幼小的孩子把花束拿到女先生那裏去。女先生也穿着美麗的夏衣了，只有那個「修女」先生仍是黑裝束。戴紅羽毛的先生仍戴了紅羽毛，頸上結着紅色的絲帶。她那級的小孩要去拉她的那絲帶，她總是笑着避開。

現在又是櫻桃，蝴蝶，和街上樂隊，野外散步的季節。高年級的學生都到濮河去水浴，大家等着暑假到來。每天到學校裏，都一天高興似一天。只有見到那穿喪服的卡隆，我不覺就起悲哀。還有，使我難過的，就是那二年級教我的女先生的逐日消瘦，咳嗽加重。先生行路時，身子向前彎屈，路上相遇時那種招呼的樣子，很是可憐。

詩

安利柯啊！你似已漸能了解學校生活為詩的情味了。但你所見的還只是學校的內部。再過二十年，到你領了自己的兒子到學校裏去的時候，學校將比你現在所見的更美，更為詩意的了。那時，你恰像現在的我，能見到學校的外部。我在等你下課的時候，常到學校周圍去散步，側了耳聽聽裏面，很是有趣。從一個窗口裏，聽到女先生的話聲：

「呀！有這樣的T字的嗎？這不好。你父親看見了將怎麼說啊！」

從別個窗口裏又聽到男先生的粗大的聲音：

「現在買了五十英尺的布——每尺費錢三角——再將布賣出——」

後來，又聽那戴紅羽毛的女先生大聲地讀着課本：

「於是，彼得洛·彌卡用了那點着火的火藥線……」

隔壁的教室裏囀着無數小鳥似的聲音，大概先生偶然外出了吧？再轉過牆角，看見一個學生正哭，聽到女先生勸說他的話聲。從樓上窗口傳出來的是讀韻文的聲調，偉人善人的名氏，以及獎勵道德、愛國、勇氣的語音。過了一會兒，一切都靜了，靜得像這座大屋中沒有一人一樣，斷不相信裏面有着七百個小孩。這時，先生偶然說一句可笑的話，笑聲就同時哄起。路上行人都被吸引瞭望着，這有着大群前途無限的青年的屋宇。突然間，折疊書冊或紙夾的聲響，腳步的聲響，紛然從這室傳到那室，從樓上延到樓下，這是校役報知下課了。一聽到這聲音，在外面的男子、婦人、女子、年輕的，都從四面集來向學校門口擁去，等待自己的兒子、弟弟或是孫子出來。立時，小孩們從教室門口水也似的向大門瀉出，有的拿帽子，有的取外套，有的拂着這些東西，來回跑着大聲喧鬧着。校役催他們一個一個地走出，於是才排成長長的行列走出來，在外等候着的家屬就各自探問：

「做好了嗎？出了幾個問題？明天要預備的功課有多少？本月月考在哪一天？」

連不識文字的母親，也翻開了筆記簿看着，問：

「只有八分嗎？複習是九分？」

這樣，或是擔心，或是歡喜，或是詢問先生，或是談論前途的希望與測驗的事。

學校的將來真是如何美滿，如何廣大啊！

——父親

聾啞 二十八日

今天早晨參觀聾啞學校，作為五月這一個月的完滿結束。今天清晨，門鈴一響，大家跑出去看是誰。父親驚異地問：

「呀！不是喬趙嗎？」

我們家在支利時，喬趙曾替我們做園丁，他現在孔特夫，到希臘去做了三年鐵路工人，才於昨天回國，在熱那亞上陸的。他攜着一個大包裹，年紀已大了許多了，臉色仍是紅紅的，現着微笑。

父親叫他進室中來，他辭謝不入，突然擔心似的問：

「家裏不知怎樣了？奇奇阿怎樣？」

「最近知道她好的。」母親說。

喬趙嘆息着，說：「啊！那真難得！在沒有聽到這話以前，我實沒有勇氣到聾啞學校去呢。這包裹寄放在這裏，我就去領了她來吧。已有三年不見女兒了。這三年中，不曾見到一個親人。」

父親向我說：

「你跟着他去吧。」

「對不起，還有一句話要問。」園丁說到這裏，父親攔住了他的話頭，問：

「在那裏生意怎樣？」

「很好，託福，總算賺了些錢回來了。我所要問的就是奇奇阿。那啞女受的教育不知怎樣了？我出去的時候，可憐！她全然和獸類一樣無知無識哩！我不很相信那種學校，不知她已經把啞語手勢學會了沒有？妻曾寫信給我說那孩子的語法已大有進步，但是我自想，那孩子學了語法有甚麼用處呢，如果我不懂得那啞語手勢，要怎樣才能彼此了解呢？啞子對啞子能夠說話，這已經算是了不起了。究竟她是怎樣地在受教育？她現在怎樣？」

「我現在且不和你說，你到了那裏自會知道的。去，快去。」父親微笑着回答。

我們就開步走。聾啞學校離我家不遠。園丁跨着大步，一邊悲傷地說：

「啊。奇奇阿真可憐！生來就聾，不知是甚麼運命！我不曾聽到她叫過我爸爸，我叫她女兒，她也不懂。她出生以來從未說甚麼，也從未聽到甚麼呢！碰到了慈善的人代為負擔費用，給她入了聾啞學校，總算是再幸福也沒有了。八歲那年進去的，現在已十一歲了，三年中不曾回家來過，大概已長得很大了吧？不知究竟怎樣。在那裏好嗎？」

我把步加快了答說：

「就會知道的，就會知道的。」

「不曉得聾啞學校在哪裏，當時是我的妻子送她進去的，我已不在國內了。大概就在這一帶吧?」

這時,我們正走到聾啞學校了。一進門,就有人來應接。

「我是奇奇阿.華奇的父親,請讓我見見我那女兒。」園丁說。

「此刻正在遊戲呢,就去通告先生吧。」應接者急忙進去了。

園丁默默地環視着四周的牆壁。

門開了,穿黑衣的女先生攜了一個女孩出來。父女暫時緘默着相看了一會兒,既而彼此抱住了號叫。

女孩穿着白底紅條子的衣服和鼠色的圍裙,身材比我略長一些,兩手抱住了父親哭着。

父親離開了,把女兒從頭到腳打量了一會兒,好像才跑了快步的樣子,呼吸急促地大聲說:

「啊,大了許多了,好看了許多了!啊!我的可憐的可愛的奇奇阿!我的不會說話的孩子!你就是這孩子的先生麼?請你叫她做些甚麼手勢給我看,我也許可以知道一些,我以後也用功略微學一點吧。請告訴她,叫她裝些甚麼手勢給我看看。」

先生微笑着低聲向那女孩說:

「這位來看你的人是誰？」

女孩微笑着，像初學意大利話的外國人那樣，用了粗糙而不合調子的聲音回答，可是卻明白地説道：

「這是我的父親。」

園丁大驚，倒退一步發狂似的叫了出來：

「會説話！奇了！會説話了！你，嘴已變好了嗎？已能聽見別人説話了嗎？再説些甚麼看！啊！會説話了呢！」説着，再把女兒抱近身去，在額上吻了三次：

「先生，那麼，不是用手勢説話的嗎？不是用手勢達意的嗎？這究竟是怎麼一回事？」

「不，華奇君，不用手勢了。那是舊式的。這裏所教的是新式的口語法。你不知道嗎？」先生説。

園丁驚異得呆了：

「我全不知道這方法。到外國去了三年，家裏雖也曾寫了信告訴我這樣，但我全不知道是甚麼一回事。我真呆蠢呢。啊，我的女兒！那麼，你懂得我的話麼？聽到我的聲音嗎？快回答我，聽到的嗎？我的聲音你聽到的嗎？」

先生說：

「不，華奇君，你錯了。她不能聽到你的聲音，因為她是聾的，她能懂得你的話，那是看了你的嘴唇動着的樣子才悟到，並不曾聽見你的聲音。她也聽不見自己的聲音。她能講話是我們一字一字地把嘴和舌的樣子教她，她才會的。她發一言，頰和喉嚨要費很大的力呢。」

園丁聽了仍不懂所以然，只是張開了嘴站着，似乎不能相信。他把嘴附着女兒的耳朵：

「奇奇阿，父親回來了，你歡喜嗎？」說了再抬起頭來等候女兒的回答。

女兒默然地注視着父親，甚麼都不說，弄得父親沒有法子。

先生笑着說：

「華奇君，這孩子沒有回答，是未曾看見你的嘴的緣故。因為你把嘴在她的耳朵旁說的。請站在她的面前再試一遍看。」

父親於是正向了女兒的面前再說道：

「父親回來了，你歡喜嗎？以後不再去哩。」

女兒注視地看着父親的嘴，連嘴的內部也可以望見，既而明白地答說：

「呃，你回——來了，以後不再——去，我很——歡——喜。」

父親急忙抱住了女兒，為了證實試驗，又問她種種的話：

「你母親叫甚麼名字？」

「安——東——尼亞。」

「妹妹呢？」

「亞代——利——德。」

「這學校叫甚麼？」

「聾——啞——學——校。」

「十的二倍是多少？」

「二——十。」

父親聽了突然轉笑為哭，是歡喜的哭。

先生向他說：

「怎麼了？這是應該歡喜的事，有甚麼可哭的。你不怕惹得你女兒也哭起來嗎？」

園丁執住先生的手，吻了兩三次：

「多謝，多謝！千謝，萬謝！先生，請恕我！我除此已不知要怎麼說才好了。」

「且慢，你女兒不但會說話，還能寫、能算，歷史、地理也懂得一些，已入本科了。再過兩年，知識能力必更充足，畢業後，可以從事相當的職業。這裏的畢業生中，很有充當商店夥員的，和普通人同樣地在那裏活動呢。」

園丁更加奇怪了，茫然若失地看着女兒搔頭，好像要求說明。

先生向在旁的侍者說：

「去叫一個預科的學生來！」

侍者去了一會兒，領了一個才入學的八九歲的聾啞生出來。先生說：

「這孩子才學初步的課程，我們是這樣教的：我現在叫她發A字的音，你仔細看！」

於是先生張開嘴，做發母音A字的狀態，示範給那孩子看，用手勢叫孩子也做同樣的口形。然後再用手勢叫她發音。那孩子發出的音來不是A字，卻變了O。

「不是。」先生說，拿起孩子的兩手，叫她把一手按在先生的喉部，一手按在胸際，反覆地再發A字的音。

孩子從手上了解了先生的喉與胸的運動，重新如前開口，遂完全發出了A字的音。

先生又繼續地叫孩子用手按住自己的喉與胸，教授C字與D字的發音。再向園丁說：

「怎樣？你明白了吧？」

園丁雖已明白許多，可是卻似乎比未明白時更加驚異了：

「那麼，是這樣地一一把話說教給他們的嗎？」說了暫停，又注視着先生。「是這許多孩子都一一費了長久的年月逐漸這樣教嗎？呀！你們真是聖人，真是天使！在這世界上，恐怕沒有可以報答你們的東西吧？啊！我應該怎樣說才好啊！請讓我把女兒暫留在這裏！五分鐘也好，把她暫時借給了我！」

於是園丁把女兒領到一旁，問她種種事情。女兒一一回答。父親用拳擊膝，瞇着眼笑。又攜了女兒的手，熟視打量，聽着女兒的話聲入魔了，好像這聲音是從天上落下來的。過了一會兒，向着先生說：

「可以讓我見見校長，當面道謝嗎？」

「校長不在這裏。你應該道謝的人，卻還有一個。這學校中，凡是年幼的孩子，都由年長的學生充當母親或是姊姊照顧着。照顧你女兒的是一個年紀十七歲的麵包商人的女兒。她對於你女兒那才真是親愛呢。這兩年來，每天早晨代為穿衣梳髮，教她針線，真是好伴侶！奇奇阿，你朋友的名字叫甚麼？」

「卡——德——利那．喬爾——達諾。」女兒微笑着說，又向着父親說：

「她是一個很——好的人啊。」

侍者受先生的指使，入內領了一個神情快活、體格良好的啞女出來。一樣地穿着紅條子紋的衣服，束着鼠色的圍裙。她到了門口紅着臉站住，既而微笑了把頭俯下，身體雖已像大人，仍有許多像小孩的神態。

園丁的女兒走近前去，攜了她的手，同到父親面前，用了粗重的聲音說：

「卡——德——利那．喬爾——達諾。」

「呀！好一位端正的姑娘！」父親叫着想伸手去撫摸她，既而又把手縮回，反覆地說：

「呀！真是好姑娘！願上帝祝福，把幸福和安慰加在這姑娘身上！使姑娘和姑娘的家屬都常常得着幸福！真是好姑娘啊！奇奇阿！這裏有個正直的工人，貧家的父親，用了真心在這樣祈禱着呢。」

那大女孩仍是微笑着撫摸着那小女孩。園丁只管如看聖母像般地注視着她。

「你可以帶了你女兒同出外一天的。」先生說。

「那麼我帶了她同回到孔特夫去，明天就送她來，請許我帶她同去。」園丁說。

女兒跑去着衣服了。園丁又反覆地說：

「三年不見，已能說話了呢。暫時帶她回孔特夫去吧。咿喲，還是帶了她在丘林街散散步，先給大家看看，同到親友們那裏去吧。啊，今天好天氣！啊！真難得！喂！奇奇阿，來拉住我的手！」

女兒穿了小外套，戴了帽子出來，她執了父親的手。父親到了門口，向大家說：

「諸位，多謝！真真多謝！改日再來道謝吧！」既而一轉念，站住了回過頭來，放脫了女兒的手，探着衣囊，發狂似的大聲說：

「且慢，我難道不是人嗎？這裏有十塊錢呢，把這捐給學校吧。」說着，把金錢抓出放在桌上。

先生感動地說：

「咿喲，錢請收了去，不受的。請收了去。因為我不是學校的主人。請將來當面交給校長。大概校長也決不肯收受的吧，這是以勞動換來的錢呢。已經心領了，同收受一樣，謝謝你。」

「不，一定請收了的。那麼——」話還沒有完，先生已把錢強迫地放還在他的衣袋裏了。園丁沒有辦法，用手送接吻於先生和那大女孩，拉了女兒的手，急急地出門而去。

「喂，來啊！我的女兒，我的啞女，我的寶寶！」

女兒用緩慢的聲音叫說：

「啊！好太——陽啊！」

第九章　六月

格里勃爾第將軍　三日

（明日是國慶日）

今天是國喪日，格里勃爾第將軍昨夜逝世了。你知道他的事跡嗎？他是把一千萬意大利人從波旁政府的暴政下救出來的人。七十五年前，他生於尼斯。父親是個船長，他八歲時，救過一個女子的生命；十三歲時，和朋友共乘小艇遇險，把朋友平安救起；二十七歲時，在馬塞救起一個將淹死的青年。四十一歲時，在海上救助過一隻險遭火災的船。他為了他國人的自由，在亞美利加曾作十年的戰爭，為爭隆巴爾地和杜論諦諾的自由，曾與奧地利軍交戰三次。一八四九年守羅馬以拒法國的攻擊，一八六零年救那不勒斯和巴勒莫，一八六七年再為羅馬而戰，一八七零年和德意志戰爭，防禦法軍。他剛毅勇敢，在四十回戰爭中得過三十七回勝利。

平時以勞動自活，隱耕孤島。教員、海員、勞動者、商人、兵士、將軍、執政官，甚麼都做過。是個質樸偉大而且善良的人；是個痛惡一切壓迫，愛護人民，保護弱者的人；是個以行善事為唯一志願，不慕榮利，不計生命，熱愛意大利的人。他振臂一呼，各處勇敢人士，就立刻在他面前聚集：紳士棄了他們的邸宅，海員棄了他們的船舶，青年棄了他們的學校，來到他那赫赫光榮之旗下作戰。他戰時常穿紅衣，是個強健美貌而優雅的人。他在戰陣中威如雷電，在平時柔如小孩，在患難中，刻苦如聖者。意大利幾千的戰士於垂死時，只要一望見這威風堂堂的將軍的面影，就都願為他而死。願為將軍犧牲自己生命的，不知有幾千人，幾萬人都曾為將軍祝福，或願為將軍祝福。

將軍死了，全世界都哀悼着將軍。你現在還未能知將軍，以後當有機會讀將軍的傳記，或聽人說將軍的遺事。你逐漸成長，將軍的面影在你前面也會跟着加大，你到成為大人的時候，將軍會巨人似的立在你面前。到你去世了，你的子孫以及子孫的子孫都去世以後，這民族對於他那日星般彪炳的面影，還當作人民的救星永遠景仰吧。意大利人的眉，將因呼他的名而揚，意大利人的膽，將因呼他的名而壯吧。

——父親

軍隊　十一日

（因格里勃爾第將軍之喪，國慶日延遲一週。）

今天到配塞．卡斯德羅去看閱兵式。司令官率領兵隊，在作了二列站着的觀者間通過，喇叭和樂隊的樂曲調和地合奏着。在軍隊進行中，父親把隊名和軍旗一一指給我看。最初來的是炮兵工校的學生，人數約有三百，一律穿着黑服，勇敢地過去了。其次是步兵：有在哥伊托和桑馬底諾戰爭過的奧斯泰旅團，有在卡斯德爾費達度戰爭過的勃卡漠旅團，共有四聯隊。一隊一隊地前進，無數的紅帶連續飄動，其狀恰像花朵。步兵之後就是工兵，這是陸軍中的工人，帽上飾着黑色的馬尾，綴着紅色的絲邊。工兵後面接着又是數百個帽上有直而長的裝飾的兵士，這是作意大利干城的山嶽兵，高大褐色而壯健，都戴着格拉勃利亞型的帽子，那鮮碧的帽檐表示着故山的草色。山嶽兵還沒有走盡，群眾就波動起來。接着來的是射擊兵，就是那最先入羅馬的有名的十二大隊。帽上的裝飾，因風俯伏着，全體像黑色波浪似的通過。他們吹的喇叭聲尖銳得如奏着戰勝的音調，可惜，那聲音不久就消失在轆轆的粗而低的噪聲中，原來野炮兵來了。他們乘在彈藥箱上，被六百匹駿馬牽了前進。

兵士飾着黃帶，長長的大炮，閃着黃銅和鋼鐵的光。炮車車輪轆轆地在地上滾着作響。後面山炮兵肅然地接着，那壯大的兵士和所牽着的強力的騾馬，所向震動，給敵人帶去驚恐與死亡。最後是熱那亞騎兵聯隊，甲兜閃着日光，直持了槍，小旗飄拂，金銀晃耀，鳴着轡，嘶着馬，很快地去了。這是從桑泰．路雪以至維拉勿蘭卡像旋風樣在戰場上掃蕩過十次的聯隊。

「啊！多好看啊！」我叫說。父親警誡我：

「不要把軍隊作玩具看！這許多充滿力量與希望的青年，為了祖國的緣故，一旦被召集，就預備在國旗之下飲彈而死的啊。你每次聽到像今天這樣的『陸軍萬歲！意大利萬歲』的喝彩，須想在這軍隊後面就是屍山血河啊！如此，對於軍隊的敬意自然會從你胸中流出，祖國的面影也更莊嚴地可以看見了吧。」

意大利　十四日

在國慶日，應該這樣祝祖國萬歲：

「意大利啊，我所愛的神聖的國土啊！我父母曾生在這裏、葬在這裏，我也願生在這裏、死在這裏，我的子孫也一定在這裏生長、在這裏死亡。華美的意大利啊！

積有幾世紀的光榮，在數年中得過統一與自由的意大利啊！他曾將神聖的知識之光傳給世界。為了你的緣故，無數的勇士在沙場戰死，許多勇士化作斷頭台上的露而消逝。你是三百都市和三千萬子女的高貴的母親，我們做幼兒的，雖不能完全知道你、了解你，卻盡了心寶愛着你呢。我生在你的懷裏，作你的兒子，真是足以讓自己誇耀。我愛你那美麗的河和崇高的山，我愛你那神聖的古蹟和不朽的歷史，我愛你那歷史的光榮和國土的完美。我把整個祖國和我所始見始聞的最繫戀的你的一部份，同樣地愛敬，我以純粹的情愛、平等的感謝，愛着你的全部──勇敢的丘林，華麗的熱那亞，知識開明的博洛尼亞，神秘的威尼斯，偉大的米蘭。我更以幼兒的平均的敬意，愛溫和的佛羅倫薩，威嚴的巴勒莫，宏大而美麗的那不勒斯，以及可驚奇的永遠的羅馬。我的神聖的國土啊！我愛你！我立誓：凡是你的兒子，我必如兄弟一樣愛他們；凡是你所生的偉人，不論是死的或是活的，我必都從真心讚仰；我將努力成為勤勉正直的市民，不斷地研磨智德，以期無愧於做你的兒子，竭盡我這小小的力量，防止一切不幸、無知、不正、罪惡來污你的面目。我誓以我的知識，我的腕力，我的靈魂，謹忠事你；一到了應把血和生命貢獻於你的時候，我就仰天呼着你的聖名，向你的旗子送最後的接吻，把我的血為你而灑，用我的生命做你的犧牲吧！」

九十度的炎暑　十六日

國慶日以後，五日中溫度增高五度。時節已到了仲夏，大家都漸漸疲倦起來，春天那樣美麗的薔薇臉色，如數失去，項頸腳腿都消瘦下去。頭昂不起，眼也昏眩了。可憐的耐利因受不住炎暑，那蠟樣的臉色，愈呈蒼白，不時伏着睡在筆記簿上。但是卡隆常常留心照拂耐利，他睡去的時候，把書翻開了豎在他前面，替他遮住先生的眼睛。克洛西的紅髮頭靠在椅背上，恰像一個割下的人頭放在那裏。諾琵斯唧咕着人多空氣不好。啊，上課真苦啊！從窗口望見清涼的樹蔭，就想跳出去，不願再在座位裏受拘束。從學校回去，母親總候着我，留心我的面色。我一看見母親，精神重新振作起來了。我用功的時候，母親常問：「不難過嗎？」早晨六點叫我醒來的時候，也常說：「啊，要好好地啊！再過幾天就要休假，可以到鄉間去了。」

母親時時講在炎暑中做着工的小孩們的情形給我聽。說有的小孩在田野或如燒的砂地上勞動，有的在玻璃工場中終日逼着火焰。他們早晨比我早起床，而且沒有休假。所以我們也非奮發不可。說到奮發，仍要推代洛西第一，他絕不叫熱或想睡，無論甚麼時候都活潑快樂。他那長長的金髮和冬天裏一樣垂着，用功毫不覺苦。只要坐在他近旁，聽到他的聲音，也能令人振作起來。

此外，拚命用功的還有兩人。一是固執的斯帶地，他怕自己睡去，敲擊着自己的頭，熱得真是昏倦的時候，把牙齒咬緊，眼睛張開，那神氣似乎要把先生也吞下去了。還有一個，是商人的卡洛斐。他一心一意用紅紙做着紙扇，把火柴盒上的花紙黏在扇上，賣一個銅幣一把。

但是最令人佩服的要算可萊諦。據說他早晨五點起床，幫助父親運柴。到了學校裏，每到十一點，不覺支持不住，把頭垂到胸前去了。他驚醒轉來，常自己敲着頸背，或稟告先生，出去洗面，或預托坐在旁邊的人推醒他。可是，今天他終於忍耐不住，呼呼地睡去了。先生大聲叫：「可萊諦！」他也聽不見。於是先生忿怒起來，「可萊諦，可萊諦！」反覆地怒叫。住在可萊諦貼鄰的一個賣炭者的兒子，站起來說：

「可萊諦今天早晨五點鐘起運柴到了七點鐘才停。」

於是，先生讓可萊諦睡着，半個鐘頭以後，才走到可萊諦的位置旁，輕輕地吹他的臉，把他吹醒了。可萊諦睜開眼來，見先生立在前面，驚恐得要退縮。先生兩手托住了他的頭，在他頭髮上接吻着說：

「我不責你。因為你的睡去，不是由於怠惰，乃是由於實在疲勞了。」

我的父親　十七日

如果是你的朋友可萊諦或卡隆，像你今天那樣回答父親的話，決不至出口吧。安利柯！為甚麼這樣啊！快向我立誓，以後不要再有那樣的事。因為父親責備你，口中露出失禮的答辯來的時候，應該想到將來有一天，父親叫你到臥榻旁去，和你說：「安利柯！永訣了！」啊！安利柯！你到了不能再見父親，走進父親的房間，看到父親遺下的書籍，回想到在生前對不起父親的事，大概會自己後悔，對自己說：「那時我為甚麼這樣！」到了那時，你才會知道父親的愛你，知道父親叱責你時自己曾在心裏哭泣，知道父親的使你苦痛，完全是為了愛你。那時候，你會含了悔恨之淚，在你父親的書桌上——為了兒女不顧生命地在這上面勞作過的書桌上接吻吧。現在，你不會知道，父親除了慈愛以外，把一切的東西對你遮掩過了。你不知道吧，父親因為操勞過度，自恐不能久在人世呢。在這種時候，總是提起你，對你放心不下。在這種時候，他常攜了燈走進你的寢室，偷看你的睡態，回來再努力地繼續工作。世界憂患盡多，父親見你在側，也就把憂患忘了。這就是想在你的愛情中，求得安慰，恢復元氣。所以，如果你待父親冷淡，父親失去了你的愛情，將怎樣悲哀啊。安利柯！切不可再以忘恩之罪把自己玷污了啊！你就算是個聖者樣的人，也不足報答父親的辛苦，並且，人生很不可靠，在甚麼時候發生甚麼事情，是料不到的。父親或許在你還幼小的時候就不幸死了——在三年以後，二年以前或許就在明天，都說不定。

啊！安利柯！如果父親死了，母親穿了喪服了，家中將非常寂寞，空虛得如空屋一樣吧！快！到父親那裏去！父親在房間裏工作着呢。靜靜地進去，把頭俯在父親膝上，求父親饒恕你，祝福你。

——母親

鄉野遠足　十九日

父親又恕宥了我，並且，還許可我踐可萊諦的父親的約，同作鄉野遠足。

我們早想吸那小山上的空氣，昨天下午兩點鐘，大家在約定的地方聚集。代洛西、卡隆、卡洛斐、潑來可西、可萊諦父子，連我總共是七個人。大家都預備了水果、臘腸、熟雞蛋等類，又帶着皮袋和錫製的杯子。卡隆在葫蘆裏裝了白葡萄酒，可萊諦在父親的水瓶裏裝了紅葡萄酒，潑來可西穿了鐵匠的工服，拿着四斤重的麵包。

坐街車到了格浪．美德萊．喬，以後就走上山路。山上滿是綠色的涼蔭，很是爽快。我們或是在草上打滾，或是在小溪中洗面，或是跳過林籬。可萊諦的父親把上衣搭在肩上，銜着煙斗，遠遠地從後面跟着我們走。

潑來可西吹起口笛來，我從未聽到過他吹口笛。可萊諦也一邊走一邊吹着。他拿手指般長的小刀，做着水車、木叉、水槍等種種東西，強把別的孩子的行李背在身上，雖已遍身流汗，還能山羊似的走得很快。代洛西在路上時時站住了教給我草類和蟲類的名稱，不知他怎麼能知道這許多東西啊。卡隆默然地嚼着麵包。自從母親去世以後，他吃東西想來已不像以前有味了，可是待人仍舊那樣親切。我們要跳過溝去的時候，因為要作勢，先退了幾步，然後再跑上前去。他第一個跳過去，伸手過來攙別人。潑來可西！幼時曾被牛觸突，見了牛就恐怖；卡隆在路上見有牛來，就走在潑來可西前面。我們上了小山，跳躍着，打着滾。潑來可西滾入荊棘中，把工服扯破了，很難為情地站着。卡洛斐不論甚麼時候都帶有針線，就替他補好了。潑來可西只是說：「對不起，對不起。」一等縫好，就立刻開步跑了。

卡洛斐在路上也不肯徒然通過。或是採摘可以作生菜的草，或是把蝸牛拾起來看，見有尖角的石塊就拾了藏入口袋裏，以為或許含有金銀。我們無論在樹蔭下，或是日光中，總是跑着，滾着，後來把衣服都弄皺了，喘息着到了山頂，坐在草上吃帶來的東西。

前面可望見廣漠的原野和戴着雪的亞爾普斯山。我們肚子已餓得不堪，麵包一到嘴裏好像就溶化了。可萊諦的父親用葫蘆葉盛了臘腸分給我們，大家一邊吃着，一邊談先生們的事、朋友的事和考試的事。潑來可西怕難為情，甚麼都不吃。卡隆把好的揀了塞入他的嘴裏，可萊諦盤了腿坐在他父親身旁，兩人並在一處；與其說他們是父子，不如說是兄弟，狀貌很相像，都臉色赤紅，露着白玉似的牙齒在微笑。父親傾了皮袋暢飲，把我們喝剩的也拿了去像甘露似的喝着。他說：

「酒在讀書的孩子是有害的，在柴店夥計，卻是必要的。」說着，捏住了兒子的鼻頭，向我們搖扭着。

「哥兒們，請你們愛戴這傢伙啊。這也是正直男子哩！這樣誇口原是可笑的，哈，哈，哈，哈！」

除了卡隆，一齊都笑了。可萊諦的父親又喝了一杯：

「慚愧啊。哪，現在雖是這樣，大家都是要好的朋友，再過幾年安利柯與代洛西成了判事或是博士，其餘的四個，都到甚麼商店或是工場裏去，這樣，彼此就分開了！」

「哪裏的話！」代洛西搶先回答。「在我，卡隆永遠是卡隆，潑來可西永遠是潑來可西，別的人也都一樣。我即使做了俄國的皇帝，也決不變，你們所住的地方，我總是要來的。」

可萊諦的父親擎着皮袋：

「難得！能這樣說，再好沒有了。請把你們的杯子舉起來和我的碰一下。學校萬歲！學友萬歲！因為在學校裏，不論富人窮人，都如一家的。」

我們都舉杯觸碰了皮袋而喝。可萊諦的父親起立了，把皮袋中的酒傾底喝乾：

「四十九聯隊第四大隊萬——歲！喂！你們如果入了軍隊，也要像我們一樣地出力幹啊！少年們！」

時光不早，我們且跑且歌，攜手下來。傍晚到了濮河，見有許多螢蟲飛着。回到配塞．特羅．斯帶丟土，在分開時，大家互約星期日再在這裏相會，共往參觀夜校的獎品授予式。

今天天氣真好！如果我不逢到那可憐的女先生，我回家時將怎樣地快樂啊。回家時已昏暗，才上樓梯，就逢到女先生。她見了我，就攜了兩手，附耳和我說：

「安利柯！再會！不要忘記我！」

我覺得先生說時在那裏哭，上去就告訴母親：

「我方才逢見女先生，她病得很不好呢。」

母親已紅着眼，注視着我，悲哀地說：

「先生是……可憐——很不好呢。」

勞動者的獎品授予式　二十五日

依約，我們大家到公立劇場去看勞動者的獎品授予式。劇場的裝飾和三月十四日那天一樣。場中差不多都是勞動者的家屬，音樂學校的男女生坐在池座裏，他們齊唱克里米亞戰爭的歌。他們唱得真好，唱畢，大家都起立拍手。隨後，各受獎者走到市長和知事面前，領受書籍、貯金折、文憑或是獎牌。「小石匠」傍着母親坐在池座角邊，在那一方，坐着校長先生，我三年級時的先生的紅髮頭露出在校長先生後面。

最初出場的是圖畫科的夜學生，裏面有鐵匠、雕刻師、石版師、木匠以及石匠。其次是商業學校的學生，再其次是音樂學校的學生，其中有大批的姑娘和勞動者，都穿着華美的衣裳，因被大家喝彩，都笑着。最後來的是夜間小學校的學生，那光景真是好看，年齡不同，職業不同，衣服也各式各樣——有白髮的老人，也有工場的徒弟，也有蓄長頭髮的職工。年紀輕的毫不在意，老的卻似乎有些難為情的樣子。群眾雖拍手歡迎他們，卻沒有一個人笑的，誰都現着真誠熱心的神情。

受獎者的妻或子女大多坐在池座裏觀看。幼兒之中，有的一見到自己的父親登上舞台，就盡力大聲叫喚，笑着招手。農夫過去了，擔夫也過去了。我父親所認識的擦靴匠也登場到知事前來領文憑。其次來了一個巨人樣的大人，好像是在甚麼時候曾經見過的，原來就是那受過三等獎的「小石匠」的父親。記得我去望「小石匠」的病，上那房頂閣去的時候，他就站在病床旁。我回頭去看坐在池座的「小石匠」，見「小石匠」正雙目炯炯地注視着父親，裝着兔臉來藏瞞他的歡喜呢。忽然間喝彩聲四起，急向舞台看時，見那小小的煙囱掃除人只洗淨了面部，仍着了漆黑的工服出場了。市長攜住他的手，和他説話。煙囱掃除人之後，又有一個清道夫來領獎品。這許多勞動者，一邊為了自己一家人辛苦工作，再於工作以外用功求學，至於得到獎品。真是難能可貴。我一想到此，有一種説不出的感動。他們勞動了一日以後，再分出必要的睡眠時間，使用那不曾用慣的頭腦，用那粗笨的手指執筆，這是怎樣辛苦的事啊。

接着又來了一個工場的徒弟。他一定是穿了他父親的上衣來的，只要看他上台受獎品時捲起了長長的袖口就可知道。大家都笑了起來，可是笑聲終於立刻被喝彩聲埋沒了，其次，來了一個禿頭白鬚的老人。還有許多的炮兵，這裏有曾經在我校的夜學部的，此外還有税局的門房和警察，我校的門房也在其內。

末了，夜校的學生又唱克里米亞戰爭歌。因為那歌聲從真心流出，含着深情，聽眾不喝彩，只是感動地靜靜退出。

一霎時，街上充滿了人。煙囱掃除者拿了領得的紅色的書冊站在劇場門口時，紳士都集在他的周圍和他説話。街上的人彼此互相招呼，勞動者、小孩、警察、先生、我三年級時的先生和兩個炮兵，從群眾間出來。勞動者的妻抱了小孩，小孩用小手拿着父親的文憑矜誇地給群眾看。

女先生之死　二十七日

當我們在公立劇場時，女先生死了。她是於訪問我母親的一週後下午二時逝世的。昨天早晨，校長先生到我們教室裏來告訴我們這事，說：

「你們之中，凡曾受過先生的教育的，都應該知道。先生真是個好人，曾像愛自己兒子般愛着學生。先生已不在了。她病得很久，為生活計，不能不勞動，終於縮短了可以延續的生命。如果能暫時休息養病，應該可以多延幾個月吧。可是她總不肯拋離學生，星期六的傍晚，那是十七日這一天的事，說是將要不能再見學生了，親去訣別。好好地訓誡學生，一一與他們接吻了哭着回去。這先生現在已不能再見了，大家不要忘記先生啊。」

在二年級時曾受過先生的教育的潑來可西，把頭俯在桌上哭泣起來了。

昨天下午散學後，我們去送先生的葬。到了先生的寓所，見門口停着雙馬的柩車，許多人都低聲談說等待着。我們的學校裏，從校長起，所有的先生都到了。先生以前曾任職過的別的學校，也都有先生來。先生所教過的幼小的學生，大抵都由手執蠟燭的母親帶領着。別級學生到的也很多，有拿花環的，有拿薔薇花束的。柩車上已堆着許多花束，頂上放着大大的刺毬花環，用黑文字記着：「五年級舊學生敬呈女先生」。大花環下掛着的小花環，那都是小學生拿來的。群衆之中有執了蠟燭代主婦來送葬的傭婦，有兩個執着火把的穿法衣的男僕，還有一個學生的父親某紳士，乘了飾着青綢的馬車來。大家都集在門旁，女孩們拭着淚。

我們靜候了一會兒，棺出來了。小孩們見棺移入柩車就哭起來。其中有一個，好像到這時才信先生真死了似的，放聲大哭，號叫着不肯停止，人們遂領了他走開。

行列徐徐出發，最前面是綠色裝束的B會的姑娘們，其次是白裝束飾青絲邊的姑娘們，再其次是僧侶，這後面是柩車，先生們，二年級的小學生，別的小學生，最後是普通的送葬者。街上的人們從窗口門口張望，見了花環與小孩說：「是學校的先生呢。」帶領了小孩來的貴婦人們也哭着。

到了寺院，棺從柩車移出，安放在中堂的大祭壇前面。女先生們把花環放在棺上，小孩們把花覆滿棺的周圍。在棺旁的人都點起蠟燭在薄暗的寺院中開始祈禱。等僧侶一唸出最後的「阿門」，就一齊把燭熄滅走出。女先生獨自留在寺院裏了！可憐！那樣親切，那樣勤勞，那樣長久盡過職的先生！據説先生把書籍以及一切遺贈給學生了，有的得着墨水壺，有的得着小畫片。聽説死前的兩天，她曾對校長説，小孩們不宜哭泣，不要叫他們參與葬式。

先生做了好事，受了苦痛，終於死了。可憐獨自留在那樣昏暗的寺院裏了！再會，先生！先生在我，是悲哀而愛慕的記憶！

感謝　二十八日

可憐的女先生曾經想支持到這學年為止，終於只剩三天就死去了。明後天到學校去聽了《難船》的講話，這學年就此完畢。七月一日的星期六起開始試驗，不久就是四年級了。啊！如果女先生不死，原是很可歡喜的事呢。

回憶去年十月才開學時的種種事情，從那時起，確增加了許多的知識。説，寫，都比那時好，算術也已能知道普通大人所不知道的事，可以幫助人家算賬了，無論讀甚麼，大抵都似乎已懂得。我真歡喜。可是，我能到此地步，不知有多少人在那裏勉勵我幫助我呢。無論在家裏，在學校裏，在街上，無論在甚麼地方，只要是我所居住，我有見聞的處所，必定有各種各樣的人在各種各樣地教我的。所以，我感謝一切的人。第一，感謝先生，感謝那樣愛我的先生，我現在所知道的東西，都是先生用盡了心力教我的。其次，感謝代洛西，他替我說明種種事，使我通過種種的難關，考試賴以不失敗。還有，斯帶地，他曾示我一個「精神一到　金石為開」的實例。還有那親切的卡隆，他曾給我以對人溫暖同情的感化。潑來可西與可萊諦，他們二人曾給我以在困苦中不失勇志，在勞作中不失和氣的模範。所有一切朋友，我都感謝。但是特別要感謝的是我的父親。父親曾是我最初的先生，又是我最初的朋友，給我以種種的訓誡，教我種種的事情，平日為我勤勞，有悲苦則瞞住了我，用種種的方法使我用功愉快，生活安樂。還有，那慈愛的母親。母親是愛我的人，是守護我的天使，她以我之樂為樂，以我之悲為悲，和我一處用功，一處勞動，一處哭泣，一手撫了我的頭，一手指天給我看。母親，謝謝你！母親在愛和犧牲的十二年中，把溫愛注入了我的心胸。

難船（最後的每月例話）

在幾年前十二月的某一天，一隻大輪船從英國利物浦港出發。船中合船員六十人共載二百人光景。船長船員都是英國人，乘客中有幾個是意大利人，船向馬耳他島進行。天色不佳。

三等旅客之中有一個十二歲的意大利少年。身體與年齡相比雖似矮小，卻長得很結實，是個西西里型的美勇堅強的少年。他獨自坐在船頭桅杆旁捲着的纜索上，身旁放着一個破損了的皮包，一手搭在皮包上面，粗布上衣，破舊的外套，皮帶上繫着舊皮袋。他沉思似的冷眼看着周圍的乘客、船隻、來往的水手，以及洶湧的海水。好像他家中新近遭遇了大不幸，臉還是小孩，表情卻已像大人了。

開船後不多一會兒，一個意大利水手攜了一個小女孩來到西西里少年前面，向他說：

「馬利阿，有一個很好的同伴呢。」說着自去。女孩在少年身旁坐下。他們彼此面面相對地看着。

「到哪裏去？」男孩問。

「到了馬耳他島，再到那不勒斯去。父親母親正望我回去，我去見他們的。我名叫寇列泰．法貴尼。」

過了一會，他從皮袋中取出麵包和果物來，女孩帶有餅乾，兩個人一同吃着。

方才來過的意大利水手慌忙地從旁邊跑過，叫着說：

「快看那裏！有些不妙了呢！」

風漸漸加烈，船身大搖。兩個小孩卻不眩暈。女的且笑着。她和少年年齡相彷彿，身較高長，膚色也一樣地是褐色，身材窈窕，有幾分像是有病的。服裝很好，髮短而鬈，頭上包着紅頭巾，耳上戴着銀耳環。

兩個孩子一邊吃着，一邊互談身世。男孩已沒有父親，父親原是做職工的，幾天前在利物浦死去了。孤兒受意大利領事的照料，送他回故鄉巴勒莫，因為他有遠親在那裏。女孩於前年到了倫敦叔母家裏，她父親因為貧窮，暫時把她寄養在叔母處，預備等叔母死後分些遺產。幾個月前，叔母被馬車碾傷，突然死了，財產分文無餘。於是她請求意大利領事送歸故鄉。恰巧，兩個孩子都是由那個意大利水手擔任帶領。

女孩說：

「所以，我的父親母親還以為我能帶得錢回去呢，哪知道我一些都沒有。不過，他們大約仍是愛我的。我的兄弟想也必定這樣。我的四個兄弟都還小呢，我是最大的。我在家每天替他們穿衣服。我一回去，他們一定快活，一定要飛跑攏來哩。呀，波浪好兇啊！」

又問男孩：

「你就住在親戚家裏嗎？」

「是的，只要他們容留我。」

「他們不愛你嗎？」

「不知道怎樣。」

「我到今年聖誕節，恰好十三歲了。」

他們一同談海洋和關於船中乘客的事，終日在一處，時時交談。別的乘客以為他們是姊弟。女孩編着襪子，男孩沉思着。浪漸漸加兇了，天色已夜。兩個孩子分開的時候，女的對了馬利阿說：

「請安眠！」

「誰都不得安眠哩！孩子啊！」意大利水手恰好在旁走過，這樣說。男孩正想對女孩答說「再會」，突然來了一個狂浪，將他晃倒了。

女孩飛跑近去：

「咿呀！你出血了呢。」

乘客各顧自己逃，沒有人留心別的。女孩跪在瞠着眼睛的馬利阿身旁，替他拭淨頭上的血，從自己頭上取下紅頭巾，當作綳帶替他包在頭上。打結時，把他的頭抱緊在自己胸前，以致自己上衣上也染了血。馬利阿搖晃着站起來。

「好些嗎？」女孩問。

「沒有甚麼了。」馬利阿回答。

「請安睡。」女孩說。

「再會。」馬利阿回答。於是兩人各自回進自己艙位去。

水手的話驗了。兩個孩子還沒有睡熟，可怖的暴風到了，其勢猛如奔馬。一根桅子立刻折斷，三隻舢舨也被吹走。船梢載着的四頭牛也像木葉一般地被吹走了。船中起了大擾亂，恐怖，喧嚣，暴風雨似的悲叫聲，祈禱聲，令人毛骨悚然。風勢全夜不減弱，到天明還是這樣。山也似的怒濤從橫面打來，在甲板上激散，把在那裏的器物擊碎，捲入海裏去。遮蔽機關的木板被擊碎了。海水怒吼般地潑入，火被淹熄，司爐逃走，海水潮也似的從這裏那裏捲入。但聽得船長的雷般的叫聲：

「快攀住唧筒。」

船員奔到唧筒方面去。這時又來了一個狂浪，那狂浪從橫面撲下，把船舷、艙口全部打破，海水從破孔湧進。

乘客自知要沒有命了，逃入客室去。及見到船長，齊聲叫說：

「船長！船長！怎麼了！現在到了甚麼地方！能有救嗎！快救我們！」
船長等大家説畢，冷靜地説：
「只好絕望了。」
一個女子呼叫神助，其餘的默不作聲，恐怖把他們嚇住了。好一會兒，船中像墓裏般的寂靜。乘客都臉色蒼白，彼此面面相對。海波洶湧，船一高一低地搖晃着。船長放下救命舢舨艇，五個水手下了艇，艇立刻沉了，是浪沖沉的。五個水手淹沒了兩個。那個意大利水手也在內。其餘的三人拚了命攀了繩逃了上來。
這時候，船員也絕望了。兩小時以後，水已齊到貨艙口了。
甲板上出現了悲慘的光景：母親們於絕望之中將自己的小兒緊抱在胸前；朋友們互抱相告永訣；因為不願見海而死，回到艙裏去的人也有；有一人用手槍自擊頭部，從高處倒下死了；大多數的人們都狂亂地掙扎着；女人則可怕地痙攣着，哭聲，呻吟聲，和不可名説的叫聲，混合在一起；到處都見有人失了神，睜大無光的眼，石像似的呆立着，面上已沒有生氣。寇列泰和馬利阿二人抱住一桅杆，目不轉睛地注視着海。
風浪小了些了，可是船已漸漸下沉，眼見不久就要沉沒了。

「把那長舢舨艇放下去！」船長叫道。

唯一僅存的一艘救命艇下水了，十四個水手和三個乘客乘在艇裏。船長仍在本船。

「請快隨我們來。」水手們從下面叫。

「我願死在這裏。」船長答。

「或許遇到別的船得救呢，快下救命艇吧！快下救命艇吧！」水手們反覆勸。

「我留在這裏。」

於是水手們向別的乘客說：

「還可乘一人，頂好是女的！」

船長攙扶一個女子過來，可是舢舨離船很遠，那女子無跳躍的勇氣，就倒臥在甲板上了。別的婦女都也失神了，像死了的一樣。

「送個小孩過來！」水手叫喊。

像化石似的呆在那裏的西西里少年和其伴侶聽到這叫聲，被那求生的本能所驅使，同時離了桅杆，奔到船側，野獸般掙扎地前衝，齊聲叫喊：

「把我！」

「小的！艇已滿了。小的！」水手叫說。

那女的一聽到這話，就像觸了電似的立刻把兩臂垂下，注視着馬利阿。

馬利阿也注視着她。一見到那女孩衣上的血漬，記憶起前事，他臉上突然發出神聖的光來。

「小的！艇就要開行了！」水手焦急地等着。

馬利阿情不自禁地喊出聲來：

「你份量輕！應該是你！寇列泰！你還有父母！我只是獨身！我讓你！你去！」

「把那孩子擲下來！」水手叫道。馬利阿把寇列泰抱了擲下海去。寇列泰從水泡飛濺聲中叫喊了一聲「呀」，一個水手就捉住她的手臂拖入艇中。

馬利阿在船側高高地舉起頭，頭髮被海風吹拂，泰然毫不在意，平靜地、崇高地立着。

本船沉沒時，水面起了一次漩渦，小艇僥倖未被捲沒。

女孩先像失去了感覺，到這時，望着馬利阿的方面淚如雨下。

「再會！馬利阿！」唏噓着把兩臂向他伸張了叫着說：「再會！再會！」

少年高舉着手：

「再會！」

小艇掠着暴波在昏暗的天空之下駛去，留在本船的已一個人都不能作聲，水已浸到甲板的舷了。

馬利阿突然跪下，合掌仰視天上。

女孩把頭俯下。等她再舉起頭來看時，船已不見了。

第十章　七月

母親的末後一頁　一日

安利柯啊！這學年已完了，在結束的一天，留下一個為朋友而捨生的高尚少年的印象，真是好事。你就要和先生朋友們離別，但我在這以前，還須告訴你一件悲哀的事情。這次的離別不單是三個月的離別，乃是長久的離別。父親因事務上的關係，要離開這丘林到別處去了，家人也要同行。一到秋天，就須出發。你以後非換入新學校不可。這在你實是不快的事。你很愛你的舊學校呢。你在這四年中曾在這裏一天兩次嘗到用功的愉快；在長久的時日中，每天得和同一先生，同一朋友，同一朋友的父母們見面；並且，每天在這裏見父親或母親微笑着來接你。你的精神，在這裏才開發，許多朋友，在這裏始得到；在這裏，你才獲得種種有用的知識。在這裏，你也許曾有過苦楚，但這些於你也都是有益的。所以：你應該從心坎裏向大眾告別啊。大眾之中，也有遭遇不幸的人吧，也有失了父親或是母親的人吧，也有年幼時就死去的人吧，也有在戰爭中流血壯烈而死的人吧，也有許多既是正直勇敢的勞動者，而同時又是勤勉正直的勞動者的父親吧。在這裏面，說不定有着許多為國立大功成美名的人呢。所以，要用了真心，和這許多人們告別，要把你的精神的一部份，存留在這大家族裏面啊。你在幼兒時入了這家族，現在成了一個壯健的少年出去了。父親母親也由於這大家族愛護你的緣故，很愛這大家族呢。

學校是母親，安利柯。她從我懷中把你接過去時，你差不多還未能講話，現在是，將你養育成強健善良勤勉的少年，仍還給我了。這該怎樣感謝呢？你切不可把這忘記啊！你也怎能忘記啊！你將來年紀長大了旅行全世界時，遇到大都會或是令人起敬的紀念碑，自會記憶起許多的往事。那關着的窗，有着小花園的樸素的白屋，你知識萌芽所從產生的建築物，將到你心上明顯地浮出吧！到你終身為止，我願你不忘記你呱呱墜地的誕生地！

——母親

考試　四日

考試終於到了。學校附近一帶，不論先生、學生、父兄，所談沒有別的，只是分數、問題、平均、及格、落第等類的話。昨天考過作文，今天是算術。見到別的學生的父母在街路上一件一件地吩咐自己的兒子，就不覺愈加擔心起來。有的母親親送兒子入教室，替他看墨水瓶裏有無墨水，檢查鋼筆頭是否可用，回出去還在教室門口徘徊囑咐：

「仔細啊！要用心！」

做我們的考試監督的是黑鬚的考諦先生，就是那雖然聲音如獅子而卻不責罰人的先生。學生之中也有怕得臉色發青的。先生把市政所送來的封袋撕開，抽出題紙來，全場連呼吸聲都沒有了。先生用可怕的眼色向室中一瞥，大聲地宣讀問題。我們想：如果能把問題和答案都告訴我們，使大家都能及格，先生們將多少歡喜呢。

問題很難，經過一小時，大家都無法了。有一個甚至哭泣起來。克洛西敲着頭。有許多人做不出是應該的，因為他們受教的時間本來少，父母也未曾教導監督的緣故。

可是天無絕人之路，代洛西想了種種的法子，在不被看見之中教了大家。或畫了圖傳遞或寫了算式給人看，手段真是敏捷。卡隆自己原是長於算術的，也替他做幫手。矜驕的諾琵斯今天也無法了，只是規規矩矩地坐着，後來卡隆教給了他。

斯帶地把拳撐住了頭，將題目注視了一個多鐘頭，後來忽然提起筆來，在五分鐘內全部做完就去了。

先生在桌間巡視，一邊說：

「靜靜地，靜靜地！要靜靜地做的啊！」

見到窘急的學生，先生就張大了口裝出獅子的樣子來，這是想引誘他發笑，使他恢復元氣。到了十一點光景，去看窗外，見學生的父母已在路上徘徊着等待了。潑來可西的父親也着了工作服，臉上黑黑地從鐵工場走來。克洛西的賣野菜的母親，穿黑衣服的耐利的母親，都在那裏。

將到正午的時候，我父親到我們教室窗口來探望。考試在正午完畢，下課的時候真是好看：父母們都跑近自己兒子那裏去，查問種種，翻閱筆記簿，或和在旁的小孩的彼此比較。

「幾個問題？答數若干？減法這一章呢？小數點不曾忘記了？」

先生們被四圍的人叫喚着，來往回答他們。父親從我手裏取過筆記簿去，看了說：

「好的，好的。」

潑來可西的父母在我們近旁，也在那裏翻着他兒子的筆記。他看了好像不解，神情似乎有些慌急。他對我的父親說：

「請問，這總和是若干？」

父親把答數說給他聽。鐵匠知道了兒子的計算沒有錯，歡呼着說：

「做得不錯呢！」

父親和鐵匠相對，像朋友似的莞然而笑。父親伸出手去，握住鐵匠的手。

「那麼我們在口頭考試時再見吧。」二人分別時這樣說。

我們走了五六步，就聽到後面發出高音來，回頭去看，原來是鐵匠在那裏唱歌。

最後的考試　七日

今天是口頭考試。我們八點入了教室，從八點十五分起，就分四人一組被喚入講堂去。大大的桌子上鋪着綠色的布。校長和四位先生圍坐着，我們的先生也在裏面。我在第一次被喚的一組裏。啊，先生！先生是怎樣愛護我們，我到了今天方才明白：在別的學生被口試時，先生只注視着我們；我們答語曖昧的時候，先生就面現憂色，答得完全的時候，先生就露出歡喜的樣子來。他時時傾着耳，用手和頭來表示意思，好像在說：

「對呀！不是的！當心羅！慢慢地！仔細！仔細！」

如果先生在這時可以說話，必將不論甚麼都告訴我們了。即使學生的父母替代了先生坐在這裏，恐怕也不能像先生這樣親切吧。一聽到別的先生對我說：「好了，回去！」先生的眼裏就充滿了喜悅之光。

我立刻回到教室去等候父親。同學們大概都在教室裏，我就坐在卡隆旁邊，一想到這是最後一刻的相聚，不覺悲傷起來。我還沒把將隨父親離開丘林的事告訴卡隆，卡隆毫不知道，正一心地伏在位上，埋着頭，執筆在他父親的照片邊緣上加裝飾。他父親是機械師裝束，身材高長，頭也和卡隆一樣，有些後縮，神情卻很正直。卡隆埋頭伏屈向前，敞開胸間的衣服，露出懸在胸前的金十字架來。這就是耐利的母親因自己的兒子受了他的保護送給他的。我想我總要把將離開丘林的事告訴卡隆的，就爽直地說：

「卡隆，我父親今年秋季要離開丘林了。父親問我要去嗎，我曾經回答他說同去呢。」

「那麼，四年級不能同在一處讀書了。」卡隆說。

「不能了。」我答。

卡隆默然無語，只是俯了頭執筆作畫。好一會兒，仍低了頭問：

「你肯記憶着我們三年級的朋友嗎？」

「當然記憶着的。都不會忘記的。特別是忘不了你。誰能把你忘了呢？」我說。

卡隆注視着我，其神情足以表示千言萬語，而嘴裏卻不發一言。他一手仍執筆作畫，把一手向我伸來，我緊緊地去握他那大手。這時，先生紅着臉進來，歡喜而急促地說：

「不錯呢，大家都通過了。後面的也希望你們好好地回答。要當心啊。我從沒有這樣地快活過。」他說完就急忙出去了，故意裝作要跌跤的樣子，引我們笑。一向沒有笑容的先生突然這樣，大家見了都覺詫異，室中反轉為靜穆，雖然微笑，卻沒有哄笑的。

不知為了甚麼，見了先生的那種孩子似的動作，我心裏又歡喜又悲哀。先生所得的報酬就是這瞬時的喜悦。這就是這九個月來親切忍耐以及悲哀的報酬了！因為要得這報酬，先生曾那樣地長久勞動，學生病在家裏還要親自走去教他們。那樣地愛護我們替我們費心的先生，原來只求這樣輕微的報酬。

我將來每次想到先生，先生今天的樣子，必然同時在心中浮出。我到了長大的時候，先生諒還健在吧，並且有見面的機會吧。那時我當重話動心的往事，在先生的白髮上接吻。

告別　十日

午後一點，我們又齊集學校，聽候發表成績。學校附近擠滿了學生的父母們，有的等在門口，有的進了教室，連先生的座位旁也都擠滿了。我們的教室中，教壇前也滿是人。卡隆的父親，代洛西的母親，鐵匠的潑來可西，可萊諦的父親，耐利的母親，克洛西的母親——就是那賣野菜的，「小石匠」的父親，斯帶地的父親，此外還有許多我不認識的人們。全室中充滿了錯雜的低語聲。

先生一到教室，室中就立刻肅靜，先生手裏拿着成績表，當場宣讀：

「亞巴泰西六十七分，及格。亞爾克尼五十五分，及格。」「小石匠」也及格了，克洛西也及格了。

先生又大聲地說：

「代洛西七十分，及格，一等獎。」

到場的父母們都齊聲讚許說：「了不得，了不得，代洛西。」

代洛西披着金髮，微笑着朝他母親看，母親舉手和他招呼。

卡洛斐、卡隆、格拉勃利亞少年，都及格了，落第的有三四個人。其中有一個因見他父親站在門口裝手勢要斥責他，就哭了起來。先生和他父親說：

「不要這樣，落第並不全是小孩的不好，大都由於不幸。他是這樣的。」又繼續說着：

「耐利六十二分，及格。」

耐利的母親用扇子送接吻給兒子。斯帶地是以六十七分及格的。他聽了這好成績，連微笑也不露，仍是用兩拳撐着頭不放。最後是華梯尼，他今天穿得很華麗——也及格的。報告完畢，先生立起身來：

「我和大家在這室中相會，這次是最後了。我們大家在一處過了一年，今天就要分別，我感到很悲傷。」說到這裏中止了一息，又說：

「在這一年中，我好幾次地無意發了怒。這是我的不好，請原恕我。」

「哪裏，哪裏！」父母們、學生們齊聲說：「哪裏！先生沒有的事！」

先生繼續說：

「請原恕我。來學年你們不能和我再在一處，但是，仍會相見的。無論到了甚麼時候，你們總在我心裏呢。再會了，孩子們！」

先生說畢走到我們座位旁來。我們站在椅子上，或是伸手去握先生的臂，或是執牢先生的衣襟，和先生接吻的尤多。末後，五十人齊聲說：

「再會，先生！多謝先生！願先生康健，永遠不忘我們！」

走出教室的時候，我感到一種悲哀，胸中難過得像有甚麼東西壓迫着。大家都紛紛退出，別的教室的學生也像潮水樣的向門口湧去。學生和父母們夾雜在一處，或向先生告別，或相互招呼。戴紅羽毛的女先生給四五個小孩抱住，給大眾包圍，幾乎要不能呼吸了。孩子們又把「修女」先生的帽子扯破，在她黑服的紐孔裏、袋裏亂塞進花束去。洛佩諦今天第一日除掉拐杖，大家見了都很高興。

「那麼，再會。到新學年，到十月二十日再會。」隨處都聽到這樣的話。

我們也都互相招呼。這時，過去的一切不快頓時消滅，向來嫉妒代洛西的華梯尼也張了兩手去擁抱代洛西。我對「小石匠」敘別。「小石匠」裝最後一次兔臉給我看，我吻了他一次。我去向潑來可西和卡洛斐告別。卡洛斐告訴我說不久就要發行最末一次彩票，且送我一塊略有缺損的瓷鎮紙。耐利跟住了卡隆難捨難分，大家見了那光景很感動，就圍集在卡隆身旁。

「再會，卡隆，願你好。」大家齊聲說，有的去抱他，有的去握他的手，都向這位勇敢高尚的少年表示惜別。卡隆的父親在旁見了兀自出神。

我最後在門外抱住了卡隆，把臉貼在他的胸前哭泣。卡隆吻我的額。跑到我父親母親身邊，父親問我：「你已和你的朋友告別了嗎？」我答說：「已告別過了。」父親又說：「如果你從前有過對不起哪個的事，快去謝了罪，請他原恕。你有這樣的人嗎？」我答說：「沒有。」

「那末，再會了！」父親說着向學校做最後的一瞥，聲音中充滿了感情。

「再會！」母親也跟着反覆說。

我卻甚麼話都說不出了。

天地外國經典文庫

www.cosmosbooks.com.hk

書　　名　愛的教育（Cuore: An Italian Schoolboy's Journal）
作　　者　埃德蒙多·德·亞米契斯（Edmondo de Amicis）
譯　　者　夏丏尊
編輯委員會　馬文通　梅　子　曾協泰
孫立川　陳儉雯　林苑鶯
責任編輯　陳幹持
美術編輯　郭志民
出　　版　天地圖書有限公司
香港皇后大道東109-115號
智群商業中心15字樓（總寫字樓）
電話：2528 3671　傳真：2865 2609
香港灣仔莊士敦道30號地庫／1樓（門市部）
電話：2865 0708　傳真：2861 1541
印　　刷　美雅印刷製本有限公司
香港九龍官塘榮業街 6 號海濱工業大廈4字樓A室
電話：2342 0109　傳真：2790 3614
發　　行　香港聯合書刊物流有限公司
香港新界大埔汀麗路36號中華商務印刷大廈3字樓
電話：2150 2100　傳真：2407 3062
出版日期　2018年12月／初版

ISBN ： 978-988-8258-69-7

本書譯文由上海譯文出版社有限公司授權繁體字版出版發行